François-Régis de Vaublanc

Des pierres et des roses

Roman

Avertissement :

Selon la formule consacrée, les personnages et les situations de ce récit étant purement fictifs, toute ressemblance avec des personnes ou des situations existantes ou ayant existé ne saurait être que fortuite.

Indicatif éditeur : 978-2-9552322
ISBN : 978-2-9552322-0-0

Couverture : oeuvre de l'artiste hollandais Fons Heijnsbroek, Midsummer-night phantom, nr. 23, 2006

À mes parents,

PREMIÈRE PARTIE

Au cœur des pierres

1. La firme

Vendredi 13 septembre, siège d'UTC France (Universal Tools Company), Nanterre

Bureau de Vincent Douvre, 17h50

« Come and see me when you are back[1]. Helmut »

Vincent relut pour la cinquième fois le mot posé sur sa chaise. Il analysa mentalement. Helmut avait cherché à le voir. Cela devait être suffisamment personnel pour qu'il ne laisse pas le message à son assistante, et suffisamment urgent pour qu'il se fende d'une note manuscrite sans équivoque.

« Qu'est-ce qu'il peut bien me vouloir le *cowboy* ? » se demanda-t-il, un brin nerveux.

Helmut Burker était le nouveau patron, un quadra américain d'un mètre quatre-vingt-dix, front légèrement dégarni sous des cheveux blonds-gris coupés en brosse, lunettes rondes, costume bien ajusté. Toujours propre sur lui. Son prénom sonnait curieusement pour un Américain. D'après « radio moquette », il avait renié son père, allemand d'origine, après que ce dernier eut quitté le domicile familial de Waynesboro, ville américaine paumée de Géorgie, quand Helmut n'avait que quatre ans.

Il était marié à Elena, une jeunette moscovite de douze ans sa cadette, rencontrée lorsqu'il dirigeait la filiale russe du groupe. Anna, leur fille, avait deux ans. Tout ce petit monde avait déménagé pour Paris, en mai dernier, quand il avait été nommé Président d'UTC France.

En tant que patron étranger, ne parlant pas un mot de français, personne ne pouvait communiquer autrement qu'en anglais avec lui. D'un niveau correct, sans être pour autant très à l'aise, Vincent ne s'en sortait pas plus mal que ses collègues. De toute façon, la

---

[1] Passez me voir dès votre retour

règle non écrite chez UTC, ça avait toujours été : *bad English, but English*[2] !

Outre le fait qu'il ne disait jamais bonjour, Helmut avait un style cassant et jurait régulièrement. Mais malgré tout, Vincent n'arrivait pas à le trouver antipathique. Dès la première minute, il lui avait fait l'effet d'un acteur. Il croyait encore que son apparente assurance favorisée par sa taille, masquait, dans le fond, une grande émotivité.

« *Come and see me when you are back. Helmut* ».

— Bon, faut que j'y aille, s'entendit-il dire tout haut.
Pour la toute première fois depuis vingt ans qu'il travaillait, Vincent ressentait une vraie menace. Pourtant, sa vie professionnelle n'avait pas été un long fleuve tranquille et l'avait blindé. Des coups, il en avait pris et il en avait rendu ; en particulier ces onze dernières années chez UTC, comme directeur des ventes.

Quand il l'avait embauché, Jean-Bernard Decoins, son ancien patron, lui avait « vendu » le début d'une grande aventure. Et à bientôt quarante-trois ans - il les aurait le 31 octobre, Vincent avait la prétention de penser que les résultats avaient été à la hauteur de leurs espérances. Les marques d'outillage du groupe, *Axor*™ et *MrScrew*™ étaient devenues incontournables dans les plus grosses enseignes de bricolage. Sous le règne Decoins, le chiffre d'affaires d'UTC France avait plus que doublé pour atteindre 65 millions d'euros. La filiale comptait désormais soixante-dix personnes.
Dans le bureau toujours ouvert de Jean-Bernard, il avait été impossible pour le visiteur de ne pas remarquer son titre de « manager de l'année 2012 », fièrement encadré sous le portrait de George Doppur, fondateur d'UTC et ancien sénateur du Massachusetts. Devenu logiquement le bureau d'Helmut, rien n'avait changé. Seule la trace rectangulaire laissée par le cadre décroché du mur, témoignait de la grandeur passée de l'ancien

---

[2] mauvais anglais, mais anglais quand même !

dirigeant.

L'appréhension de Vincent grandit. « Un mot sur ma chaise, ce n'est pas le style d'Helmut, il y a quelque chose, mais quoi ? » Cela pouvait-il être lié au dossier *Sunrise*[3] ?

Un soir, tard, vers la fin du mois de juillet, alors qu'il revoyait pour la nième fois ses prévisions de ventes, il avait capté les bribes d'une conversation entre Burker et Nouillaud, le directeur financier. Selon toute vraisemblance, ils ignoraient qu'il était encore à son bureau et avaient discuté quelques minutes dans le couloir sonore. Vincent avait vaguement compris que la référence à *Sunrise* était un projet confidentiel de rachat d'une entreprise en France. Mais, vexé de ne pas avoir été mis dans la confidence, il ne s'était pas abaissé à quémander des informations auprès de Nouillaud. Intérieurement, il se dit qu'il n'aurait pas dû repasser au bureau après son rendez-vous. « Mais bon, cela ne change rien. Helmut veut me voir et ça a l'air important. »

Il prit machinalement son agenda et sortit du bureau. En croisant, une fraction de seconde, le regard de Maude, il y vit un éclair d'inquiétude, ses jambes s'alourdirent de vingt kilos. Maude Dordel était son assistante depuis le début. Ultra efficace, ultra dévouée, elle le connaissait par cœur. Elle avait forcément vu Helmut entrer dans son bureau, y griffonner quelque chose et repartir. Son intuition ne la trompait pas, quelque chose clochait.

— Je vais voir Helmut, lança Vincent en essayant d'atténuer le tremblement de sa voix. Il avait pris l'habitude de toujours dire à Maude où il allait ou qui il allait voir.

Faire la vingtaine de mètres qui le séparaient du bureau de son patron lui fit l'effet d'une marche forcée dans la vase. La porte était fermée, son assistante absente. Il prit une profonde inspiration, toqua et, sans véritablement savoir s'il avait entendu une réponse, entra.

— *Hi Helmut, you wanted to see me*[4] ? Il fut lui-même surpris par l'intonation forte et assurée accompagnant son entrée dans l'arène. Burker était assis à son bureau, le buste penché sur des

---

[3] Littéralement, lever du soleil
[4] Bonsoir Helmut, vous vouliez me voir ?

montagnes de papiers recouvrant tout l'espace devant lui.

— *Hmm, Yes Vinessènt, take a seat*[5], répondit-il sans lever les yeux vers lui.

Sa façon de prononcer son prénom « Vinessènt » l'amusait toujours. Il trouvait ça nettement plus gai et exotique que Vincent. « Vinnncent, Vinnncent... c'est moche ! on dirait un braiment ».

Il avait véritablement hérité de son prénom. Son père s'appelait Vincent, son grand-père s'était appelé Vincent, et ça avait failli durer quatre générations. Il avait cassé cette tradition familiale qu'il n'avait jamais comprise, en n'appelant pas son fils Vincent, mais Pierre. C'était il y a quinze ans et il ne le regrettait pas, « Pierre non plus », assurait-il.

Il contourna la table de réunion qui faisait face au bureau d'Helmut, s'assit sur l'un des deux fauteuils à roulettes, posa son agenda sur ses cuisses et attendit.

Burker n'avait toujours pas relevé la tête. Depuis plusieurs secondes, le regard de Vincent alternait entre le front baissé de l'Américain, les nombreux papiers dispersés sur son bureau et le portrait de George Doppur. Plus qu'un portrait, il s'agissait de la copie agrandie d'une photo prise en 1953. On y voyait George, au premier plan, costume sombre et chapeau de rigueur, posant devant son usine de Belmont, Massachusetts. Au jugé, les grandes lettres en aluminium « UNIVERSAL TOOLS COMPANY » devaient bien recouvrir trente mètres de façade.

Vincent avait eu l'opportunité de s'y rendre en 2007 avec un distributeur français. Celle-ci avait été rénovée de fond en comble à la fin des années 90. Hormis l'emplacement inchangé, l'usine n'avait plus grand chose à voir avec celle de la photo. Il se laissa aller à ses souvenirs qui se faisaient plus précis. Avec son client, ils avaient eu la chance de pouvoir serrer la main d'Arnold Doppur, fils de George...

Soudain, Helmut soupira bruyamment, leva les yeux par-dessus ses lunettes, le fixa plusieurs secondes et lâcha :

---

[5] Oui Vincent, veuillez vous assoir

— *We're gonna stop there*[6] ! La flèche fut directe. Il s'agissait de son éviction de l'entreprise. Vincent fut KO assis. Helmut se racla la gorge et poursuivit calmement en anglais.

— Je vous informe que le groupe vient de céder ses activités européennes au fonds d'investissement anglais IFP. La vente a été officialisée en début d'après-midi. En gros, à compter d'aujourd'hui, UTC Europe est coupé d'UTC monde. Toutefois, ce rachat a été conditionné par un plan global d'économies touchant la plupart des filiales.

Silencieux, Vincent le fixait, l'œil vide. Burker continua.

— Nous avons travaillé avec des consultants afin de retenir les meilleures options possibles. J'ai personnellement œuvré à ce qu'UTC France soit touché le moins possible par des réductions d'effectifs. Seulement, certains postes comme le vôtre n'ont pu être conservés, j'en suis désolé. Le nouvel actionnaire a été on ne peut plus clair, ces mesures de sauvegarde sont nécessaires. La crise économique a impacté le groupe, il n'y a pas d'autre choix possible...

... Réductions d'effectifs, mesures de sauvegarde... les mots s'empilaient, cognaient confusément dans le crâne de Vincent. L'autre poursuivit.

— IFP, propriétaire de la nouvelle entité, va proposer des mesures d'accompagnement. Nous sommes disposés à vous faire une proposition financière. L'espace d'un éclair, Vincent crut déceler comme un sourire sur le visage d'Helmut ; sans doute n'était-ce qu'un rictus de nervosité.

Il était viré ! Après onze ans de bons et loyaux services, il était viré. Après onze années passées à batailler, jour après jour, pour développer les ventes d'UTC, il était viré par un étranger ne connaissant rien à la France !

— ... Vous savez Vinessènt, ce n'est facile ni pour vous ni pour moi. J'ai conscience que c'est une décision douloureuse, mais il n'y avait pas d'autre option, la situation l'exigeait.

L'intonation de Burker était à présent beaucoup plus assurée. Incontestablement, il songeait que le plus dur était fait. Sortant

---

[6] On va s'arrêter là !

11

progressivement de sa torpeur, certains signaux se rallumèrent dans la tête de Vincent. Il ne comptait plus le nombre de fois où Nouillaud s'était enfermé dans le bureau du patron. Sans parler des consultants mystérieux, deux hommes en noir discrets, qui avaient pris possession pendant des semaines de la petite salle de réunion jouxtant le bureau du directeur financier.

Il y a quinze jours, l'écran d'affichage du hall d'accueil avait annoncé la visite de Markus Maas, patron d'UTC Allemagne. Sa visite au siège français était intervenue alors même qu'une rumeur courait que le groupe créait un poste de directeur pour toute la zone Europe, et que cet homme, c'était Markus Maas. Tout avait été programmé depuis des semaines, sans doute des mois. Il n'y avait vu que du feu. Ces derniers temps, il avait bien constaté le détachement d'Helmut lorsqu'il s'évertuait à le tenir informé de l'évolution des ventes. Il avait plutôt pris ce détachement comme un signe de confiance vis-à-vis de lui, signe qu'il lui accordait une totale autonomie dans sa fonction.

Comment avait-il pu se tromper à ce point sur les intentions de son patron ?

« C'était donc ça Sunrise ! UTC Europe vendu à des dépeceurs. Et dire que je croyais qu'il s'agissait de racheter une entreprise, de nous développer, j'avais faux sur toute la ligne ! ». Il sentit une pression sourde monter dans ses tempes. Braquant son regard sur l'Américain, il le coupa, en anglais :

— Pourquoi moi ? La question trancha comme une sentence. À la même seconde, la bouche d'Helmut grimaça. Il venait de réaliser que son long monologue n'avait servi à rien. Vincent ne l'avait pas écouté. Le silence se fit. Helmut se tortilla sur son fauteuil, pencha légèrement son buste en avant et grommela :

— Vous ne m'avez pas écouté. C'était plus une affirmation qu'une question. Vincent répéta, toujours en anglais :

— Pourquoi moi ? L'autre blêmit d'une rage contenue. Il essaya néanmoins de passer outre son agacement. Il savait que dans ce genre de circonstances, il devait se montrer patient et pédagogue. Il reprit :

— Vinessènt, je comprends votre ressentiment, c'est une nouvelle difficile à entendre, mais je vous le dis et je vous le répète...

— Je vous le redemande : pourquoi moi ? Le ton était monté d'un cran. Burker balbutia quelques mots à propos de Nouillaud, décrocha prestement son téléphone, composa son numéro de poste. La sonnerie retentit juste derrière la cloison. Une seule fois. Nouillaud avait immédiatement décroché.

— *Yes*[7] ?

— *Please come*[8], lâcha Burker laconiquement.

Cinq secondes plus tard, il était là. Il referma la porte et salua Vincent d'un « hello » sifflant, accompagné de son regard toujours anxieux et de son si caractéristique sourire crispé jusqu'aux oreilles.

■

Xavier Nouillaud. Ce type était particulier. Il était chez UTC quand Vincent avait été embauché par Jean-Bernard Decoins. Il était même déjà là quand ce dernier avait pris la direction de la filiale en 2001. Un jour, Jean-Bernard qui pourtant s'épanchait peu, avait fait comprendre à Vincent que Nouillaud avait très mal vécu son arrivée à la tête d'UTC France. Il avait eu la certitude que son directeur financier avait secrètement espéré que le groupe lui confierait les rênes de la filiale. Passée une période de deuil de quelques semaines, les choses s'étaient tassées, Nouillaud avait ravalé sa fierté, du moins en apparence, et Decoins avait présidé à la destinée d'UTC comme il l'entendait.

C'est peu dire que Nouillaud s'était réjoui de son départ anticipé. Du jour au lendemain, il s'était refait une virginité professionnelle. En plus, l'arrivée d'un étranger non francophone pour prendre les commandes de la filiale avait bien arrangé ses affaires. Son statut de grand argentier, garant des comptes de l'entreprise, lui avait permis de jouer à fond la proximité avec Helmut. Il s'était fait fort, en quelques mois, de s'attribuer tous les mérites du développement d'UTC sous l'ancienne présidence. Pour couronner le tout, l'affaire *Sunrise* l'avait rendu encore plus indispensable aux yeux du nouveau patron.

---

[7] Oui ?
[8] Venez, s'il vous plait

Une fois n'est pas coutume, il buvait du petit lait tous les jours. Et rien ni personne ne lui enlèverait ça.

Vincent ne répondit pas à son salut. Il fixait toujours Helmut, d'un coup soulagé de voir son directeur financier.

— Ah Xavier, pouvez-vous expliquer à Vinessènt le... le contexte avec IFP ? Nouillaud se rapprocha et embraya, en français :

— Euh, Helmut a dû t'expliquer le contexte du rachat d'UTC Europe par IFP. Il y a eu, euh, un plan d'économies et... certains postes ont été supprimés.

Vincent fit pivoter son fauteuil afin de lui faire face. Le visage de son collègue était émacié, d'un teint maladif, avec des yeux creusés au-dessus de deux poches verdâtres, une mèche brune plaquée sur le côté camouflait une large calvitie. À quarante-neuf ans, il portait une chemise de grand-père, un pantalon de grand-père et des chaussettes à carreaux verts et rouges.

— Mais pourquoi mon poste ? C'est complètement insensé ! Je tiens les ventes de cette boîte, tu le sais bien.

— Écoute, il a fallu donner des gages au nouvel actionnaire. Le rachat a été conditionné par des réductions d'effectifs, c'est malheureux, j'ai rien pu faire.

— Enfin Xavier, tu te fous de moi ! Helmut ne capte rien au *business* français mais il n'aurait jamais pris le risque de supprimer un poste comme le mien.

Les deux hommes dialoguaient à voix relativement basse, sans se préoccuper de la présence de Burker. Même s'il ne comprenait rien à leur échange, ce dernier essayait de faire bonne figure en adoptant une posture inspirée.

— Ne me fais pas croire que cette décision vient de lui, encore moins d'IFP, quelqu'un lui a forcément soufflé mon nom.

— Détrompe-toi ! se défendit Nouillaud. Quand les consultants ont remis leur rapport, il a fallu arbitrer. Et la décision a été prise en âme et conscience, au plus haut niveau.

— En âme et conscience, mais arrête tes conneries ! Tu veux me faire croire que deux consultants anglais, que je n'ai jamais rencontrés au demeurant, ont convaincu Helmut que supprimer mon poste ferait les affaires d'IFP. Tu me prends vraiment pour un con !

Burker, toujours assis, paraissait de moins en moins à l'aise.

— Écoute Vincent, ne complique pas les choses. La boîte est en train de changer, il y a des nouveaux patrons, ils veulent rentabiliser leur acquisition. Cela passe par des mesures d'économies. Comme en plus, les ventes en France vont un peu moins bien depuis la rentrée...

— Putain mais arrête ! Qu'est-ce que t'y connais toi aux ventes ?

Cette dernière perfidie l'avait fait sortir de ses gonds. Helmut était dépassé. Livide, il assistait à présent à un règlement de comptes qu'il n'avait pas prévu. À son tour, il cria : « ça suffit maintenant, Vinessènt, stop ! »

Déjà Vincent était debout, fixant Nouillaud, l'œil noir. Burker aussi s'était levé derrière son bureau, il tenta l'apaisement.

— On reprendra la discussion lundi, c'est mieux pour tout le monde.

Vincent braqua alors son regard sur lui et, contenant sa rage, s'écria en français d'une voix blanche : « la discussion est close ! »

Puis, se tournant vers Nouillaud, il asséna : « et toi Judas, tu vas me le payer espèce d'enfoiré ! »

Il était 18h25. Le tout n'avait pas duré trente minutes. Maude était encore là, à préparer ses affaires. Elle quittait normalement le bureau dix minutes plus tôt pour récupérer son fils à la crèche. Inquiète pour Vincent, elle avait retardé au maximum son départ pour espérer le recroiser. Il passa à côté d'elle sans un mot ni un regard. Consciente qu'elle n'obtiendrait pas la moindre information, elle partit précipitamment vers l'ascenseur conduisant au parking, en lâchant, de loin, un « bon week-end » à peine audible.

À son tour, il mit son agenda dans sa mallette, prit ses clés de voiture, son badge parking, attrapa sa parka et se dirigea vers l'ascenseur.

Vincent était paradoxalement calme sur le chemin du retour. Un sentiment de soulagement teinté d'une certaine fierté avait pris le pas sur la colère exprimée quelques minutes auparavant. Dans le fond, il n'était pas mécontent d'avoir tenu tête à deux personnes qu'il n'estimait guère.

« Le message est passé ». Lui l'adaptable, lui l'empathique, avait montré de quel bois il se chauffait. Il n'était pas loin de se convaincre que la page UTC était en train de se refermer, que c'était mieux comme ça. Il appréhendait néanmoins la discussion à venir avec Éloïse. Cette appréhension grandit à mesure qu'il approchait de son domicile.

Lorsqu'il glissa la clé dans la serrure, la profonde inspiration qu'il prit ne fit pas disparaître la boule qui s'était logée dans son estomac.

2. Rue Fénelon

Il pénétra dans la petite entrée, déposa machinalement ses clés dans le vide-poche trônant sur la commode, jaugea d'un œil rapide les deux enveloppes encore fermées au-dessus d'une pile de papiers divers ; facture et facture ! Il enleva sa parka qu'il jeta en vrac sur une chaise du salon. Éloïse devait être dans la cuisine et il supposait que les enfants étaient dans leur chambre.

Ils avaient emménagé dans ce rez-de-chaussée du quartier de Saint-Paul peu après la naissance de leur fille Rose, il y a sept ans. Plutôt mal agencé, l'appartement, tout en longueur, comptait quatre pièces, mais surtout un couloir étroit d'une quinzaine de mètres desservant deux chambres, la salle de bain, la cuisine, puis les toilettes. Pierre et Rose avaient partagé la même chambre quelques années, mais à son entrée en 6ème, il leur avait semblé nécessaire que Pierre ait sa propre chambre. Il avait donc hérité de la chambre parentale et Rose, de l'ancienne chambre commune. La double pièce de réception jouxtant l'entrée ayant alors été réaménagée pour faire un « coin chambre » pour les parents, à l'endroit de l'ancienne salle à manger. Ils auraient bien déménagé pour plus grand, mais avec un seul salaire, ils avaient renoncé à cette option. Ils ne voulaient pas non plus quitter le quartier qu'ils avaient choisi pour les bonnes écoles privées alentour.

Ainsi, à 1.430 euros par mois charges comprises, un loyer encore en-dessous du marché même pour un 76 m^2 mal foutu et les privant d'intimité, ils s'étaient accommodés de la situation.

Vincent longea le couloir. La chambre de Pierre était éteinte et vide. Le vendredi, il avait karaté et ne rentrait pas avant vingt heures. Sa fille était accroupie, en pyjama, sur son tapis multicolore et faisait sagement des coloriages. Très absorbée, elle n'avait pas entendu son père qui se tenait à présent dans l'entrebâillement de la porte et la regardait. Dès qu'elle le vit, elle se leva d'un bond et lui sauta au cou.

— Papa !

— Bonsoir mon petit cœur, dis donc, c'est beau ce que tu fais.

Elle acquiesça et retourna fièrement à ses coloriages. Arrivé dans la cuisine, il sentit ses jambes trembler. Éloïse était assise à table. Elle triturait son portable tout en fumant une cigarette. Elle n'avait pas commencé à préparer le dîner.

— Tu rentres tôt, ça va ? À la seconde où elle lui posa la question, elle comprit qu'il y avait un problème. Il la regarda, s'apprêtant à répondre. Mais d'une façon totalement incontrôlable, ses yeux s'emplirent de larmes et il souffla d'une voix étranglée : « non, pas très bien. » Puis, inspirant profondément, il ajouta : « je viens de me faire virer. »

■

Fille unique, Éloïse était un mélange d'autorité et de timidité. Timidité qu'elle conjurait par une attitude tranchante. Son physique y était pour beaucoup, elle mesurait près d'un mètre quatre-vingts et dépassait Vincent assez nettement. Très brune, les cheveux le plus souvent lâchés sur les épaules, ce qui impressionnait le plus, c'était ses yeux, deux billes bleu acier qui vous transperçaient de part en part. À tout juste quarante ans, c'était une très belle femme.

Lorsqu'ils s'étaient rencontrés, elle achevait ses études. Lui, après son service militaire, venait d'être embauché comme commercial itinérant chez Dupont & Denis, gros fabricant d'articles ménagers. Le mariage avait suivi et le couple s'était installé dans une routine confortable.

Le décès prématuré du père d'Éloïse, alors qu'elle était enceinte de Pierre, les avait profondément bouleversés. Mort en quinze jours d'une saloperie de tumeur au cerveau, personne n'avait eu le temps de se préparer à cette échéance. Restée depuis très proche de sa mère, elle l'avait aidée à régler les problèmes administratifs et juridiques qui en avaient découlé. Elle avait toujours gardé une crainte inconsciente que tout pouvait subitement s'arrêter. C'est sans doute la raison pour laquelle elle s'était dite prête à reprendre un job dès que Rose serait plus grande.

— Quoi ! mais qu'est-ce qui s'est passé ? fit-elle sous le choc.

— Je viens de te le dire, je me suis fait virer. Ces enfoirés de Burker et Nouillaud m'ont dit qu'ils me viraient.

Vincent avait rapidement maîtrisé son émotion et son ton s'apparentait maintenant à une colère froide.

— Mais tu vas faire quoi ?

— J'en sais rien.

— Tu vas prendre un avocat ?

— J'en sais rien...

Elle le sentit exaspéré et calma immédiatement le jeu.

— Écoute, ça ne sert à rien de s'énerver. On va en discuter dans le salon.

Il attrapa sur la table de la cuisine la bouteille de vin entamée, se servit un grand verre, puis s'engouffra dans le couloir en direction du salon, rejoint par Éloïse quelques instants plus tard. Elle aussi s'était servi un verre. Il attaqua directement.

— Donc Burker m'a convoqué dans son bureau. Il m'a fait un numéro de claquettes en me disant que le nouvel actionnaire... ah, parce que je t'ai pas dit, on a un nouvel actionnaire qui a racheté une partie de la boîte... donc que le nouvel actionnaire lançait un programme de réduction des effectifs, et que mon poste était supprimé. Il a été infoutu de me donner des explications. Il a appelé Nouillaud qui est venu me faire l'article. T'imagines ! ce serpent de Nouillaud, qui a déjà essayé de poignarder dans le dos la moitié des gens de l'entreprise.

Éloïse s'était assise et l'écoutait, apparemment calme. Elle masquait son trouble. Immédiatement, elle avait analysé les conséquences dramatiques qu'aurait le licenciement de son mari pour la famille, ce que Vincent n'avait pas l'air de réaliser du tout. Il devisait à présent sur l'erreur stratégique que faisait l'entreprise en supprimant un poste comme le sien, sur l'incompétence patente de types comme Burker ou Nouillaud, sur l'avenir sombre promis à UTC Europe après ce rachat par IFP.

— Mais qu'est-ce qui est prévu ? Éloïse avait profité d'un instant de silence dans la longue litanie de son mari pour recadrer la discussion.

— Je ne sais pas, faut que je réfléchisse. Burker a parlé d'une proposition financière... je vais voir. J'ai vraiment envie de les faire chier jusqu'au bout.

— Tu devrais prendre un avocat. On pourrait demander conseil à Anne, tu sais la maman de Marie.

Anne était une amie d'Éloïse. Leurs filles étaient dans la même classe. Avocate en droit social, elle avait récemment défendu un père d'élève. À sa connaissance, ça s'était bien passé.

— Écoute, on en est pas là, abrégea-t-il.

— Maman, on dîne quand ? Rose avait surgi dans le salon avec, à la main, un dessin de princesse sur un cheval.

— Bientôt ma chérie, dès que Pierre rentre. Bon, je dois préparer le dîner, on en rediscute après.

Il lui emboîta le pas. Dans la cuisine, il se resservit un verre de vin et repartit dans le salon.

— Salut P'pa ! Plongé dans ses pensées, il n'avait pas entendu son fils rentrer.

— Salut... ça s'est bien passé ? Déjà Pierre était dans sa chambre.

Le dîner se passa normalement. Ils parlèrent de tout et de rien. Vincent était un peu absent, Pierre lui en fit même la remarque.

— T'as l'air bizarre, papa.

— Non, j'ai simplement eu une journée fatigante.

Après le dîner, il partit s'allonger sur son lit. Sa tête lui tournait un peu.

— Papa, est-ce que t'es triste ? La question de Rose le surprit. Éloïse allait la coucher et elle était venue lui faire un baiser. Il la prit sur son ventre et lui caressant la tête, dit simplement :

— Mais non, mon amour, je suis juste un peu fatigué ce soir. Mais demain, promis, on va au jardin et je t'emmène au manège.

Les yeux de Rose brillaient comme deux étoiles bleues. Elle l'embrassa et retrouva sa mère qui l'attendait dans son lit pour lui lire une histoire.

Samedi 14 septembre

Pierre était parti. Le samedi matin, il avait DST[9] et comme cent

---

[9] devoir sur table

pour cent des adolescents de son âge, il trouvait ça forcément trop injuste. Cela faisait à peine deux semaines qu'il était rentré en 1ère S que déjà, le rythme lui paraissait insupportable.

Vincent avait dormi lourdement et, malgré tout, s'était réveillé de bonne humeur. Après un copieux petit déjeuner pris au lit entre Éloïse et Rose, il se doucha longuement, avec l'agréable sensation d'avoir rincé son corps de tout le stress accumulé ces dernières heures. Il ne se rasa pas. Il se rasait rarement le week-end. Ils traînèrent toute la matinée jusqu'au déjeuner.

L'après-midi, Vincent emmena Rose au jardin comme il l'avait promis. Ni lui, ni Éloïse, n'avaient éprouvé le besoin de reparler de l'épisode de la veille. Ce n'est que plus tard, tandis qu'elle regardait le troisième épisode d'affilée de sa série préférée, il s'installa sur le canapé du salon, les pieds sur la table basse, un bloc notes entre les mains. Les enfants étaient couchés depuis longtemps. Il avait été se reprendre un verre de vin.

— Tu ne te couches pas ? Il est déjà plus de minuit.

— Je réfléchis à un truc, la vente d'UTC Europe, l'histoire d'IFP qui rachète super cher...

— Tu verras tout ça demain, viens te coucher.

— Oui, j'arrive, mentit Vincent.

Quand il se glissa le plus discrètement possible dans le lit, Éloïse dormait profondément.

Dimanche 15 septembre

Vincent n'émergea qu'à dix heures passées. Pierre dormait encore. Éloïse venait de partir avec Rose au marché de la rue Saint-Vincent de Paul, juste à côté de la paroisse du quartier. Tous les dimanches matins, son boucher faisait une promotion sur les steaks hachés. Et invariablement, depuis des mois, le déjeuner dominical, c'était steak haché-frites.

Cela faisait longtemps qu'ils n'allaient plus à la messe. Éloïse n'y était jamais vraiment allée, Vincent avait pratiqué jusqu'à dix-huit, dix-neuf ans. Mais c'était plus pour faire plaisir à leur mère que par véritable conviction personnelle que son frère et lui l'avaient accompagnée des années durant à la messe de onze heures. Il pensait parfois à Guy, ce qu'il était devenu. Depuis qu'il s'était installé en Afrique du Sud, Vincent n'avait eu que très peu de nouvelles de son frère. Il y a cinq ans, il avait passé une semaine en France pour affaires et en avait profité pour faire un saut de deux jours à Paris. C'était mal tombé pour Vincent, il organisait au même moment la convention des ventes d'UTC France. Ils s'étaient appelés et avaient discuté de tout et de rien, de la vie de Guy en Afrique, de son boulot chez UTC, de l'état pas terrible de leur père.

Vincent se doucha, s'habilla, se réinstalla à la table basse du salon et reprit ses notes de la veille. Il passa pratiquement tout l'après-midi à retranscrire les hypothèses et scénarios échafaudés à propos d'UTC, d'IFP, et sur sa propre éviction.

Quand Éloïse, sur les coups de dix-neuf heures, arriva dans le salon un plateau à la main, avec deux verres de vin, quelques toasts et le pot de rillettes acheté le matin en prévision de l'apéritif, Vincent lança :
— Je sais pourquoi Burker veut me virer. Elle resta silencieuse. S'ensuivit un long monologue.
— C'est Markus Maas qui devient le nouveau grand patron d'UTC Europe. Burker doit forcément être furax. Un : il n'a pas eu le job, deux : Maas est allemand. Et Burker se doute bien que son ancien collègue va regarder dans le détail ce qui s'est passé pays par pays.
Vincent avait adopté un style résolument démonstratif.
— ... et si l'on prend les choses basiquement, Burker n'a pas brillé ces dernières années à la tête de la Russie. Il devait négocier la rupture des contrats de distribution avec les importateurs ukrainiens et polonais pour créer une filiale commune. Elle aurait pesé plus de 80 millions d'euros de chiffre d'affaires ! la plus grosse du nouveau groupe, devant l'Allemagne, tu imagines !
Il s'animait à mesure qu'il parlait.
— Mais ce qui s'est passé, c'est qu'il a échoué lamentablement. Les distributeurs sont montés en pression, ils ont agité le chiffon rouge de millions d'euros de pénalités, Burker, infoutu de négocier,

a dû faire marche arrière et a convaincu le groupe qu'il ne fallait pas y aller. Malin, il a négocié la direction d'une filiale en progression et où il fait bon vivre. Son intérêt maintenant, c'est de s'attribuer les mérites des bons résultats français et avec la complicité de cette ordure de Nouillaud, il fait le vide autour de lui.

Vincent avait du mal à contenir un sentiment de haine.

— C'est bien joué, poursuivit-il, c'est exactement ce que je ferais à sa place. Seulement, je ne vais pas me laisser faire, et ça va leur coûter bonbon.

Éloïse n'écoutait que d'une oreille. Mais les apparentes certitudes de son mari ne la convainquaient pas. Elle qui pensait avoir repoussé loin son angoisse des dernières quarante-huit heures se mit à nouveau à douter. Elle prit sur elle de ne rien laisser transparaître de son mauvais pressentiment.

Lundi 16 septembre

Une petite pluie fine assombrissait l'atmosphère comme pour rappeler que l'automne arrivait. Vincent quitta l'appartement plus tôt que d'habitude. La circulation était encore fluide. Il avait deux certitudes : jamais Helmut ne reviendrait sur sa décision et il fallait qu'il négocie vite et bien. Dans ce genre de restructuration, le fonds IFP avait certainement provisionné une enveloppe substantielle, destinée à couvrir le dédommagement de personnes comme lui.

Il gara sa voiture dans le parking souterrain d'UTC. Étonnamment, la voiture d'Helmut était déjà là. D'habitude, il était rare qu'il arrive avant 9h30-1oh, or il n'était que 8h15. Nouillaud était plus matinal, sa voiture aussi était là.

Le premier étage du building était désert. Vincent marchait à grandes enjambées dans le couloir lorsqu'il vit Helmut et Nouillaud, devant son bureau, comme une sentinelle en faction. Ils avaient dû guetter son arrivée. La porte était ouverte. Avant même de croiser leur regard, il eut une sale impression. Le sang quitta son visage, les battements de son cœur s'accélérèrent, ses jambes flageolèrent. Une sueur froide coula le long de sa colonne vertébrale. Il essaya de cacher son inquiétude. Ils ne se saluèrent pas.

Il entra le premier dans son bureau, Nouillaud lui emboîta le pas, suivi d'Helmut qui referma la porte derrière lui. Machinalement, il déposa son téléphone à l'extrémité de son bureau, sa mallette au sol, puis ôta sa parka qu'il suspendit au dos de sa chaise. Il aperçut immédiatement le vide à l'emplacement de son ordinateur portable. Celui-ci avait été enlevé. Il le laissait rarement au bureau, par crainte des vols, mais aussi parce qu'il emmenait souvent du travail à la maison. Vendredi, en filant précipitamment, il n'avait pas pensé une seconde à le prendre avec lui.

— Où est mon ordi ? La question fut sèche et adressée à Nouillaud.

— Euh, Vincent, on a un problème... le groupe a décidé de te mettre à pied, tu dois partir... on te préviendra de la procédure à venir.

— Quoi ! c'est une plaisanterie ! Il en sourit nerveusement tant la scène lui paraissait irréelle. Burker et Nouillaud, dans son bureau, avec des mines de circonstance, lui annonçant qu'il était mis à pied sur-le-champ.

Il pensa immédiatement à Éloïse, à leur dernière discussion, à sa décision d'accepter de négocier son départ. Mais là, il était mis à pied, le porte-flingue du patron venait de lui dire de disparaître.

— Xavier, tu as conscience de la gravité de ce qu'Helmut est en train de faire ? demanda-t-il solennellement.

— Vincent, je suis désolé... je suis vraiment désolé.

— Je m'en fous que tu sois désolé ! Je ne sais pas si tu te rends compte, ou plutôt je ne sais pas si lui, il se rend compte de la folie de sa décision. Il avait montré Helmut du menton avec tout le mépris qu'il lui inspirait à cet instant. Il poursuivit en l'apostrophant, toujours en français :

— Et vous, vous en pensez quoi de tout ça ?

Helmut, resté en retrait, ne dit mot. Il ne savait comment réagir et soutenait de plus en plus difficilement le regard provocateur de Vincent.

— Vincent, arrête, ne complique pas les choses.

— Mais je ne complique rien, je lui ai posé une question.

Nouillaud, implorant, se heurtait à l'intransigeance de son collègue, qui fixait toujours Helmut. Ce dernier, sans doute piqué au vif par ce qu'il considérait depuis plusieurs minutes comme une insubordination caractérisée, finit par s'approcher du bureau et asséna, glacial :

— Vous ne faites plus partie de cette organisation, je vous demande de partir.

Vincent accusa le coup. Son chef le toisait maintenant de sa haute stature.

— Et vous croyez que ça se passe comme ça en France ? Il poursuivit résolument en français, mais son assurance était moins marquée. Il chercha le regard de Nouillaud qui s'était discrètement éloigné du bureau.

— Hors de question que je parte comme ça ! Vous ne pouvez pas m'obliger. Vous voulez quoi, me virer de force ?

— Mais non, arrête !

Nouillaud s'avança d'un pas et tenta l'apaisement.

— Écoute Vincent, le mieux c'est que tu partes, sinon tu t'exposes à de lourdes sanctions. Si on fait ça bien dans les règles, chacun y trouvera son compte.

— Putain, mais tu me prends vraiment pour un con ! rugit-il. Au moment même où je sors de ce bureau, je ne pourrai plus jamais revenir. Donc tu vas me signer une attestation et, euh, il commença à bredouiller, il ne savait pas lui-même quel était le sens de sa demande. Nouillaud prit la balle au bond.

— Mais pas de problème, le courrier est prêt.

Joignant le geste à la parole, il sortit de sa poche une feuille pliée en deux et lui tendit.

— Je te demande de me remettre tes badges d'accès et tes clés de voiture.

Sans écouter Nouillaud, Vincent lisait en vertical le courrier de mise à pied, ... *vous êtes par ailleurs prié de remettre à votre hiérarchie vos outils de travail (voiture, ordinateur portable, téléphone) ainsi que vos badges d'accès...* Il releva la tête vers ce dernier.

— Pour l'ordinateur, tu t'en es déjà assuré, non ? Mais hors de question que tu touches à ma voiture ou mon téléphone, je te rappelle que je fais partie de l'entreprise.

Un frisson lui parcourut l'échine.

— Où est mon téléphone ? Nouillaud ne répondit pas.

— Où est mon téléphone ? Je l'avais posé sur mon bureau. Tu me l'as piqué, putain, rends-le-moi ! Il avait crié. Il contourna son bureau et se rapprocha de lui, menaçant. Helmut fit barrage.

— Vous partez maintenant ! Vous rendez vos affaires, sinon vous allez avoir de gros problèmes.

L'Américain voulait mettre un terme à une situation qui leur avait échappé. Tout comme Nouillaud, il avait sous-estimé la réaction de son employé. Vincent jeta le courrier de mise à pied sur son bureau. Il était acculé, son instinct lui disait de fuir. Il agrippa sa parka, attrapa sa mallette, les dépassa et tout en se dirigeant vers la porte, tonna à leur encontre :

— Ce que vous faites est inqualifiable ! Vous me virez du jour au lendemain. Je ne vais pas en rester là, vous allez entendre parler de moi.

Il ouvrit la porte et, laissant derrière lui onze années de souvenirs professionnels, sortit précipitamment.

Ni Helmut ni Nouillaud ne cherchèrent à le retenir. « Mission presque accomplie », pensèrent-ils, « on n'a pas encore récupéré la voiture de fonction, mais ce n'est pas bien grave... »

En tout et pour tout, Vincent n'était resté que quinze minutes au bureau. Il ne croisa personne en redescendant au parking. En remontant à vive allure la pente mouillée, il manqua de froisser tout le côté droit de sa voiture et évita de justesse la C5 de Jean-Claude Bouet, le directeur logistique. Il n'était toujours pas calmé lorsqu'il rejoignit l'avenue Charles-de-Gaulle, après le pont de Neuilly. Il conduisait mécaniquement, se repassant nerveusement en boucle le film des dernières minutes.

Il vit trop tard la camionnette qui s'inséra par la droite. Il donna un violent coup de volant à gauche pour l'éviter, écrasa le frein, partit en glissade, tenta de redresser la trajectoire en braquant à droite. La voiture finit sa course en butant sur un parapet en béton puis s'immobilisa, fort heureusement du bon côté de la chaussée. Le choc avait été léger. Les airbags ne s'étaient pas déclenchés. Plus de peur que de mal. En plus, là où il était arrêté, Vincent ne gênait pas la circulation, dense à cette heure-ci.

— Merde, merde et merde, quel con ! Il fit profiter de ses jurons un badaud arrivé à sa hauteur, parapluie à la main.

— Vous avez eu de la chance, y a pas grand chose. Je ne pense pas que l'essieu soit touché, seulement faudra que vous redressiez votre roue. Résigné, Vincent inspira profondément.

— De la chance, oui, j'ai beaucoup de chance en ce moment.

Puis, laissant le badaud à ses considérations mécaniques, il récupéra sa mallette, ferma sa voiture et s'éloigna à petits pas, une pluie horizontale lui picotant le visage.

3. Drôle de guerre

Vincent ouvrit la porte une heure dix plus tard. Une heure dix de marche forcée, à maudire les uns, à pester contre les autres, à ruminer des idées noires. Sans raison, comme pour mieux aller jusqu'au bout de son exaspération, il n'avait pris ni taxi, ni transport en commun. Il était trempé.

Éloïse était plongée dans la lecture du quinzième roman à succès de Margie Moly, un café posé devant elle. Vincent lui jeta un regard de travers, elle posa immédiatement son livre.

— Qu'est-ce qui s'est passé ? s'enquit-elle.

— À ton avis ? ces enfoirés m'ont viré sur-le-champ, comme une merde.

— C'est pas possible. Mais qu'est-ce que t'as fait ?

— Qu'est-ce que tu voulais que je fasse ? Je me suis barré avant que ça dégénère.

— Mais qu'est-ce qu'ils ont dit ?

— Rien. Ils n'ont rien dit. Quand je suis arrivé, y avait Nouillaud et Burker qui m'attendaient, ils m'avaient déjà piqué mon ordi. Cet enfoiré de Nouillaud a aussi réussi à me piquer mon téléphone en douce. Je suis parti avant qu'ils reprennent la voiture. En plus, j'ai eu un accident en rentrant.

— Quoi ! un accident ? Mais t'as fait quoi de la voiture ? La question l'énerva.

— J'm'en fous de la voiture ! Ils ont qu'à se démerder avec.

— Mais comment on va faire sans voiture ? Tu l'as laissée où ? insista-t-elle.

— Arrête d'être obnubilée par la voiture, je trouverai une solution. Au fait j'y pense, je vais sans doute avoir besoin de ton téléphone quelque temps.

— Pourquoi ? non, j'en ai besoin, se défendit-elle. Passe à la boutique Orange, tu peux t'ouvrir une ligne dans la journée. Il accusa le coup. Éloïse relança :

— Mais Burker et Nouillaud, qu'est-ce qu'ils ont dit ? Qu'est-ce qui va se passer maintenant ?

— J'en sais rien, grommela-t-il. Je suppose qu'ils vont me convoquer et me dire officiellement que je suis viré.

— Vincent, je t'ai parlé d'Anne, ma copine avocate dont la fille est en cla... Il la coupa.

— C'est bon, pas la peine. Arrête d'en parler à tout le monde. Je sais ce que je dois faire. Elle se ferma et partit vexée vers la cuisine.

— À part la voiture et ta copine avocate, poursuivit-il depuis l'entrée, on a vraiment l'impression qu'il n'y a rien d'autre qui t'intéresse.

Il se savait injuste envers sa femme mais n'arrivait pas à se départir de ce sentiment de colère qui le minait depuis deux heures. Il referma la parka qu'il n'avait toujours pas ôtée et sortit en claquant la porte. Il marcha quelques centaines de mètres sous la pluie puis entra dans un café, vers la rue La Fayette, au hasard. Installé à l'extrémité du long comptoir en zinc, il commanda un demi.

Siège d'UTC France, au même moment

Le building bruissait à présent d'activités et d'éclats de voix. Maude était arrivée à neuf heures. Elle s'était étonnée de ne pas voir la voiture de Vincent. Il n'avait pas laissé de message et la fonction *chat*[10] de son ordinateur n'était pas activée. À la machine à café, elle avait interrogé un des responsables grands comptes, sans succès. Vers dix heures, elle lui avait envoyé un texto « *tu viens aujourd'hui ?* » resté sans réponse. Elle repensait à l'épisode de vendredi, Vincent avait eu l'air sonné. Est-ce que son absence ce matin pouvait avoir un rapport avec son entretien avec Helmut ?

Peu avant midi, comme elle le faisait tous les jours, elle rassembla les courriers déposés par erreur dans la bannette du service, pour les redistribuer aux bonnes personnes. Il y avait notamment la facture d'un transporteur destinée au service logistique. Elle lança à la cantonade :

— Je descends à la « log ».

---

[10] messagerie instantanée

Jean-Claude Bouet, le directeur logistique, en était à son quatrième capuccino de la matinée. Maude le vit, de dos, s'éloigner de la machine à café du rez-de-chaussée. Elle pressa le pas pour arriver à sa hauteur.

— Bonjour Jean-Claude, j'ai une facture pour vous.

— Bonjour Maude, merci bien. Au fait, quand vous verrez votre patron, vous lui direz que c'est un sacré chauffard, il comprendra. Il lui fit un clin d'œil tout en rigolant.

— Vous... vous avez vu Vincent ? hasarda-t-elle.

— Ben oui, ce matin, il a manqué de me rentrer dedans en sortant du parking ! Il avait l'air pressé.

— Ce matin ? s'étonna-t-elle. Il opina.

— Oui, vers huit heures trente.

— Ah bon, d'accord, je lui dirai, merci. Elle s'efforça de contenir son émotion.

En remontant à l'étage, elle aperçut Burker qui sortait du bureau de Paul Mongin, le directeur marketing. Il passa près d'elle sans la saluer. Elle n'eut plus de doute, quelque chose de grave s'était passé avec Vincent.

Appartement des Douvre

Vincent rentra un peu avant une heure. Éloïse était seule en train de grignoter dans la cuisine, Pierre et Rose faisaient chacun un échange déjeuner avec un autre enfant de leur classe. Il attrapa une assiette, se servit dans la poêle et s'installa à table. Ils n'échangèrent pas un mot. Son repas avalé, il mit son assiette dans la machine et quitta la cuisine en silence. Il récupéra le journal du week-end toujours posé sur la table basse du salon et alla s'allonger sur le lit. Les deux bières qu'il avait prises au bistrot l'avaient assommé. En temps normal, il ne buvait que très rarement à l'heure du déjeuner, surtout la semaine.

Il ne tarda pas à s'assoupir, son journal posé sur le ventre. La sonnette d'entrée le réveilla. Déjà Éloïse avait ouvert.

— C'est un recommandé !

— J'arrive, répondit-il d'une voix rauque.

La lettre était à en-tête d'UTC. Vincent prit le stylet électronique que lui tendait le facteur et signa sur l'écran de poche.

— Deux heures dix ! ils n'ont pas perdu de temps ces... Il préféra taire son insulte. Compatissant, le facteur, un blond athlétique à l'aspect juvénile, rangea son attirail et prit rapidement congé.

L'affranchissement datait du vendredi précédent. Cela signifiait que le courrier était parti avant même son entrevue avec Helmut et Nouillaud. « Ils n'ont vraiment aucun scrupule » intériorisa-t-il. Le courrier était sobre, à peine dix lignes. Il était convoqué, vendredi 20 septembre, à 17 heures, dans le bureau d'Helmut Burker, à un entretien préalable en vue de son licenciement. Aucune allusion, et pour cause, à la séance douloureuse du matin.

— Ils font exprès de faire ça juste avant le week-end, pour qu'il y ait le moins de témoins possibles.

Éloïse récupéra le courrier qu'elle lut à son tour, inquiète pour la suite.

— Mais, tu vas y aller ? interrogea-t-elle.

— Je ne sais pas encore.

Siège d'UTC France, début d'après-midi

Nouillaud se planta devant le bureau de Maude et dit d'une voix mielleuse :

— Vous pourriez passer me voir avec les *KAM*[11], dans mon bureau, dans cinq minutes.

— D'accord Xavier, je les préviens. Elle s'était efforcée de paraître aimable malgré le dégoût que lui inspirait ce type.

Moins de cinq minutes plus tard, les quatre collaborateurs de Vincent étaient debout, en face du vaste bureau de Nouillaud. Il fut extrêmement bref.

— Pour votre information, Helmut devrait annoncer demain à l'ensemble du personnel une réorganisation du groupe suite à un événement externe. Cette réorganisation a des conséquences. Vincent étant actuellement absent pour une durée indéterminée,

---

[11] Key account managers (responsables grands comptes)

vous serez rattachés à Paul Mongin, qui prend la direction des ventes par intérim. Je vous demande de ne rien dire aux autres pour le moment.

Ils furent abasourdis mais étouffèrent leurs éclats de voix. Maude ne put s'empêcher de poser la question qui lui brûlait les lèvres.

— On sait pourquoi Vincent est absent ?

— Pour des raisons personnelles, expliqua Nouillaud, les yeux brillant de satisfaction, je ne peux rien dire de plus.

Ce sentiment d'être maître du jeu le galvanisait. Un sourire se forma aux commissures de sa bouche. Lui l'ingrat, lui le méprisé, lui « la Nouille », sobriquet dont il se savait moqué, avait retrouvé sa place au sommet. Il n'avait jamais aimé Maude. Trop professionnelle, trop compétente, trop loyale envers Vincent. Il avait tout de suite remarqué l'expression sur son visage quand elle avait aperçu l'ordinateur et le téléphone de son patron, posés à l'extrémité du bureau ; une expression de colère contenue.

« Je pouvais toujours attendre pour avoir une réponse à mon SMS », ragea-t-elle intérieurement. Nouillaud conclut :

— Pas d'autres questions ? bien. Paul passera vous voir en fin d'après-midi pour vous expliquer comment il voit les choses. De mon côté, je me charge de prévenir les commerciaux. En attendant, c'est *business as usual*[12].

Ils quittèrent le bureau sans un mot.

Appartement des Douvre

Vincent passa le reste de l'après-midi cramponné à l'ordinateur familial, consultant des forums traitant de la législation sociale et des procédures de licenciement. Cette occupation inhabituelle de l'espace familial suscita quelques crispations. Quand Pierre rentra de l'école, il voulut comme à son habitude s'installer à l'ordinateur. Éloïse anticipa.

— Chéri, laisse papa tranquille ! Il a besoin de l'ordinateur.

---

[12] Au boulot, comme d'habitude

— Eh ! mais moi aussi j'en ai besoin, protesta son fils. Papa, t'en as pour longtemps ? Vincent, ailleurs, souffla un « je sais pas... non pas trop » du bout des lèvres.

— Mais combien de temps ?

— Mais merde ! j'en sais rien, je garderai cet ordinateur tout le temps que j'en aurai besoin. Pierre battit en retraite dans sa chambre, vexé et furieux.

La situation n'était pas évidente pour Éloïse, qui s'efforçait de ménager son mari et ne voulait pas pour autant perturber les habitudes des enfants. Une discussion familiale s'imposa. Vincent était debout face à son fils, Rose sur les genoux de sa mère, dans le canapé.

— Bon les enfants, j'ai quelque chose à vous dire. Je vais être obligé de changer de travail et c'est pour ça que je vais être un peu plus à la maison... en attendant de trouver un autre travail.

— En gros, t'es viré, quoi !

Éloïse n'apprécia guère le sens du raccourci de Pierre, mais Vincent ne démentit pas.

— Et t'as plus ton ordi, se lamenta-t-il.

— T'as tout compris.

— Mais est-ce que tu vas aller en prison ?

La question de Rose, qui le regardait les larmes aux yeux, le sidéra.

— Mais pourquoi tu dis ça ma chérie ? Bien sur que non, je ne vais pas aller en prison.

— Si tu as fait du mauvais travail, c'est que tu as fait une bêtise, donc tu vas aller en prison, insista-t-elle.

— Mais non mon amour... Il la prit dans ses bras et l'embrassa. Rose, avec sa psychologie de petite fille l'avait ému aux larmes. Il dissimula son trouble en la chatouillant et en faisant semblant de la croquer. À présent, elle riait de tout son corps.

Les jours passèrent, lentement pour Vincent. Le recours à un avocat lui semblait prématuré. Il s'était persuadé qu'il n'y avait pas grand chose à faire avant son entretien prévu en fin de semaine.

Invariablement, il partait faire deux grandes balades, « pour m'oxygéner », disait-il. Une en fin de matinée, une autre dans l'après-midi. Éloïse le soupçonnait de passer une partie du temps au café, néanmoins, elle lui accordait le mérite d'essayer de peser le moins possible sur l'ambiance familiale. Elle évitait tout sujet polémique. Elle ne lui reparla d'ailleurs pas de la voiture, ni de son amie avocate. Le moindre mot de travers, et c'était l'explosion, elle le savait.

Il pouvait rester de longues heures allongé sur son lit, l'air absent. Elle lui trouvait une sale mine et il s'était plaint à plusieurs reprises de douleurs dans le dos et au ventre. Mais elle n'avait pas osé lui conseiller de consulter un médecin. Cette période de « drôle de guerre » l'avait déboussolée. Jeudi, elle avait craqué et s'était confiée à Anne, autour d'un café, près de l'école.

— J'ai un mauvais pressentiment, j'ai peur que Vincent fasse une connerie.

— Ne t'inquiète pas ma chérie, les choses vont se tasser. C'est très dur à vivre les premiers jours, il a besoin de faire son deuil.

— Mais on a l'impression qu'il s'en fout maintenant !

— Mais non, il a simplement besoin d'y voir plus clair. C'est pourquoi c'est important qu'il aille à son entretien, même si ce ne sera certainement pas une partie de plaisir.

— Tu crois ?

— Mais oui, tout va finir par s'arranger.

Vendredi 20 septembre

Vincent se réveilla avec une douleur aigüe à l'estomac. Éloïse lui conseilla de rester un peu au lit, elle passerait à la pharmacie après avoir déposé Rose.

Il se traîna toute la matinée. Le médicament avait un peu calmé son mal de ventre, mais il se sentait nauséeux. Il ne déjeuna pas. Sa femme lui prépara une infusion « digestion légère » qu'il sirota, allongé sur le canapé du salon, la main glissée sous sa chemise. Il échangea trois mots avec Pierre, avant qu'il ne reparte en classe. Puis Éloïse, à son tour, reprit le chemin de l'école. Ce vendredi après-midi, elle aidait à la bibliothèque.

— Bon courage pour tout à l'heure, tu me raconteras. Elle s'efforça de sourire mais un voile d'inquiétude assombrit son regard bleu marine. Vincent resta seul. Les minutes défilèrent. Il ne fallait pas qu'il tarde. En métro + RER + un peu de marche, il avait estimé au pire une durée de trajet de quarante, quarante-cinq minutes. Il quitta l'appartement peu après seize heures trente, il ne voulait surtout pas risquer d'être encore là quand Éloïse rentrerait.

Quand il réapparut vers dix-neuf heures, il sentait fort la bière. Sa femme comprit à l'instant.

— Ne me dis pas que tu n'y es pas allé ! Non, c'est pas vrai, explosa-t-elle, tu n'y es pas allé ?

— Calme-toi ! Arrête de te mettre dans des états pareils. Ça n'a aucune importance. Je me suis renseigné, ce n'est absolument pas obligatoire.

— Mais au contraire, c'était super important ! Anne m'a dit que c'était super important... c'est pas possible.

Craquant complètement, elle éclata en sanglots. Vincent la dévisagea froidement, avant de vociférer, hors de lui.

— Mais tu vas me foutre la paix avec Anne ! Je t'ai dit d'arrêter d'en parler autour de toi, c'est insupportable. J'ai eu mal au bide toute la journée, tu peux pas comprendre ça ? J'en ai marre ! Il claqua la porte, laissant Éloïse prostrée dans l'entrée.

Le week-end et les deux jours qui succédèrent à la crise se passèrent plutôt bien. Vincent paraissait plus calme, plus détendu. Éloïse reprit secrètement espoir. Son mari remonterait bien la pente, c'était une question de temps. Après vingt ans de labeur ininterrompu, la situation inédite qu'il traversait avait de quoi perturber le plus équilibré des hommes, se raisonna-t-elle.

Habilement influencé, Vincent se résolut même à appeler Nouillaud pour qu'il négocie une paix des braves auprès d'Helmut. Une guerre ouverte ne pourrait que leur nuire, il en était persuadé. La raison l'emporterait, à condition que chacun mette un peu de son amour-propre au vestiaire.

Les circonstances ne lui en laissèrent pas le temps...

4. La chute

Mardi 24 septembre, appartement des Douvre

La sonnette de l'appartement retentit à huit heures dix. Vincent était encore au lit, Éloïse, dans la cuisine, faisait chauffer un café et rangeait le bol que Pierre avait oublié, comme souvent, de mettre dans le lave-vaisselle avant de partir en classe. C'est elle qui alla ouvrir.

— Vincent, c'est un recommandé pour toi.

Il se leva comme un automate, enfila son jean et arriva pieds nus sur le seuil de la porte. Ce n'était pas le même facteur que la dernière fois. Sans un mot, l'autre lui tendit son crayon optique et attendit. Son ciré ruisselait. Vincent en déduisit qu'il faisait un temps de chien. Sortant un peu de sa torpeur, il signa machinalement sur l'écran, salua le facteur qui marmonna un vague au revoir inarticulé tout en lui tendant son reçu, et referma la porte. Il déposa la lettre et le bordereau postal dans le vide-poche encombré du buffet, enleva son jean et se recoucha.

Éloïse, lança, surprise :

— Ben, tu ne l'ouvres pas ?

— Si si, je vais le faire, répondit Vincent, las.

Il se releva en soupirant, prit l'enveloppe qu'il déchira maladroitement et sortit un courrier d'une page qu'il commença à lire. Au bout d'à peine cinq secondes, il était livide. Éloïse, qui l'observait, devint blême à son tour.

Seul le premier mot, « Monsieur », était aimable. Le reste du courrier, signé Helmut Burker, était un tissu d'horreurs. Vincent, décrit comme un délinquant professionnel, était, en quelques mots, tenu pour responsable de tous les tourments de l'entreprise UTC France. Son comportement scandaleux envers sa hiérarchie, sa propension à proférer menaces de mort et injures devant témoins, son caractère irascible à l'encontre de ses collègues, avaient justifié sa mise à pied dès le 16 septembre et son licenciement pour faute lourde, à compter de ce jour.

Comble de l'humiliation, un chèque de 2.987,23 euros,

correspondant à son solde de tout compte, était joint au courrier. D'après les termes spécifiés, il s'agissait de son salaire jusqu'au 16 septembre, ainsi qu'une indemnité compensatrice de congés payés.

— Ils sont devenus fous, pleura Éloïse qui, à son tour, avait pris connaissance de la lettre. Ses yeux s'étaient tellement obscurcis qu'ils en étaient presque noirs.

Lui, d'une pâleur spectrale, resta muet. Le choc l'avait laissé dans un état de sidération.

— Ils veulent me flinguer, finit-il par dire dans un murmure, ils veulent me flinguer. Il avait du mal à respirer, sa poitrine le serrait douloureusement, sa nuque et son dos étaient glacials.

— Ils sont fous, répéta-t-elle. Qu'est-ce que tu as fait pour mériter un tel acharnement ?

— Je vais aller les voir, je vais aller voir cet enfoiré de Burker.

— Ne fais pas de bêtises.

Éloïse craignait une réaction incontrôlée de son mari. Les termes du courrier de licenciement étaient l'épreuve de trop pour lui. Elle ne put toutefois s'empêcher de penser qu'il avait eu tort de ne pas aller à sa convocation d'entretien.

— Il faut que tu prennes un avocat...

— Pitié, tu ne vas pas me reparler de ta copine ! Je sais ce que je dois faire.

— Maman, qu'est-ce qu'il y a, tu pleures ? Rose avait surgi, encore en pyjama. Ses grands yeux bleus apeurés fixaient sa mère.

— Ce n'est rien ma chérie, c'est une histoire de grands. Elle la prit dans ses bras en essayant tant bien que mal de masquer son trouble. Vincent fila dans la salle de bain.

Rentrée de l'école après avoir accompagné Rose, Éloïse attendait depuis vingt bonnes minutes que Vincent libère la salle de bain. Elle écoutait la radio dans la cuisine un café et une cigarette à la main. Il sortit enfin, passa une tête, simula un haut-le-cœur, « ça pue la clope ! » puis partit sans un regard. Une minute plus tard, la porte d'entrée claqua.

En l'espace de onze jours, il avait été tué professionnellement. Il n'était pas juriste mais, pour lui, faute lourde, cela signifiait pas d'indemnités. Hormis les 2.987,23 euros, il n'avait droit à rien. Il n'eut à cet instant qu'une envie, non pas celle de se battre, ni même de se venger, mais celle de se réfugier au comptoir de son café, *la Favorite*, rue La Fayette, loin des regards implorants, loin de la pression familiale. Quelque chose s'était cassé en lui.

Il passa la journée entière au bistrot. Son esprit divaguait vers un sentiment coupable d'humiliation et un abattement profond. Il éprouva bientôt, sans parvenir à l'expliquer, de la rancœur contre Éloïse. Elle était combative, franche, directe, mais souvent trop péremptoire. Lui était moins affirmé, plus consensuel, parfois à la limite de la velléité. Il aurait fui au bout du monde, s'il avait pu, plutôt que d'affronter son regard exigeant.

Lorsqu'il rentra, tard, empestant la bière, elle aurait préféré, pour la première fois, dormir seule dans son lit.

Mercredi 25 septembre, appartement des Douvre

— Tu vas rester au lit toute la matinée ? La question secoua Vincent. Il se redressa dans son lit, jeta un œil au radioréveil posé sur la tablette : 11h20, puis fixa Éloïse, les yeux encore embués.

— Tu sais que les enfants commencent sérieusement à s'alarmer de ton état.

Son ton sentencieux le piqua et le dégrisa instantanément.

— Arrête d'exagérer. C'est sûr, tu ne fais rien pour les rassurer en ce moment.

— Ah bon, parce que c'est à moi de les rassurer ? Tu te fous de moi. La tension monta en l'espace d'une seconde.

— Je te signale que Rose m'a demandé toute la soirée où tu étais.

— Et alors, tu as dit quoi ?

— Qu'est-ce que tu voulais que je dise ? grinça-t-elle. Je lui ai dit que tu étais sorti prendre l'air, que c'était dur pour toi actuellement mais que les choses allaient s'arranger. Puis baissant d'un ton, elle tenta l'apaisement :

— Ce qui serait bien, c'est qu'on déjeune tous ensemble. Je dois aller la chercher à l'école, essaie d'être prêt. Elle précisa, tout en quittant l'appartement :

— Au fait, j'ai déposé le chèque à la banque.

Vincent ne répondit pas. Il se remémora les scènes de la veille, le courrier atroce, le chèque de solde de tout compte, la panique d'Éloïse, sa journée passée au café. Il éprouva un sentiment profond de lassitude mais parvint à se traîner jusqu'à la salle de bain où, debout devant la glace, il fut effrayé par le reflet de son visage, creusé et blafard.

■

— Papa, tu t'es pas rasé, lança Rose avec malice.
La réflexion le sortit de sa léthargie. Levant la tête de son assiette, il répondit du tac au tac.
— Et oui mon petit cœur, comme ça je te ferai plein de bisous qui piquent.
Elle le regardait avec des yeux brillant d'amour. Éloïse et Pierre restèrent silencieux pendant tout le repas. Alors qu'ils commençaient à débarrasser, Pierre lâcha, interrogatif :
— Tu vas leur faire un procès à UTC ?
Vincent foudroya sa femme du regard.
— Qui t'a dit ça ?
Vexée, elle intervint :
— Pourquoi tu me regardes comme ça, j'ai rien dit.
— C'est vrai papa, on n'en a pas parlé.
Détournant son regard, il quitta la cuisine sans un mot. Du couloir, il entendit son fils s'agacer :
— Ben dis donc, je sais pas ce qu'il a en ce moment.
— Pourquoi il part tout le temps, papa ? s'inquiéta Rose.
— C'est rien, il est un peu stressé, tenta de rassurer leur mère, les choses vont s'arranger. Pourtant son regard angoissé disait le contraire. La porte d'entrée claqua.

Après s'être morfondu des heures au comptoir, courbé sur son tabouret, Vincent quitta *la Favorite* en début de soirée puis s'assit sur un banc. La tête rentrée dans sa parka pour se protéger d'une brise fraîche et humide, il était méconnaissable.
Il rentra nuitamment afin de ne pas risquer de croiser ses enfants. Ses dents lavées, il se glissa dans le lit, Éloïse posa aussitôt son livre, éteignit de son côté et se tourna ostensiblement. Les yeux ouverts dans le noir, elle fixait le point rouge de la télévision. Des

larmes commencèrent à couler le long de son nez et de sa joue, inondant son oreille. Elle déplaça sa tête à plusieurs reprises en reniflant, à la recherche d'un coin de drap sec. Lui dormait déjà d'un sommeil moite et odorant.

Jeudi 26 septembre, appartement des Douvre

Vincent fut réveillé par le bruit des poubelles vidées dans le camion benne et jetées sans ménagement contre le mur de l'immeuble, juste au niveau de la fenêtre. Il regarda son réveil : 6h50. La pluie cognait contre le volet.

« ... journée de merde », pesta-t-il intérieurement.

Éloïse, pourtant dotée d'un sommeil léger, dormait encore. Ces derniers jours l'avaient épuisée nerveusement. En descendant du lit, Vincent lui tordit le pied, elle se redressa d'un bond et le regarda, hagarde.

— Il est quelle heure ?

— Tôt, tu devrais encore dormir, conseilla-t-il, avant de disparaître dans la cuisine, en tee-shirt et caleçon.

Un vertige le saisit. Il s'appuya quelques secondes sur le bord de la table. Il n'avait presque rien mangé la veille et tout l'alcool absorbé n'était pas entièrement éliminé. Il se prépara un copieux petit déjeuner. Le grand café noir qu'il but à petites lampées lui réchauffa le ventre.

Dehors, la pluie redoublait d'intensité. Vincent pouvait entendre, côté cour, l'écoulement régulier de l'eau à travers la grille d'évacuation. Éloïse rompit cette forme de bercement.

— Tu comptes te raser un de ces quatre ? demanda-t-elle, souriante, en avisant sa barbe de trois jours. Il leva les yeux et la dévisagea d'un air mauvais.

— Ça te dérange ? l'agressa-t-il, première nouvelle. Pourtant on ne peut pas dire que tu t'intéresses beaucoup à moi ces temps-ci.

Il se savait injuste mais c'était plus fort que lui, il avait pris la mouche, réagissant comme un écorché vif.

— Eh, mais ça va pas, tu te calmes ! se défendit-elle, sonnée par la violence de sa réponse. Si tu ne veux pas te raser, te rase pas ! Ça m'est complètement égal.

— Et ben tant mieux, comme ça tout le monde est content, ironisa-t-il.

— C'est quand même dingue d'entendre un truc pareil. Je m'occupe des enfants, j'essaie de les rassurer. Tu es là, tu disparais, dès qu'on ouvre la bouche, tu t'énerves. On ne peut plus rien dire. Je commence à en avoir sérieusement marre de ton comportement.

— C'est un peu facile, bientôt ça va être de ma faute si je me suis fait virer.

— Est-ce que j'ai dit ça ? Tu délires totalement ! Je dis simplement que c'est bon maintenant, tu peux peut-être te reprendre en main. Tu crois que c'est agréable pour nous de te voir partir toute la journée je ne sais où et... revenir en puant l'alcool.

— Qu'est-ce que ça peut te foutre ! De toute façon, on ne partage plus rien, t'es dans tes bouquins, dans tes clopes. Il se leva d'un bond et poursuivit en vociférant :

— Dès que je fais un truc, c'est pas bien. Toujours à me critiquer.

Éloïse explosa à son tour.

— Non mais c'est n'importe quoi ! C'est toi qui passes ton temps à tout critiquer. Je dois tout le temps faire attention à ce que je dis, parce que sinon j'ai droit à la gueule de monsieur pendant des jours. La preuve... la preuve, ajouta-t-elle sarcastique, je te demande, en plaisantant, si tu comptes te raser et tu deviens parano. Franchement, si t'es pas content, casse-toi ! Elle le défiait maintenant du regard, la bouche serrée.

— Oh oui je me casse, répondit-il, feignant un air soulagé.

Il la frôla sans la regarder, marcha rapidement jusqu'à leur coin chambre et s'habilla dare-dare avec les vêtements de la veille. En enfilant sa chemise, il pesta alors qu'il venait d'arracher un bouton. Moins de deux minutes plus tard, la porte d'entrée claqua.

Les éclats de voix n'avaient pas troublé le sommeil des enfants. Restée dans la cuisine, Éloïse tremblait encore. Un mélange de rage et de tristesse la taraudait, mais aussi une certaine satisfaction ; satisfaction d'avoir tenu tête à un mari devenu méconnaissable. Néanmoins, la compassion qu'elle éprouva en se repassant le film des derniers jours lui déchira le cœur. Face à son café, elle se représentait Vincent errant sous la pluie, dans les rues encore sombres.

La situation ne pouvait continuer ainsi. Déjà, elle y avait pensé, sans imaginer être capable de le faire. Cette fois, c'était décidé, dès que les enfants seraient à l'école, elle appellerait.

Elle fit une première tentative, puis deux, puis cinq. Son cœur s'emballait à chaque fois. Dès qu'elle avait le combiné en main, la pression était trop forte, sa gorge se serrait jusqu'à devenir dure comme du bois, l'empêchant de respirer. Elle faillit renoncer.

Jeanne Vinon, l'assistante de Xavier Nouillaud, décrocha et répondit d'une voix neutre « UTC France, bonjour ».

— Bonjour, pourrais-je parler à... monsieur Nouillaud ?

— Qui le demande ?

— Je suis Éloïse Douvre, la femme de Vincent Douvre.

Après deux secondes de silence, la voix se fit aimable.

— Ah, bonjour madame Douvre, je vais voir s'il est là, ne quittez pas.

À défaut de musique d'ambiance, le disque d'attente était branché sur une radio d'information continue : « ... *France Info, 9h42, les mauvais chiffres de l'emploi en France au premier semestre, le gouvernement maintient toutefois son engagement d'inverser la courbe du chômage avant la fin de l'année...* ».

« Quelle ironie », pensa-t-elle. L'idée d'appeler Nouillaud lui avait traversé l'esprit la veille. La nouvelle crise de la matinée avait renforcé cette conviction. Il fallait lui faire prendre conscience de leur situation et le convaincre de se séparer de Vincent avec humanité. Elle risquait gros, elle savait qu'il ne lui pardonnerait jamais ce coup de fil, si par malheur il l'apprenait.

Une voix posée, un peu aigüe, répondit :

— Xavier Nouillaud...

— Bonjour monsieur, je suis Éloïse Douvre, la femme de Vincent.

— Oui, que puis-je pour vous ?

— Je vous appelle au sujet de Vincent. Il ne va pas bien. Nous ne comprenons rien à ce qu'il se passe depuis quelques jours.

— Je comprends. C'est une situation difficile. Je suis désolé. Le groupe a pris certaines décisions de réorganisation et des postes ont été supprimés.

— Mais je parle du courrier, les termes employés, c'est horrible !

— Madame, c'est une affaire entre votre mari et la société UTC, comprenez que je ne puisse pas apporter de commentaires.

— Je ne sais pas si vous vous rendez vraiment compte des conséquences pour notre famille. Il se retrouve du jour au lendemain licencié, sans indemnités, alors qu'il n'a rien fait, simplement parce qu'UTC veut faire des économies. C'est trop injuste !

— Désolé madame, mais ce n'est pas si simple. Ce sont des décisions d'entreprise...

— Vous savez, Vincent a été très malade. C'est la raison pour laquelle il n'a pas pu se rendre à l'entretien de vendredi dernier. Il faut me croire, monsieur Nouillaud.

— Malade ou pas, c'est maintenant du passé.

— Pour vous peut-être, mais moi, c'est mon quotidien. Je vous en prie, monsieur Nouillaud, ne nous laissez pas dans cette situation. Nous avons deux enfants, je ne travaille pas, nous avons besoin du salaire de Vincent. Vous avez des enfants ? Vous pouvez comprendre...

Il s'abstint de dire que non, il n'avait pas d'enfants, et que surtout, il n'avait jamais supporté la présence ou même la vision de ces êtres bruyants. Il leur préférait la compagnie des timbres. Bien classés, par pays, par date, ils ne l'avaient jamais déçu.

— Ce n'est pas ma décision madame Douvre, je suis désolé.

Il essaya de mettre fin à la conversation mais elle ne voulut pas s'avouer vaincue.

— Dans ce cas, pouvez-vous me passer monsieur Burker ?

— Monsieur Burker ? non, je ne peux pas vous passer monsieur Burker.

— Vous pouvez peut-être lui demander de me rappeler.

Nouillaud commençait à perdre patience. Éloïse sentit un vertige l'assaillir, sa vision se troubla, des images se bousculèrent, la mort de son père, sa souffrance et celle de sa mère, le licenciement de Vincent, demain leur déchéance peut-être.

— Vous allez le tuer, reprit-elle, comment il va pouvoir retrouver un boulot ?

— Écoutez, c'est son problème, c'est lui que ça regarde. Vous ne savez certainement pas tout et... nous avons tiré les conséquences d'une situation donnée.

— Mais vous êtes des monstres ! Il y a un être humain en face !

La conversation téléphonique virait au cauchemar pour Éloïse. Nouillaud se sentait de plus en plus oppressé. « Après le mari, voilà que je dois me taper la bonne femme » enragea-t-il intérieurement. Il décida de mettre un terme à l'entretien, de façon radicale.

— Écoutez madame... taisez-vous, écoutez-moi ! Estimez-vous heureuse que nous n'ayons pas porté plainte contre votre mari après son accident de voiture. Dois-je vous rappeler que c'est le commissariat qui nous a prévenus que la voiture avait été enlevée par la fourrière. Nous avons dû payer une lourde amende, sans compter les frais colossaux prévus pour la remise en état, et s'il s'avise d'essayer de nous poursuivre d'une façon ou d'une autre, croyez-moi, nous lui ferons vivre un enfer avec nos avocats.

Elle ne répondit rien. Elle pleurait silencieusement. Elle venait de prendre conscience de son énorme bêtise. Nouillaud était blême, sa main blanche, crispée autour du combiné, tremblait. Son cœur tapait douloureusement dans sa poitrine. Il raccrocha sèchement.

— Quelle folle, les deux font bien la paire ! J'espère qu'elle ne va pas se mettre à me harceler.

Le hasard fit que Vincent rentra quelques minutes plus tard. Il était trempé. L'eau ruisselait de sa parka et coulait abondamment sur le parquet de l'entrée. Il aperçut le téléphone par terre et croisa le regard inondé de larmes de sa femme. Il se figea, craignant de comprendre. Blafard, il se saisit du téléphone et consulta le journal des appels.

— Putain, mais c'est pas vrai ! T'as appelé le bureau, t'as eu qui ?

Il avait explosé. Éloïse, recroquevillée sur le canapé, tenait entre ses mains son visage implorant. Elle renifla bruyamment, incapable de dire un mot.

— T'as eu Nouillaud, c'est ça ? rugit-il. Réponds-moi ! T'as eu Nouillaud ? Il se planta devant elle, tremblant de rage.

— Je voulais pas, gémit-elle dans un sanglot, je sais pas pourquoi j'ai fait ça.

— Mais c'est pas vrai ! répéta-t-il, pourquoi t'as fait ça ?

— J'ai cru bien faire, je ne peux plus supporter cette situation.

— Et alors ! tu crois que ça te donnait le droit d'appeler dans mon dos... Regarde-moi ! éructa-t-il, t'as eu Nouillaud ?

Elle sursauta, terrifiée par sa colère. Il lui fit peur pour la première fois.

— Mais qu'est-ce que tu lui as dit ? poursuivit-il en lui saisissant les épaules. Elle eut un mouvement de recul et tenta de se libérer de son étreinte.

— Lâche-moi ! tu me fais mal.

Vincent, l'haleine chargée, les yeux injectés, presque révulsés, loin de desserrer son étreinte, se mit à la secouer. De ses cheveux trempés, des gouttes d'eau coulaient sur son visage, lui donnant un air de fou. Elle hurla.

— Arrête ! j'ai mal, arrête !...

Elle se jeta en arrière et s'effondra en boule à l'extrémité du canapé. Lui resta pétrifié, hâve comme un spectre. Ses mains tremblaient encore. « Mon Dieu, qu'ai-je fait, pensa-t-il, je suis en train de devenir fou. »

— Je... je... balbutia-t-il.

— Pars s'il te plait, pars, supplia-t-elle, prostrée. Il ne dit rien. Submergé par la honte, il n'eut pas le courage d'affronter son regard. Il resta un long moment chancelant, comme dans le vide. Son esprit était confus. L'instant présent lui paraissait irréel, comme s'il venait de rêver cette scène.

— Va t'en... laisse-nous, souffla Éloïse.

Vincent n'avait pas rêvé. Sa femme était toujours recroquevillée, la tête appuyée sur le rebord du canapé. Ses deux mains, passées derrière sa nuque, tenaient fermement son cou. Il fut envahi par un sentiment de tristesse et de gâchis. Le « laisse-nous » résonnait sourdement. Il était devenu un obstacle pour elle et les enfants. Il sortit sans un bruit et quitta l'appartement en refermant doucement la porte, comme pour ne pas réveiller un enfant qui dort.

Elle resta longtemps dans cette position, sans bouger, l'air hagard. Lorsqu'elle voulut se redresser, une violente décharge lui électrisa le cou, sa bouche se crispa de douleur. Elle marcha péniblement jusqu'à la salle de bain et fit couler de l'eau chaude dans le lavabo. L'image reflétée dans le miroir la glaça. Son visage bouffi, au teint cireux, renfermait deux petits yeux rougis cernés de gris et un nez coulant, violacé. Elle se passa de l'eau sur les joues et les paupières en prenant garde de ne pas faire de mouvement brusque. Puis elle enfila avec d'infinies précautions un col roulé par-dessus son pull et partit pour l'école, parapluie à la main.

Un signal s'était allumé en elle. Vincent lui avait fait mal, physiquement. Plus rien ne serait comme avant. Elle le quitterait bientôt, pour toujours. Cette perspective, étonnamment, la rassurait.

Il se réfugia à *la Favorite*. Sa parka sentait le chien mouillé, ses pieds, enserrés dans des chaussettes détrempées, glissaient au fond de ses chaussures humides et commençaient à le gratter. Son début de barbe désordonnée et ses traits creusés lui donnaient un air patibulaire. Il ne rentra pas le soir.

Éloïse expliqua aux enfants que leur père avait besoin de prendre un peu de recul dans l'épreuve qu'il traversait, que c'était préférable pour tous.

— Il veut plus nous voir, papa ? demanda tristement Rose.

— Mais non ma chérie, il a besoin de réfléchir.

— De toute façon, il est complètement taré en ce moment ! enchaîna Pierre, le regard dur.

— Arrête Pierre, protesta-t-elle.

— Pourquoi il est taré papa ?

— Les enfants, ça suffit, vous ne parlez pas comme ça, personne n'est taré.

Plus tard, tandis que Rose jouait tranquillement dans sa chambre, Pierre vint discrètement trouver sa mère affairée à préparer le dîner.

— Il n'a pas intérêt à recommencer, lança t-il menaçant.

— De quoi tu parles ?

— Tu crois que je n'ai pas remarqué ? Tu as mal au cou...

— Oh mon chéri, mentit-elle en le prenant dans ses bras, c'est rien, c'est un faux mouvement.

— Ouais, mais quand même, il n'a pas intérêt à s'approcher de toi.

Vincent fit la fermeture du café. Il avait fini par sécher, sauf ses pieds, toujours trempés dans ses chaussettes. Il déambula sur le boulevard Magenta, encore animé malgré l'heure tardive. La pluie avait cessé, une légère bise le fit frissonner. Il remonta le col de sa parka et poursuivit son errance vers la place de la République. L'image d'Éloïse, apeurée sur le canapé, le hantait. Il avait définitivement brisé quelque chose. « Laisse-nous », avait-elle imploré, les mots sonnaient dans son crâne. Une nausée se mit à le tenailler et l'obligea à s'assoir sur un banc. Il manqua vomir.

L'avenue de la République était maintenant presque déserte. Il s'enfouit la tête dans sa parka, pensant se réchauffer. Les effluves de bière imprégnés dans le tissu lui provoquèrent un haut-le-cœur. Il contint, puis ravala la bile remontée dans sa gorge. Il finit par s'allonger, les genoux repliés, les deux mains jointes sous sa joue. Il ferma les yeux.

5. Monique et Vincent

Vendredi 27 septembre, appartement des parents Douvre, rue Édouard Lockroy, Paris 12ème

La sonnette stridente de l'interphone retentit. Monique Douvre, en robe de chambre, fit les deux mètres qui la séparaient de l'entrée avec une certaine appréhension. Il était rare que l'on sonne de si bonne heure. Le plus souvent, c'était pour un recommandé et cela n'augurait jamais de bonnes nouvelles.

La joie de voir son fils ne l'empêcha pas de s'interroger sur les raisons de sa venue, à huit heures à peine.

— Bonjour mon chéri, que me vaut cette visite si matinale ? Tu sais que ton père est encore couché.

— Oh… toute une histoire ! mentit Vincent. J'avais des RTT à rattraper et j'ai pris la résolution de me lancer dans du bricolage. Or, il me manque un produit qu'on ne trouve que dans un magasin, à côté d'ici. Quand je me suis pointé, à l'ouverture, pour ne pas perdre de temps, pas de bol ! le magasin est fermé aujourd'hui. Du coup, je me suis dit que je passerais vous faire un petit coucou. Mais je suis désolé, je ne me suis pas rendu compte qu'il était si tôt. En plus, je n'ai pas fait d'élégance, je suis un peu dégueulasse… et transi, dehors, il fait un froid de gueux.

— Mais non mon chéri, je suis ravie. Si tu veux prendre une douche, ça te réchauffera. Je vais te préparer un café.

— Oh ben écoute, c'est pas de refus, je ne pensais pas avoir si froid.

— Vas-y, il y a une serviette propre, ça te fera du bien. En plus, tu n'as pas très bonne mine.

— C'est un peu compliqué en ce moment au bureau, je te raconterai, lança-t-il en s'éloignant vers la salle de bain.

■

Jusqu'à peu, Vincent n'avait pas vu ses parents vieillir. Aujourd'hui âgé de quatre-vingt-un ans, son père avait décliné fortement ces derniers mois. Souffrant d'Alzheimer à un stade avancé, il avait beaucoup perdu en autonomie.

Sa mère était une vraie mère courage. Née Monique de Renardeau, dans une famille de petite aristocratie bourguignonne, elle avait toujours tout affronté avec une dignité et une abnégation impressionnantes. La foi chevillée au corps, elle avait coutume de dire que porter un peu de la croix du Christ était une grâce de chaque instant.

Il n'empêche, Vincent était inquiet et la trouvait fatiguée. Elle ne s'était jamais ménagée, et cela durait depuis soixante-dix-sept ans. Il y a quatre mois, elle avait eu un contrecoup psychologique suite à un cambriolage dont ils avaient été victimes. Quelques souvenirs familiaux avaient été dérobés, elle en avait été profondément affectée.

■

Le jet brûlant embua rapidement le miroir et la salle de bain toute entière. Allongé dans la baignoire, les yeux fermés, la pomme de douche posée sur le front, Vincent s'aspergea le visage plusieurs minutes, savourant le réchauffement de son corps, bercé par le gargouillement de l'eau.

Il réapparut propre et peigné dans le petit salon sombre.

— Ça te va pas mal la barbe, ça te donne un air de Christ en croix, plaisanta sa mère.

— Merci pour la comparaison ! je vais te faire un aveu, tu es bien mieux que Marie. Elle lui sourit mais il perçut de l'inquiétude dans son regard.

— Bon, fit-elle en lui servant son café, raconte-moi comment ça va, tu disais que c'était compliqué au boulot ?

— Ouais, c'est un peu la panique depuis le départ de l'ancien patron. Mais ce n'est pas très important. Il retourna habilement le sens de la conversation.

— Et toi, tu m'as dit que l'assurance avait fini par rembourser pas trop mal après le cambriolage ?

— Oui, mais ce qui me chagrine, c'est pour le joli tableau de ton ancêtre Renardeau, celui qui avait combattu aux côtés de La Fayette pendant la guerre d'indépendance américaine. J'aurais tant voulu te le donner. C'était le seul souvenir familial auquel je tenais vraiment, le reste, ce n'était que des bibelots sans grande valeur.

Elle fixa tristement le haut de la commode, juste à l'endroit où le cadre renfermant la gravure ancienne avait été volé.

— Et papa ? demanda Vincent.

— Il ne va pas si mal que ça. Il dort beaucoup, tu ne peux pas savoir comme il dort ! et il dit tout le temps qu'il a froid, mais sinon ça va. L'autre jour, s'anima-t-elle, c'est extraordinaire, nous regardions une émission sur de Gaulle et ton père m'a ressorti des souvenirs précis d'après-guerre, sur ses parents, sur Madeleine, tu sais Madeleine ? la veille gouvernante qui s'était occupée de sa sœur et de lui lorsqu'ils étaient petits. Mais c'est vraiment terrible cette maladie... deux minutes plus tard, que dis-je, vingt secondes plus tard, il avait totalement oublié ce qu'il venait de dire et il ne se souvenait plus où était la cuisine.

Elle sourit avec mélancolie.

— Je vais te montrer quelque chose, enchaîna-t-elle en se levant brusquement. Il sursauta. Elle revint quelques secondes plus tard, une feuille à la main.

— C'est un texte que j'ai écrit sur ton père, tu me diras ce que tu en penses.

Vincent prit la feuille et commença à lire dans sa tête, sa mère le regardant postée devant lui.

Regarder le soleil à travers les nuages
Fermer les yeux pour revoir un visage
Répondre à une voix qui n'a pourtant rien dit
Puisqu'il y a déjà longtemps qu'elle n'est plus ici

Il sembla marquer une pause et inspira profondément.

Se promener dans Berlin tout en longeant la Seine
Attendre pour se coucher que revienne Madeleine
Oublier parfois qu'on a eu des enfants
Et s'étonner pourtant qu'ils soient toujours absents

Ses lèvres se mirent à trembler.

Cent fois sur le métier remettez votre ouvrage

N'hésite donc pas cent fois à redire ton message
Car si les mots s'envolent aussi vite qu'un mirage
C'est bien son cœur qui lui, gardera ton image

Son nez se boucha, ses yeux s'emplirent de larmes. Il poursuivit sa lecture.

Un jour viendra sans doute où ce seront nos mains
Qui seules poursuivront un déjà long chemin
Commencé ensemble il y a bien des années
Parsemées de chagrins et de joies partagées

— C'est très beau, souffla-t-il en pleurs. Il regarda sa mère, s'efforçant de sourire.
— C'est trop bête, je suis ému. Monique lui serra le bras. Elle était partagée entre fierté et étonnement de constater la grande émotivité de son fils.
— Tu es sûr que tout va bien ? Tu n'as vraiment pas bonne mine, tu as des soucis ?
— Mais non, rien de grave. Il y a simplement pas mal de pression en ce moment au boulot et je pense que je stresse un peu Éloïse et les enfants. Mais les choses vont s'arranger, faut que je prenne un peu de recul.
Il ne voulait pas rajouter ses propres difficultés aux malheurs de sa mère. Néanmoins, il se sentait rattrapé par une forme de fatalité.

Il revit la scène durant laquelle son petit frère Guy, tout juste bachelier, annonçait qu'il partait découvrir l'Afrique avec deux copains, pour finalement ne pas revenir et s'installer définitivement en Afrique du Sud. À vingt et un ans, Vincent était passé aux yeux de ses parents de fils ainé à fils unique. C'est aussi peu de temps après que son père avait été licencié et avait progressivement sombré dans la dépression.

Il eut un choc en le voyant. Celui-ci venait de débarquer en pyjama et lui souriait sans le reconnaître. Son état s'était encore dégradé depuis la dernière fois. Sa tête quasiment chauve était blanche et sa silhouette paraissait anormalement frêle.

— Eh ! hello Papa, s'engoua Vincent. Comment ça va ?

— Ça va, répondit machinalement son père.

— Je suis passé faire un petit coucou, mais je ne vais pas rester, je dois y aller. Déjà il était debout et avait renfilé sa parka.

— Mon chéri, prends soin de toi et repasse quand tu veux, ça me fera plaisir. Si Éloïse veut venir un samedi prendre le goûter avec les enfants, qu'elle n'hésite pas.

— Je lui dirai.

Ces dernières années, les liens s'étaient distendus entre Éloïse et ses beaux-parents. Elle ne les voyait plus que très rarement. Il faut dire que depuis la mort de son père, elle voyait sa mère tous les week-ends. De plus, pour Pierre et Rose, les quelques visites à leurs grands-parents paternels avaient un côté assez austère. Vincent avait donc pris l'habitude de venir seul. Or Monique aimait sincèrement sa belle-fille, elle lui reconnaissait un équilibre et une force de caractère bien supérieure à celle de son fils. Elle étreignit son fils en murmurant : « Si tu as besoin de quoi que ce soit, je suis là. »

Une minute plus tard, l'appartement sombre avait retrouvé la tristesse et l'ennui.

— Je ne l'ai pas trouvé très bien, Vincent, j'espère qu'il ne tire pas trop sur la corde.

— Qui ?

— Ton fils, Vincent, je ne l'ai pas trouvé très bien.

— Ah oui, ça il est sympa.

— Il est sympa mais il ne va pas très bien.

— C'est à cause de... c'est à cause des objets... qui montent.

— Sûrement. Viens chéri, viens prendre ton café, je t'ai préparé des tartines.

Vincent repartit un peu rasséréné. Même si la situation de son père était préoccupante, sa mère semblait tenir le coup. Quant à lui, il était disposé à prendre un peu de recul. C'est ce qu'il irait annoncer à Éloïse et les enfants ce matin même. En direction du métro, il tâta sa poche intérieure de parka.

— Merde, merde, merde, c'est pas vrai !

Aucune trace de son portefeuille. Pareil pour ses clés. On avait dû les lui voler, ou alors c'était tombé de ses poches pendant sa nuit inconfortable passée à se contorsionner sur le banc étroit. Énervé, il retourna à l'endroit où il avait dormi, à quelques centaines de mètres de là. Rien. Par réflexe inutile, il fouilla la poubelle à proximité du banc tout en tâchant de se convaincre, « elles doivent être à la maison ».

Pourtant, il se souvenait avoir glissé ses clés dans sa poche en partant. Pour son portefeuille, il avait un doute, il gardait toujours son argent liquide dans sa poche de pantalon et il se revoyait la veille, tendre un billet de 10 euros au barman, sans sortir son portefeuille. Il rumina sur le chemin du retour qu'il fit à pied.

Appartement des Douvre

Rose, encore en pyjama, ouvrit, non sans avoir vérifié au préalable qui avait frappé.

— Papa ! t'étais où ? s'écria-t-elle avec joie.

— Je devais aller quelque part, répondit-il, tout en furetant nerveusement dans l'entrée à la recherche de ses clés et de son portefeuille. Et toi mon cœur, tu n'es pas en classe ?

— Non, il y a matinée pégadogi...péda...gogique, articula-t-elle doctement, donc je ne vais pas à l'école.

— Ah, très bien, fit Vincent sans écouter.

Rassurée, elle retourna à son dessin animé, allongée sur un gros coussin au pied du lit des parents. Il étouffa un juron alors qu'il versait pour la troisième fois le contenu du vide-poche sur la commode, sans succès. Restée dans la cuisine, Éloïse l'avait entendu rentrer avec regret. Il la rejoignit.

— Fait chier, j'ai perdu mes clés et mon portefeuille, attaqua-t-il.

En temps normal, elle aurait immédiatement réagi, et avec force. Elle s'efforça de rester calme.

— Qu'est-ce que tu comptes faire ?

— Je ne sais pas. Puis après un court silence, il lâcha :

— J'ai réfléchi, je crois qu'il faut qu'on prenne un peu de recul.

Elle ne le contredit pas, même si pour elle, c'était à lui de prendre du recul, pas à elle.

— Je vais aller m'installer quelques jours à l'hôtel, pour faire le point.

— À l'hôtel ?

— Oui, il y a des hôtels pas chers vers le boulevard de la Chapelle, je pense que c'est mieux pour tout le monde.

— Tu ne crois pas que tu serais mieux chez quelqu'un... chez tes parents ?

— Non, c'est beaucoup trop petit et je ne veux pas inquiéter maman. Elle a suffisamment de soucis comme ça.

— Tu n'as personne d'autre chez qui aller ?

— Non, je serai mieux à l'hôtel, au calme pour faire les démarches pour le chômage.

— Et aussi pour tes papiers, rebondit-elle, il va falloir que tu refasses tes papiers.

— Oui, il va aussi falloir que je m'occupe des papiers, acquiesça-t-il, docilement.

— Puis tu sais, risqua-t-elle, même si ça te met hors de toi quand j'en parle, il y a ma copine avocate qui est tout à fait partante pour te conseiller si tu veux.

— Écoute, on verra, dit-il pour une fois sans s'énerver, j'ai d'abord besoin de me poser un peu. Mais après, pourquoi pas.

Un peu plus sereine, Éloïse fit opposition à sa carte bleue pendant qu'il préparait son sac. Sur sa demande, elle retira 300 euros de leur compte joint, le maximum autorisé. Avec cette somme, Vincent pourrait tenir quelques jours. Dans l'entrée, prêt à partir, il demanda à sa femme s'il ne devait pas attendre le retour de Pierre.

— Je ne suis pas sûre, il est pas mal perturbé en ce moment, limite agressif. Je crois que lui aussi a besoin de digérer un peu. Tu pourras toujours l'appeler depuis l'hôtel.

— Ok, tu lui diras que je l'embrasse, que je... suis désolé, enfin que je comprends que pour lui, c'est difficile.

— Je lui dirai.

— Et toi, mon cœur d'amour, s'écria-t-il en prenant Rose dans les bras, tu vas être la plus gentille des petites filles pendant que je ne serai pas là.

— Tu vas où ? demanda-t-elle tristement.

— Je dois m'absenter quelques jours, mais promis, je t'appellerai.

Nerveusement, il mit dans sa poche intérieure le reçu postal de son courrier de licenciement, ouvrit la porte, se retourna encore.

— Tu diras bien à Pierre que... les mots restèrent bloqués dans sa gorge.

— Je lui dirai, ne t'inquiète pas, murmura Éloïse en poussant doucement la porte. Elle resta de longues secondes face à la porte, comme vidée. Le pressentiment qu'elle ne le reverrait plus lui remua le ventre.

6. Hôtel Boissieu

Samedi 28 septembre, hôtel Boissieu, boulevard Barbès, Paris 18ème

Un bruit, comme celui d'un marteau frappé sur le mur, réveilla Vincent en sursaut. Il lui fallut plusieurs secondes pour retrouver ses esprits et se souvenir du pourquoi de sa présence dans cette chambre exiguë à la propreté douteuse.

Le buste redressé hors du lit, il entendit le cognement diffus du lit contre la cloison de la chambre, à l'étage du dessus. Il éteignit la télévision, restée allumée toute la nuit et se traîna jusqu'au lavabo. En face de la glace écaillée, l'éclairage blanc vif du néon unique donnait à ses yeux un regard halluciné et un teint blafard, contrastant avec sa barbe noire. Il entra avec précaution dans la petite cabine de douche en plastique.

■

Il était arrivé la veille, en fin de matinée, dans cet hôtel de trois étages du quartier Barbès, choisi au hasard, en remontant le boulevard. La pancarte « Chambres confort – Douche – TV, à partir de 45 euros » l'avait convaincu.

Le réceptionniste, un grand Noir, tatoué, piercé à la pommette et au nez, les muscles saillants sous un tee-shirt blanc immaculé, l'avait toisé, l'œil méfiant.

— Vous restez combien de temps ? s'était-il enquis.

— Euh... je ne sais pas exactement, en tout cas plusieurs jours.

Le gaillard avait eu l'air surpris, plus habitué à une clientèle à la journée, voire à l'heure.

— Cinquante euros par jour, payables d'avance. Les draps et le linge de toilette sont changés tous les trois jours.

Vincent lui avait tendu un billet de 50 euros et avait récupéré une clé argentée reliée à un petit ballon de foot portant le chiffre 6.

Située au fond du couloir du premier étage, la chambre 6 devait mesurer environ trois mètres sur trois mètres cinquante et communiquait avec une salle de bain minuscule. Quand il avait ouvert la porte, une forte odeur de pisse de chat l'avait saisi. Il s'était immédiatement dirigé vers l'unique fenêtre afin de donner un grand coup de frais. La vitre, sale, était fendue, ce qui expliquait sans doute la moisissure recouvrant tout le rebord, ainsi que l'encadrement de la fenêtre.

La moquette, gris foncé, était pelée sur toute la superficie et le lit avait été déplacé pour camoufler un trou grand comme un paillasson. Le dessus de lit mité, jaune orangé, sentait le moisi. Un minitéléviseur avec sa télécommande aux touches effacées, trônait sur une tablette en face du lit. Dans la salle de bain, un filet d'eau serpentait en continu dans le lavabo marron dont la robinetterie n'avait sans doute pas été entretenue depuis les années 80. À l'image du linoléum, auréolé de tâches couleur rouille et racorni sur toute la longueur au bas des cloisons, ainsi qu'autour de la cuvette des toilettes et du bac de douche.

Il avait rangé ses affaires dans l'étroit placard près de la porte, refermé la fenêtre, renfilé sa parka et descendu quatre à quatre les marches grinçantes de l'escalier. Sans un mot ni un regard pour le réceptionniste, il était repassé devant le comptoir de l'accueil et avait filé en direction de *la Favorite*.

Lorsqu'il s'était couché, anesthésié par la demi-douzaine de bières ingérées, il n'avait pas été dérangé par le vacarme sur le palier et aux étages, ni par l'odeur persistante de moisi.

∎

À présent, assis en caleçon sur son lit, un peu revigoré par sa douche matinale, ses oreilles s'emplissaient des bruits de tuyauterie, des grincements de lit, des pas lourds dans le couloir. Une porte claqua violemment, faisant trembler la cloison et sursauter Vincent.

— ... Si t'es pas contente, t'as qu'à aller faire des pipes au bois de Boulogne, rugit un homme à l'accent de l'Est. La porte se rouvrit précipitamment, une voix hurla en direction des escaliers.

— Va te faire enculer, espèce de raté ! Puis la porte reclaqua faisant à nouveau trembler la cloison.

Il alluma la télévision, augmenta le volume pour couvrir le brouhaha et s'allongea les mains sous la nuque. Il resta longtemps dans cette position, les yeux fermés. Quand il se releva, il réfréna une sensation de vertige. Il manqua tomber en enfilant son pantalon. En quelques jours, il avait maigri et serrait sa ceinture d'un cran supplémentaire.

Sur le palier, repassant devant la porte qui avait claqué, il entendit les couinements saccadés des ressorts fatigués d'un lit. Un homme poussait des râles étouffés, encouragé par la voix criarde de sa partenaire.

Le sandwich parisien et son deuxième demi, pris au comptoir de *la Favorite*, le requinquèrent un peu. Depuis le début de la journée, Vincent réfléchissait à la meilleure façon de sortir de l'impasse dans laquelle il s'était enfermé. Il devait voir Nouillaud et le convaincre d'une paix des braves, quitte à ravaler quelque peu son amour-propre.

Son courrier de licenciement était un tissu de mensonges et il pouvait se faire fort de le prouver. À ses yeux, UTC n'avait pas intérêt à risquer un procès à l'issue, certes aléatoire, mais préjudiciable en termes d'image.

C'était décidé, le mieux serait de voir discrètement le directeur financier, dès le lundi. Il hésitait entre le matin et la fin d'après-midi. Il opta finalement pour la fin d'après-midi, la tentative devant avoir lieu exactement quarante-huit heures plus tard. Quand il rentra, le réceptionniste aux aguets le stoppa et lui demanda ses 50 euros quotidiens. Il s'exécuta sans un mot.

Il s'endormit rapidement, bercé par le fond sonore de la télévision, presqu'en harmonie avec les cliquetis de la tuyauterie et le concert de va-et-vient de la clientèle éphémère.

Dimanche 29 septembre, hôtel Boissieu

La fenêtre vibra au passage d'une rame du métro aérien. Ou peut-être était-ce une rafale de vent. Une pluie fine et froide perlait sur la vitre fendue. Vincent se redressa dans son lit, bailla bruyamment et éteignit la télévision. « Nouvelle journée de merde » se lamenta-t-il, en se dirigeant vers la salle de bain. Avant de partir pour *la Favorite*, il vida ses poches et étala pièces et billets sur son lit. « Putain, ça file vite », s'inquiéta-t-il.

Le costaud de l'accueil lui prendrait 50 euros le soir, plus tout ce qu'il allait dépenser au café, au moins une trentaine d'euros. Sur les 300 euros tirés par Éloïse, rajoutés aux 93 euros qu'il avait déjà sur lui le vendredi, il comptait qu'il lui resterait environ 170 euros le lendemain matin. « Je ne vais pas tenir encore très longtemps, et je doute que la maison fasse crédit ».

Il rentra trempé du café. Le réceptionniste au tee-shirt toujours blanc immaculé, tendit un bras musclé, en esquissant un sourire. Vincent ne répondit pas à son sourire et le paya sans un mot. Il ne voulait pas engager une conversation qui aurait dangereusement dérivé sur les bruits, les odeurs et l'hygiène douteuse de l'établissement.

Dans sa chambre, il alluma la télévision et mit ses vêtements à sécher sur les petits radiateurs électriques, l'un près de son lit, l'autre dans la salle de bain. Il enfila un tee-shirt propre et sec et se glissa dans son lit, en caleçon, une barquette de taboulé achetée la veille, à la main. En guise de cuillère, il se résolut à se servir d'un cendrier plat en céramique précautionneusement rincé au préalable.

Son sommeil fut agité. Il dormit par séquences. Il fut réveillé cinq ou six fois en sursaut par des cris et des claquements de porte. Il n'aurait jamais imaginé un tel chassé-croisé sexuel un dimanche soir.

Lundi 30 septembre, hôtel Boissieu

Devant le miroir, Vincent avait une mine à faire peur. Lorsqu'il rasa sa barbe de six jours, il retrouva les traits de son visage, certes un peu plus anguleux qu'à l'accoutumée, mais il se reconnut. Il se doucha longuement et enfila des habits propres.

Il s'installa l'esprit plus clair au comptoir de son quartier général, rue La Fayette, d'où, sirotant un café agrémenté d'une tartine, il élabora sa stratégie. Son plan était d'arriver chez UTC aux alentours de 17h30, afin d'être sûr de ne pas rater un éventuel départ anticipé de Nouillaud. Cela voulait dire : départ de gare du Nord à 16h45, en métro jusqu'à Châtelet, puis RER jusqu'à Nanterre Ville, puis cinq minutes de marche rapide. Il aurait même une flexibilité de quelques minutes. Une fois là-bas, il se cacherait dans le parking. Connaissant tous les recoins, cela ne lui poserait pas de difficultés. Après... après, il improviserait.

Assez satisfait de la manœuvre envisagée, il se récompensa d'un copieux sandwich, largement arrosé de sa bière anonyme.

Siège d'UTC France, abords du parking

Planqué à proximité du parking, Vincent attendait depuis quelques minutes le moment opportun. Le mécanisme d'ouverture s'enclencha soudainement, la lourde porte bascula dans un grincement traînant. Une Clio blanche s'engagea sur la rampe d'accès. Il crut reconnaître Jeanne Vinon, l'assistante de Nouillaud. L'image fut fugace, mais il aurait juré qu'elle pleurait.

Il descendit à petits pas avant que la porte ne se referme, puis se tapit dans un recoin. De sa position, il avait en ligne de mire la voiture de Nouillaud ainsi que la porte donnant sur l'ascenseur. Il était 17h30. Selon toute vraisemblance, Nouillaud n'arriverait pas avant 18h30-19h. L'attente pourrait même être plus longue et l'issue incertaine. La voiture d'Helmut aussi était là. S'ils quittaient le bureau en même temps, son plan capotait.

Trois minutes plus tard, le claquement sec de la porte intérieure, immédiatement suivi d'un bruit de pas rapides, fit bondir son cœur. C'était Maude ! Il la suivit du regard. Le visage renfrogné, elle paraissait voûtée, le cou rentré dans les épaules. Elle partait étrangement tôt, au moins trois quart d'heure avant son horaire habituel. Il sortit discrètement de sa cachette et appela doucement.

— Maude ? Elle redressa la tête et lança un regard périphérique, perdu.

— Maude ? répéta-t-il.

— Vincent ? Vincent, c'est toi ! qu'est-ce que tu fais là ?

s'exclama-t-elle, incrédule.

Elle avait parlé du nez. Malgré la faible luminosité, il la dévisagea. Ses yeux étaient bouffis et des plaques rougeoyantes lui barraient les joues et le cou, signes chez elle de grand stress. Elle venait de pleurer.

— Ça va Maude ? s'inquiéta-t-il.

À nouveau, ses yeux se remplirent de larmes.

— Il m'a dit de partir...

— Quoi ! mais qui ? Nouillaud ? Vincent était abasourdi.

— Oui, Nouillaud. Il m'a mise à pied.

À présent, elle sanglotait et reniflait bruyamment.

— Mais c'est pas possible ! qu'est-ce qu'il t'a dit ?

— Il m'a dit de partir, répéta-t-elle, j'ai même un courrier. Elle poursuivit tout en fouillant dans son sac.

— Tu sais, depuis ton départ, c'est devenu épouvantable. L'ambiance est horrible, Xavier nous a annoncé il y a deux semaines qu'on dépendait de Paul Mongin.

Vincent eut un rictus mauvais. « Ce fayot de Mongin, cette crevette arriviste ! »

— Xavier n'arrête pas de voir les gens en entretien individuel. Tout à l'heure, Jeanne a complètement craqué, même si à mon avis elle ne craint rien, il a trop besoin d'elle. Tiens, c'est son papier.

Il commença à lire, tandis que Maude, un peu ragaillardie, continuait, sans pleurer.

— Il m'a dit que Burker supprimait des postes, que je n'étais pas la seule concernée et qu'ils allaient me faire une proposition de rupture conventionnelle, mais que, en attendant, j'étais mise à pied avec effet immédiat. Le problème, c'est que je n'y connais rien à la procédure, j'ai l'impression que c'est un piège, mais Xavier m'a dit que si je m'opposais, je serais licenciée pour faute. Elle se remit à sangloter.

Vincent avait fini de lire son attestation et tenta de masquer son pessimisme. Sa propre histoire se répétait pour Maude. Il s'efforça de prendre un air serein.

— Tu sais quoi ? le mieux pour toi, c'est de prendre un avocat. N'attends pas, appelle dès demain.

— Tu crois ? interrogea-t-elle, les yeux humides levés vers lui.

61

— Oui, appelle.

À son tour, elle le dévisagea, lui trouvant une mine épouvantable, un air égaré.

— Et toi, pourquoi tu es là ? Il ne répondit pas. Elle lui demanda gravement :

— Vincent, quand tu es revenu le lundi, qu'est-ce qui s'est passé ? Devant son insistance, il finit par lâcher, après un long silence :

— Disons que ma situation est un peu compliquée et que je... souhaite avoir une petite conversation avec Xavier.

Le vrombissement de la machinerie d'ascenseur, suivi du claquement de la porte intérieure, les figèrent. Comme un seul homme, ils se plaquèrent derrière la voiture de Maude et attendirent. Après une trentaine de secondes, une Citroën Picasso les longea sans les voir et s'engagea vers la rampe de sortie.

— Ça y est, elle est partie, souffla Maude.

— Tu devrais y aller maintenant, conseilla Vincent.

— Mais toi, qu'est-ce que tu vas faire ? Est-ce que je peux t'aider ?

— T'inquiète pas, je me débrouille, mais promets-moi, tu prends un avocat.

— Oui, concéda-t-elle, s'obligeant à sourire, je vais même prendre maître Vergès !

— Andouille ! il est mort.

Elle mit la main sur sa bouche, comme une enfant prise en faute. Ils se serrèrent dans les bras. À nouveau en pleurs, elle rentra dans sa voiture et démarra. Il retourna se tapir dans sa cachette et attendit. Les minutes passèrent. Le parking se vida progressivement.

Il repensait à Maude, ce petit bout de femme étonnant et réalisait qu'il la connaissait depuis onze ans. Elle était déjà là lorsqu'il avait rejoint UTC et qu'elle était devenue son assistante. Le courant était immédiatement passé entre eux, sans jamais tomber dans un copinage ou une proximité déplacée. Il avait suivi, de loin, les hauts et les bas de sa relation avec le père de son fils, jusqu'à leur séparation. Outre son implication professionnelle sans faille, il avait pu admirer son abnégation et son courage. Mais aujourd'hui, mère célibataire, sans boulot, son dernier rempart s'effondrait. Il éprouva un sentiment coupable de n'avoir pu la protéger.

Des rires mêlés à des éclats de voix firent cogner son cœur dans sa poitrine. Il n'avait pas entendu la porte du parking. Par réflexe, il chercha du regard la voiture de Nouillaud, elle était toujours là. Sa montre indiquait 18h50.

Les pas se rapprochèrent puis s'immobilisèrent. Vincent capta les fragments d'une conversation en anglais. C'était Helmut Burker, avec Paul Mongin. Visiblement complices, ils semblaient s'amuser du fait que Xavier aime faire le sale boulot. Il les avait bien entendu dire *dirty work*[13] en parlant de Nouillaud. Nul doute qu'ils faisaient référence à Maude, peut-être aussi à d'autres employés. Ensuite, l'un et l'autre s'engouffrèrent dans leur berline luxueuse et quittèrent le parking, suivis, au loin, d'un écho de crissement de pneus.

Le silence, à nouveau, retomba. Il sentit l'engourdissement le gagner. Il sortit de sa cachette et fit quelques gestes pour assouplir ses jambes. Le parking était presqu'entièrement vide.

Enfin, il arriva. Il marchait à petits pas rapides vers sa voiture. Vincent alla lentement à sa rencontre. Nouillaud l'aperçut et se figea, blême.

— Vincent ! qu'est-ce que tu fais là ? Il avait essayé de dissimuler sa terreur. Vincent fut lui-même surpris de l'effroi qu'il lisait dans ses yeux. Son regard était celui d'une proie, juste avant l'assaut du prédateur.

— À ton avis ? répondit-il, posément.

— J'en sais rien... tu voulais me parler ?

— À ton avis ? répéta-t-il, sur le même ton.

Passées les premières secondes d'épouvante, durant lesquelles sa paranoïa lui avait fait craindre le pire, Nouillaud se reprit quelque peu.

— Tu sais Vincent, je suis vraiment désolé pour toi. J'espère que la situation va s'arranger.

— Mais   qu'est-ce   que   tu   me   racontes !   la   situation   va

---

[13] sale boulot

s'arranger... Comment veux-tu que la situation s'arrange ?

— Je peux essayer de parler à Helmut dès que... les choses se seront un peu tassées.

— Je ne peux pas attendre ! éructa-t-il. Tu m'as mis dans la merde avec Burker. Cet enfoiré veut faire une purge, soit, mais il doit en assumer les conséquences.

— Je ne comprends pas bien, bredouilla Nouillaud.

— Ben, je vais te dire, s'il ne veut pas que je prévienne les clients, les concurrents, la presse spécialisée, et s'il veut éviter le procès, on a intérêt à trouver rapidement un accord financier. Sinon, ce sera un déluge de feu et de sang.

Nouillaud, sans le montrer, se détendit d'un coup. C'était donc ça. Son ancien collègue l'avait attendu pour qu'il intercède en sa faveur auprès d'Helmut ! Lui qui avait d'abord craint se faire taper, ou pire, poignarder, quelle dérision, il eut presqu'envie d'éclater de rire.

— Tu devrais en parler directement à Helmut, trancha-t-il, c'est sa décision, pas la mienne. Et entre nous, si tu veux faire un procès, ne te gêne pas.

Le cœur de Vincent battit plus fort. Nouillaud, de moins en moins sur le qui-vive, le fixait et remarqua son désarroi grandissant.

— Ah oui ! et Maude, c'est pas ta décision peut-être ?

Nouillaud feignit l'étonnement, mais fut troublé de réaliser que son ancien collègue attendait depuis un moment dans le parking. Instinctivement, il se remit sur ses gardes.

— Maude ? Ça n'a rien à voir. Il y a une réorganisation, et... elle va partir dans de bonnes conditions.

— Tu te fous de ma gueule ! Je l'ai vu, Maude, en pleurs, brisée. Tu sais qu'elle a un gamin qu'elle élève seule ? T'attaquer aux petits, aux faibles, t'aimes bien, hein ? D'ailleurs, Burker et Mongin ont l'air ravis de te laisser faire le sale boulot, d'après eux, t'aimes ça.

Nouillaud accusa le coup. Le rapprochement des deux hommes, depuis le départ de Vincent, l'agaçait. Il n'avait pas encore trouvé la parade pour éloigner durablement du chef cet opportuniste de Mongin.

— Laisse-moi maintenant ! répliqua-t-il, vous commencez sérieusement à me fatiguer toi et ta femme.

À l'instant où il évoqua Éloïse, Vincent se métamorphosa.

— Ma femme ! mais pourquoi tu parles de ma femme, espèce de connard !

Le menton en avant, l'œil noir, il s'avança d'un pas, désormais à moins d'un mètre de lui. La pression qu'il exerça fit reculer Nouillaud vers l'arrière du box. Il sentit le haut de son crâne toucher la paroi horizontale, qui filait en pente douce.

— Ta femme, fulmina-t-il, figure-toi qu'elle m'a appelé, alors... arrête de jouer les gros durs, et surtout... surtout, ne t'avise pas de me menacer. Tes problèmes, c'est pas mon affaire ! J'y peux rien si t'es pas capable de t'occuper de ta famille.

— Espèce d'enfoiré ! Vincent avait explosé. Il se précipita à sa hauteur et tenta de le gifler violemment. Nouillaud se recula vivement pour esquiver le coup, mais gêné par la sous-pente, dut baisser la tête, perdit l'équilibre et tomba assis. La gifle ne l'avait qu'effleuré. Vincent le fixa avec mépris, puis finit par faire demi-tour.

— T'es vraiment qu'une merde, lança-t-il, sans se retourner, avant d'arriver à la porte métallique de la sortie de secours.

Encore sonné, Nouillaud prit tout juste conscience de la scène dont il avait été victime. La peur s'évapora, remplacée par un sentiment de honte et de colère.

— T'es mort ! T'es mort ! hurla-t-il. Mais déjà, Vincent avait disparu, dans le clair-obscur de la nuit tombante. La machinerie de l'ascenseur s'enclencha dans un claquement.

Péniblement, Nouillaud s'accroupit, puis se redressa de tout son long. Sa tête heurta violemment la paroi en béton, diffusant un écho sourd dans le parking désert. Il s'effondra, évanoui.

■

Le réceptionniste regarda avec méfiance Vincent longer le comptoir et gagner l'escalier. Ce n'était pas le grand Noir tatoué habituel, mais un petit gabarit, d'une cinquantaine d'années, aux cheveux gris, portant une chemise en jean délavée boutonnée jusqu'au col.

Il se débarrassa de sa parka, s'allongea sur le lit et essaya de faire le vide dans sa tête. Il n'y parvint pas. Hormis la satisfaction d'avoir un peu bousculé Nouillaud, son expédition n'avait servi à rien. Pire, il ne croyait plus une seconde que la situation puisse s'arranger. Il l'avait constaté sur place avec Maude, la purge se poursuivait, d'autres licenciements suivraient. Il était plus seul que jamais.

Mardi 1ᵉʳ octobre, hôtel Boissieu

Un tambourinement sur la porte tira brutalement Vincent de son sommeil. Redressé d'un bond, il reprit peu à peu ses esprits. Il était sur son lit, habillé, ses chaussures encore aux pieds. Il regarda sa montre : 7h05. Il s'était endormi comme une masse la veille au soir. Presqu'un tour entier d'horloge !

Il entendit le grincement du plancher derrière la porte, quelqu'un piétinait. On tambourina à nouveau.

— Ça va, j'arrive, dit-il la bouche pâteuse. Le grand Noir tatoué se tenait devant lui.

— T'as pas payé hier soir ?

— Hein ? oui, je me suis endormi.

— Donne cent euros, ordonna-t-il.

— Cent euros ?

— Pour hier soir, et pour ce soir.

Vincent mit la main à la poche, se tourna, prit deux billets de 50 euros et lui tendit.

— Les draps et les serviettes, tu fais quand ? répliqua-t-il au réceptionniste sur le même ton autoritaire. L'autre attrapa les billets, un sourire en coin.

— Ouais, ouais, on va s'en occuper.

Il avait faim et soif. Il se doucha en vitesse et remit ses vêtements de la veille. Il se dit qu'il faudrait qu'il passe au Lavomatic. Demain.

Il rentra à l'hôtel, en début de soirée, titubant légèrement, un sac en plastique à la main. Le réceptionniste le regarda en coin, l'air mauvais, tout en poursuivant sa conversation avec une habituée de l'hôtel, en mini jupe en stretch et top sexy zippé ouvert jusqu'au nombril. De sa bouche épaisse aux lèvres rehaussées d'un gloss violet repulpant sortaient des volutes de fumée à l'odeur chocolat. Elle devait être en pause.

Il alluma la télévision puis étala sur le dessus de lit les billets et pièces qui lui restaient. Soixante-treize euros. L'argent filait trop vite, il ne tiendrait plus très longtemps. Sans solution d'ici demain soir, il devrait quitter les lieux. Il se déshabilla et s'allongea sur le lit avec sa barquette de taboulé et une grande cannette de bière.

La pluie se mit à fouetter la vitre. L'humidité était telle que la moquette sous la fenêtre empestait le chien mouillé. Ni ses draps, ni ses serviettes n'avaient été changés, et le goût du taboulé mélangé aux relents de moisi du dessus de lit restreignit son appétit.

Il fixait sans le regarder le petit écran de télévision. Ses pensées étaient ailleurs. Il avait vingt-quatre heures devant lui et maintenant une certitude : il appellerait Éloïse le lendemain, au moins pour lui réclamer de l'argent, et accessoirement lui demander l'assistance de sa copine avocate.

Le clan-clan bruyant de la tuyauterie détourna son attention. Il bailla en rotant et se traîna jusqu'à la salle de bain, un peu nauséeux. Assis sur la cuvette, il regarda son reflet dans la glace écaillée. La lumière blanche du néon donnait un effet sépia à son visage creusé et maladif. À l'étage, il entendit comme un meuble qu'on déplace, puis des cris, d'abord étouffés, puis très explicites. La femme flattait l'anatomie de son partenaire et encourageait son entreprise en hurlant des termes d'une crudité extrême. Il retourna à son lit, ferma les yeux et attendit.

Mercredi 2 octobre, hôtel Boissieu

Il émergea d'un sommeil moite vers huit heures trente. La lumière de la chambre était restée allumée, ainsi que la télévision. Il se rappelait vaguement avoir été réveillé par des allées et venues dans le couloir, à plusieurs reprises.

Dehors, il faisait triste. Une auréole brune grignotait un peu plus la moquette, au pied de la fenêtre. Un début de migraine lui tenaillait les tempes. Il bailla et partit à la douche.

Une fois en bas, il avisa le fluet de l'accueil et fut soulagé de ne pas avoir affaire à l'autre Monsieur Muscles.

— Je peux téléphoner ?

— On l'mettra sur la chambre, dit le petit homme en lui tendant un combiné poisseux, l'air continuellement méfiant.

À peine Éloïse avait-elle décroché, qu'elle hurla, paniquée.

— Vincent ! qu'est-ce qui s'est passé ?

— Hein ? quoi ?

— Qu'est-ce qui s'est passé ? Une certaine madame Vinon, l'assistante de Nouillaud, a appelé. Elle a appelé hier, trois fois, elle voulait absolument savoir où tu étais. Il paraît que Nouillaud a été blessé, il est à l'hôpital.

— Quoi ? c'est quoi ces conneries ? la coupa Vincent sans comprendre.

— Mais alors, pourquoi elle a appelé ? Dis-moi... il s'est passé quelque chose avec Nouillaud ?

— Ça va pas, tu me prends pour qui !

Tout en disant ces mots, il repensa avec honte à la scène violente dans leur salon, quelques jours auparavant. Éloïse aussi.

Après un court silence, il reprit.

— J'ai simplement dit ma façon de penser à ce connard de Nouillaud, c'est tout. Il nous avait insultés, ajouta-t-il dans un murmure.

— Vincent, tu dois les appeler, implora-t-elle, il s'est passé quelque chose de grave.

— C'est des conneries je te dis ! Je sais pas à quoi ils jouent, mais je vais pas tomber dans le panneau.

— Vincent, dis-moi, tu fais quoi ? T'es où ?

— Je suis toujours à l'hôtel, j'ai besoin d'argent, j'ai presque plus rien. Elle se raidit.

— On ne peut pas continuer comme ça. Je dois envoyer le chèque pour le loyer, j'ai reçu plein de factures, ça se passe mal à l'école avec Pierre. Tu as fait les démarches pour le chômage ?

Il ne répondit pas, et embraya.

— Est-ce que tu peux prendre 300 euros à la banque ? Je passerai en début d'après-midi.

— Vincent, qu'est-ce qui se passe ? C'est un cauchemar... Elle se mit à pleurer.

— Tu ne t'es occupé de rien depuis ton départ. UTC m'appelle, ils te cherchent partout, tu m'appelles, tu veux de l'argent, j'ignore où tu es... Oh Vincent, j'en peux plus !

— Quoi t'en peux plus ! Et moi, tu crois que c'est marrant d'être dans ce trou à rats puant depuis cinq jours. Il avait crié. Le petit concierge ne réagit pas, blasé.

— Tu veux pas me filer d'argent, c'est ça ? Ok, je me débrouillerai tout seul.

— Attends Vincent, ne raccroche pas, dis-moi où tu es ?

— Qu'est-ce que ça peut te foutre ?

— J'ai besoin de savoir.

— Dans un hôtel euh... boulevard Barbès, juste au niveau du métro, je vois pas ce que ça peut te faire. De toute façon, faut que j'aie dégagé demain !

Il raccrocha, furieux, et quitta l'hôtel, la tête rentrée dans les épaules.

Il rentra le soir avec 52 euros en poche, conscient qu'il passerait là sa dernière nuit. Monsieur Muscles, au tee-shirt blanc immaculé, l'attendait, la main tendue, un sourire en coin. Vincent s'allégea de son dernier billet et lui dit avec ironie.

— Les draps et le linge, c'est plus la peine, c'est cadeau, je pars demain.

Le grand Noir eut l'air satisfait.

— Le téléphone aussi, c'est cadeau.

Il s'éloigna vers l'escalier en soupirant, las.

7. Arthur et Betty

« Room service... »

Réveillé d'un coup, Vincent réalisa qu'on avait frappé. La tête engourdie et la bouche pâteuse, il demanda :
— C'est qui ? La voix derrière la porte répéta : « *Room service...* »
— Putain, c'est quoi encore ces conneries, grogna-t-il.
Il ouvrit la porte sans faire d'effort sur sa présentation. Son caleçon baillait à moitié, recouvert en partie par un tee-shirt blanc sale. L'homme lui souriait largement.
— Arthur ! sembla halluciner Vincent, mais qu'est-ce que tu fais là ?
— C'est moi qui devrais te retourner la question, je t'expliquerai dans la voiture.
— Ah, c'est Éloïse qui t'envoie... non, je ne rentre pas à la maison.
— Qui te parle de rentrer à la maison ? non, je t'emmène.
— À Châtillon ?
— Ben oui, où tu veux que je t'emmène d'autre ?
— Mais je comprends pas, comment tu sais que je suis là ?
— Viens, fit semblant de s'impatienter Arthur, je t'expliquerai dans la voiture.
Vincent s'habilla, fit rapidement son sac et le suivit docilement jusqu'à sa voiture. Dans le fond, il n'était pas mécontent d'avoir un nouveau point de chute.

Son meilleur ami avait eu la délicatesse de masquer son trouble en le voyant. Même s'ils se voyaient moins régulièrement ces dernières années, Arthur habitant avec sa mère dans un petit village de Champagne, la métamorphose physique de Vincent lui avait retourné le cœur.
Quand Éloïse l'avait appelé, affolée, la veille, il lui avait promis, de bonne grâce, de passer le prendre le lendemain. Sans le lui dire au téléphone, il l'avait trouvée catastrophiste et très excessive dans ses propos. À présent, il comprenait. Il ne s'agissait pas d'une

70

simple brouille conjugale. Vincent était méconnaissable. Pire, il semblait totalement insensible à sa perte d'estime de soi.

Arthur s'était levé à sept heures, ça ne lui était pas arrivé depuis dix ans. À 7h50, il sautait dans sa voiture, ou plutôt celle de sa mère, une vieille Golf rouge avec 203.000 kilomètres au compteur. Deux heures plus tard, il se garait près du métro Barbès, faisait un saut à la boulangerie et avisait les deux hôtels présents dans un rayon de cinquante mètres.

Son intuition avait été la bonne, il avait opté pour celui qui lui semblait le plus miteux. Le réceptionniste patibulaire avait dévisagé ce visiteur affublé d'un knicker marron en velours côtelé et d'une veste matelassée vert foncé. Lorsque l'énergumène avait dit rechercher un ami là « depuis au moins cinq jours », il l'avait spontanément dirigé vers le monsieur de la 6, son unique client long séjour.

— Waouh ! t'as toujours la même voiture pourrie ! s'extasia Vincent.

— Elle nous rend bien des services à ma vieille mère et moi. Vas-y, installe-toi, je t'ai pris des viennoiseries.

— Monsieur est trop bon. À propos de ta mère, comment va-t-elle ? Toujours aussi dragon ?

— Tu verras, mais oui, c'est toujours le même sketch. Figure-toi, une fois n'est pas coutume, c'est elle qui nous prépare le déjeuner.

— Goulasch au pili-pili, je parie, plaisanta Vincent.

— Surprise... mais je crois que tu as mis dans le mille. Bon, et toi mon grand, poursuivit Arthur, il va falloir qu'on cause un peu.

— Mouais, soupira-t-il, tu as parlé à Éloïse, j'imagine ?

— Pas longtemps, mais elle était folle d'inquiétude. Je lui ai promis de venir te chercher, tu peux comprendre ?

— Mouais, mais tu sais y a pas péril en la demeure, hein, c'est une mauvaise passe, rien de bien dramatique.

— Tant mieux, acquiesça Arthur, sans y croire une seconde.

— Si ça ne te dérange pas, j'ai pas trop envie d'en parler pour le moment.

— Ok, je t'embête pas, je te dis même pas que tu t'es rasé avec une biscotte et que t'aurais besoin d'une bonne douche.

Vincent sourit à son ami, concentré sur sa conduite, puis tourna la tête. Il ne tarda pas à sombrer dans un sommeil lourd, furtivement troublé par les à-coups de la suspension rigide du véhicule.

Ils se connaissaient depuis vingt-cinq ans. À chaque fois qu'ils se revoyaient, c'était comme s'ils s'étaient quittés la veille. Pouvant difficilement faire plus dissemblables comme caractères, ils s'attiraient comme les pôles opposés d'un aimant.

■

Arthur, né Arthur-Charles Desvin de Châtillon, ses initiales lui ayant d'ailleurs valu le surnom d' « ACDC[14] » pendant son adolescence, était duc, fauché, orphelin de père, et sans doute un peu fou. Les origines de sa famille remontaient aux croisades. Quelques uns de ses illustres ancêtres avaient traversé l'histoire de France, notamment le connétable Gilles Desvin, compagnon d'armes de Jeanne d'Arc.

La fortune familiale, encore importante au début du siècle dernier, avait coup sur coup été dilapidée par son arrière grand-père, puis son grand-père. Seul le château de Châtillon, charmante demeure Renaissance, mais véritable gouffre financier pour sa mère et lui, avait échappé aux prodigalités de ses aïeux. Édifié à la fin du XVIème siècle à l'emplacement d'un ancien donjon féodal, sur un éperon rocheux dominant la vallée de Châtillon-en-Champagne, le château était le témoin inerte de la famille d'Arthur, depuis plus de 400 ans.

Enfant, il avait vécu à Paris, jusqu'à la mort de son père, survenue un peu avant ses onze ans. Après une parenthèse scolaire champenoise, il avait coupé le cordon et était retourné vivre à Paris, quatre années de bohème, de dix-huit à vingt-deux ans. C'est là qu'il avait rencontré Vincent. Il avait tenté deux fois, vainement, de passer son bac. Il s'était alors lancé dans la publicité, comme assistant d'un directeur artistique. Enfin, lassé du chantage affectif de sa mère et de ses tentatives de suicide répétées, il s'était résolu à

---

[14] En référence au groupe pionnier du hard rock

s'installer définitivement avec elle, à Châtillon, après avoir trouvé un job de concepteur rédacteur dans une petite agence, à Reims. Depuis neuf ans, il était à son compte.

Malgré ses deux ans de plus que Vincent, il faisait plus jeune et avait un physique charmeur. De sa mère, il avait hérité d'une chevelure bouclée châtain clair et d'yeux de chat d'un vert translucide.

Château de Châtillon, Châtillon-en-Champagne, Marne

Ils franchirent le large portail noir en fer forgé, toujours ouvert. En empruntant l'élégante allée bordée de tilleuls, d'où ils avaient une perspective complète sur le parc à la française, Vincent ne put réprimer un cri d'admiration.

— Oh la vache ! vous avez bossé comme des fous !

— M'en parle pas... et pourtant, tout reste à faire.

— Si, arrête, c'est top ! Tu vois, le coin près du canal, c'était pas aussi net avant. Non, c'est vachement bien, quel boulot !

Il était sincèrement enthousiasmé. Il avait tant aimé cette maison, pleine de souvenirs de ce qui avait sans doute été ses plus belles années d'insouciance.

Arthur arrêta la voiture devant le perron-terrasse. Sa mère, en tablier de cuisine, un verre de mousseux à la main, une cigarette dans l'autre, se tenait là.

— Arrh, Vincent, mon chéri, tu as une tête de déterré, ça fait peur à voir.

Arthur se crispa, c'était tout sa mère ! Il s'était évertué la veille au soir à lui expliquer qu'il allait chercher Vincent qui n'était pas bien, qu'il serait bien qu'elle évitât toute remarque désobligeante le concernant, en gros qu'elle fasse preuve d'un peu de tact... Et bien non, c'était plus fort qu'elle, il fallait qu'elle provoque, toujours, c'était sa façon d'exprimer son attention aux autres.

N'en déplaise à son fils, Vincent l'avait toujours aimée pour ça. Elle était incapable, certainement par pudeur, d'afficher ses vrais sentiments. Il avait néanmoins pleinement conscience du fardeau qu'elle avait dû être pour son ami. Il ne l'avait pas vue depuis au moins cinq ans, mais comme avec Arthur, c'était comme s'il l'avait quittée la veille.

— Et vous, chère Betty, toujours aussi jeune et resplendissante !
Elle partit dans un rire rauque de grosse fumeuse et buveuse.

— Arrh, va poser tes affaires, déjeuner dans la petite salle à
manger dans vingt minutes.

— À vos ordres, Betty !

Ils s'éloignèrent vers l'office.

— Quel personnage ta mère ! Elle n'a pas changé.

— M'en parle pas, mais bon, c'est vrai, elle va pas si mal. Ça doit
bien faire trois jours qu'elle n'a pas menacé de se suicider,
ironisa-t-il, les yeux levés au ciel. Vincent comprit le message et
n'insista pas.

— Au fait, tu as la chambre grise, comme d'habitude. Chambre
qui, en réalité, n'était grise que de nom depuis qu'elle avait été
repeinte en blanc et bleu, quinze ans auparavant.

■

Au jeu du portrait chinois, comme objet, Bettina Puntz aurait
sans conteste été un char d'assaut. Elle était née en 1944, à
Rostock, en Allemagne du Nord, près des côtes de la mer Baltique.
Début 1945, sa famille avait fui l'intensification des
bombardements alliés et l'avancée de l'Armée rouge. Ils s'étaient
réfugiés à Hambourg, dans un appartement communautaire,
quelques mois avant l'établissement de la frontière intérieure, qui
les coupa pendant plus de quarante ans de leur berceau familial.

Plusieurs années jeune fille au pair, l'été, en France, elle s'était
installée à Paris, en colocation avec une amie allemande, après son
Abitur[15]. Elle avait rencontré Charles, son futur mari, en 1966,
alors que tous deux étudiaient le droit à la Sorbonne. Pour Charles,
devenir avocat, c'était une façon inconsciente et inavouée de
protéger le reste du patrimoine familial, presque totalement
dilapidé par son père. Betty y voyait plus l'engagement politique,
un moyen d'émancipation, en phase avec son côté pasionaria,
libéré, grande gueule.

---

[15] Équivalent allemand du baccalauréat

Au premier regard, il avait été transpercé par les deux émeraudes ovales de sa voisine de banc. Son accent à couper au couteau et son grand rire communicatif avaient eu raison de ses manières un peu empruntées d'aristocrate.

Ils s'étaient aimés un soir d'octobre, après une soirée estudiantine durant laquelle ils s'étaient rejoints sur leur anticommunisme viscéral, avant de mélanger leurs corps et leurs soupirs. Betty avait été l'unique amour de Charles.

Le jeudi 11 avril 1968, devant l'adjoint au maire du 15ème arrondissement, le timide Charles Desvin de Châtillon avait dit oui, dans la plus stricte intimité, à la resplendissante Bettina Puntz, enceinte de quatre mois, et bien décidée à reconstruire des racines familiales dont le château de Châtillon serait le point d'ancrage.

Sa mort l'avait anéantie. Veuve à trente-cinq ans, rejetée par les vivants de la famille du duc, entretenant une relation fusionnelle avec son fils, elle s'était jetée corps et âme, plus par devoir que par envie, dans la réfection du monument classé. Elle y avait englouti les économies et la sérénité familiales.

■

À leur arrivée, Arthur rassura discrètement Éloïse.

— J'ai récupéré Vincent, ne t'inquiète pas, on va bien s'en occuper avec maman.

— Merci Arthur, mais tu sais euh… avec Vincent…

— J'ai compris, tu te poses des questions sur votre avenir, c'est ça ?

— Oui, enfin non, si mais… c'est plus que des questions. Je sais que c'est horrible de vouloir divorcer dans son état, mais…

À l'autre bout du fil, Éloïse tâchait de contenir son émotion.

— Je comprends, je vais essayer de lui parler. Si je peux te donner un conseil, pour le moment, ne fais rien. Attends qu'il se soit un peu retapé physiquement et mentalement.

— D'accord Arthur, je te fais confiance, merci pour tout. Puis, après un long silence :

— Tu lui diras que les enfants l'embrassent, il manque beaucoup à Rose.

— Je lui dirai. Prends soin d'eux et de toi, je te rappellerai pour te donner des nouvelles.

Les premiers jours furent rythmés par les travaux de bricolage et d'aménagement extérieur auxquels Vincent se prêta de bonne grâce, y mettant même un entrain apparent. L'activité manuelle semblait lui vider la tête et l'aider à chasser sa mélancolie. Cela ne dura qu'un temps. Il adopta peu à peu une attitude mutique, pouvant s'isoler des heures à faire la sieste.

Il n'évoquait que très rarement sa situation familiale et professionnelle, éludant le plus souvent les questions d'Arthur. Son ami n'insista pas, préférant laisser le temps au temps. Néanmoins, son état psychologique l'inquiétait et il était sidéré par son absence totale de volonté et de prise d'initiatives. Il s'en était ouvert à Éloïse qui, comme lui, avait convenu qu'il traversait une petite dépression due au contrecoup des dernières semaines.

La première crise survint le 11 octobre. Un des nombreux projets de Betty était de réhabiliter les communs du château, en particulier une belle grange en pierres et charpente apparente, pour en faire une pièce de réception louable à l'occasion d'événements. D'une surface de 200 m², elle pouvait, d'après elle, accueillir aisément deux cents personnes assises. Une des étapes consistait à couler une dalle de béton sur un sol qu'ils devaient préalablement délimiter, creuser, sabler et gravillonner. Un travail de titans pour un amateur éclairé et un bricoleur du dimanche, mais Arthur voulait profiter de la présence de Vincent pour attaquer les travaux de force, trop longtemps reportés.

— Mais Arthur, tu te rends compte du chantier ! Il faudrait des professionnels pour faire ça ! Vincent, arrêté sur le seuil de la grange, avait immédiatement lancé les hostilités.

— Tout à fait d'accord mon grand... mais avec quel argent ?

— C'est de la folie ! Je suis incapable de faire ça.

— Arrête, je t'assure c'est pas sorcier.

— Ah oui, tu l'as déjà fait peut-être ?

Le ton employé énerva aussitôt Arthur.

— Et bien figure-toi que oui ! Pas sur une aussi grosse superficie, mais je l'ai déjà fait, et je peux te dire que c'est pas sorcier.

— Peut-être, mais j'ai absolument pas envie de faire ça. Je veux bien jardiner, faire la bouffe... mais je suis pas maçon !

— Moi non plus, je suis pas maçon, je suis pas psychiatre non plus !

Arthur avait haussé le ton. Sa dernière remarque piqua Vincent au vif.

— J'ai besoin d'un psychiatre, c'est ça ? C'est ce que vous vous êtes dits avec Éloïse ?

— Mais arrête ta parano ! On n'a jamais parlé de ça... c'est n'importe quoi !

— C'est vraiment l'hôpital qui se fout de la charité, c'est pas toi par hasard qui vois un psy depuis dix ans ? avança-t-il, perfide.

— ... neuf ans, connard ! et alors, qu'est-ce que ça peut te faire ? Y a pas de honte.

— Y a pas de honte, mais ça ne t'autorise pas à me donner des leçons de morale. Mes problèmes avec Éloïse, y a que moi que ça regarde.

— Euh... ça me regarde quand même un peu, t'es tout de même un petit peu chez moi depuis quinze jours, susurra Arthur dans sa barbe, avec une pointe d'ironie.

Déjà Vincent, sans l'entendre, avait claqué les talons. Son ami le vit, au loin, remonter l'allée des tilleuls et passer le portail.

Il rentra deux heures plus tard, visiblement calmé et satisfait de sa balade dans la campagne. Sans avouer qu'il avait dû annuler, penaud, son demi à 2,50 euros, dans le bar du village, après avoir constaté qu'il ne lui restait que deux euros en poche. Aucun des deux ne s'excusa et ils ne parlèrent plus des travaux. Arthur les entreprit seul, avec méthode. Dès qu'il le pouvait, il se transformait en fourmi laborieuse, tandis que Vincent s'éclipsait dans sa chambre, pour ne redescendre qu'en début de soirée, après une sieste de plusieurs heures. Les jours passèrent.

Le soir, invariablement, ils s'installaient dans le petit salon et buvaient du ratafia de Champagne. Betty les accompagnait au mousseux et sur les coups de minuit, montait se coucher, la démarche traînante et lourde.

Un soir qu'ils avaient éclusé plus que de raison, leur conversation s'anima et dériva dangereusement vers les ratés de leur existence respective. Pour Arthur, l'incapacité d'avoir su couper le cordon, conduisant à sa solitude et probablement sa future déchéance. Pour Vincent, le simulacre d'une vie familiale heureuse balayée par son impuissance et sa lâcheté face à l'adversité.

Énervé, Arthur s'était levé d'un coup pour faire quelques pas dans la galerie conduisant à la cuisine. Lorsque Vincent le rejoignit, les jambes un peu molles, il l'aperçut occupé à fendre l'air avec une épée qu'il avait détachée de l'armure féodale habillant un vieux mannequin en bois et chiffon, montant la garde à l'entrée de la galerie. S'approchant de l'autre silhouette en armes lui faisant face, il s'empara d'une deuxième épée et se mit à son tour à pourfendre un ennemi imaginaire. D'un coup, leurs épées se choquèrent dans un bruit métallique qui résonna contre les murs. Tels deux coqs, il se défièrent du regard.

— On va jusqu'au premier sang, comme à la belle époque, haleta Arthur en riant.

— Comme à la belle époque, répondit Vincent en écho.

Ils se mirent à croiser le fer, le souffle court, le cœur battant vite et fort. Après quelques parades, fatigué, Vincent baissa la garde, alors même qu'Arthur bondissait pour porter l'estocade.

Elle hurla.

— *Jetzt ist genug* ![16]

Stoppé en pleine extension, Arthur perdit l'équilibre et tomba lourdement, laissant échapper son épée aux pieds de sa mère. Vincent se retourna et vit Betty, à deux mètres de lui, en robe de chambre, blanche de colère.

— Arthur, Vincent... ras-le-bol ! si vous voulez vous tuer, allez vous tuer dehors, pas dans ma maison.

Vincent baissa les yeux sur son ami et l'aida à se relever. Comme deux garnements pris en faute, ils affichèrent des mines contrites de circonstance, puis se mirent à pouffer, d'abord avec retenue, jusqu'à partir dans un grand éclat de rire. Betty s'avoua rapidement vaincue. Encore tremblante de rage quelques secondes auparavant, elle hoqueta, à son tour, d'un rire rauque.

— Arrh, vous êtes vraiment des misérables, ras-le-bol ! Vincent,

---

[16] Ça suffit maintenant ! (en allemand)

donne-moi à boire !

Après cet épisode tragicomique, elle retourna se coucher d'un pas mal assuré, laissant les deux acolytes allongés chacun sur un canapé du salon.

Le calme était retombé. À travers la porte-fenêtre, un beau clair de lune faisait danser les ombres des tilleuls dans le parc. Vincent, avisant le lecteur CD, interrogea Arthur.

— Tu te souviens quand on mettait à fond Indochine sur le perron, et qu'on bronzait, en maillot, peinards dans la barque, avec un petit verre de Champ' ?

— Carrément, c'était trop cool.

— À propos, t'as pas un peu de musique ?

— Mieux que ça, répondit Arthur, l'œil brillant, « Birthday album 1981-1991 », y a toutes celles qu'on aime !

Joignant le geste à la parole, il inséra le CD collector. Dès les premières notes de *l'Aventurier*, la tête renversée, les tympans anesthésiés, Arthur s'endormit aussitôt. Vincent, les yeux mi-clos, se laissa aller à ses souvenirs, faisant défiler l'histoire de leur amitié, depuis leur première rencontre.

Vingt-six ans plus tôt...

J'ai seize ans, Arthur dix-huit. Plutôt bon élève de première, je fréquente une école privée du quartier de Passy dans le 16ème arrondissement de Paris. Arthur, après avoir redoublé sa seconde et sa première dans un lycée rémois, a convaincu sa mère qu'il devait changer d'air. Betty s'est saignée aux quatre veines pour l'inscrire dans une boîte à bac chic et chère du 7ème arrondissement. Elle l'a aidé à emménager dans un agréable studio loué à une ancienne amie de Charles, son défunt mari.

Je le croise pour la première fois à la boulangerie de la rue Massenet, rue dans laquelle mes parents louent un appartement lumineux, au cinquième étage, à deux pas du studio d'Arthur. Toujours à l'affut de petits boulots pour payer mes sorties au café et l'entretien de ma Peugeot 103 SP, j'ai été autorisé à afficher, près de la caisse, une annonce proposant du soutien scolaire à 20 francs de l'heure. On discute brièvement de la difficulté de trouver des jobs d'appoint à la fois sympas et rémunérateurs, tout en échangeant nos numéros de téléphone.

Quatre jours plus tard, dans la soirée, maman me tend le combiné du téléphone à cadran gris de l'entrée.

— Un certain Arthur Desvin pour toi.

— Salut Arthur...

— Salut Vincent, tu cherches toujours un petit boulot ? J'ai rencontré un type formidable et plein aux as...

À compter de ce jour, inséparable d'Arthur, ma vie sociale s'épice, tandis que mes résultats scolaires plongent. Le type formidable en question, c'est Dominique, un « vieil » homo de cinquante ans qui a recruté Arthur pour faire du *dog sitting*. Moyennant une grasse rétribution, il doit balader ses deux lévriers afghans dans les jardins du Trocadéro, non loin de son discret appartement.

D'un naturel partageur, et sans doute pour ne pas risquer de se retrouver seul dans une situation gênante, il m'a mis dans la combine. Devenu le QG des copains, c'est rapidement à huit ou dix qu'on se retrouve chez le camarade de trois fois notre âge. Une joyeuse bande d'ados, garçons et filles, qui goûtent aux joies de la transgression et de l'interdit : cigarettes, alcool et premières cuites. C'est une période durant laquelle, à la grande satisfaction de ma mère bien crédule, je multiplie le nombre de soirées et de nuits entières à réviser mes cours et préparer toutes sortes d'exposés chez Arthur Desvin, promu officiellement meilleur élève de ma classe.

L'épisode Dominique s'arrête d'un coup. Au bout de quelques semaines, il ne donne plus signe de vie. On passe à autre chose.

Dans le studio d'Arthur, rares sont les soirs sans fiestas. On ne compte plus les nuits blanches à refaire le monde, les premières expériences amoureuses, les alibis des uns et des autres pour convaincre les parents naïfs de découcher. Régulièrement, une partie de la bande se retrouve à Châtillon pour un week-end. Betty joue les râleuses mais, dans le fond, est ravie de nous voir débarquer, rompant sa solitude et lui faisant revivre par procuration ses soirées d'étudiante insouciante.

La musique, les rires, les cris, brisent le silence des vieilles pierres. Les épais murs vibrent aux rythmes d'Indochine, Sardou, Abba ou Julio Iglesias. Arthur chanteur médiocre, Arthur *showman* flamboyant, enchaîne les « *Vous les femmes...* » et les « *Je n'ai pas changé...* », devant un auditoire éméché et conquis. Il est capable de nous entraîner toute la nuit dans des jeux improbables avec des gages ridicules.

Un soir d'été, avec Arthur, on est tous deux capitaines d'une équipe mixte de quatre. On s'affronte au « strip petit bac ». À chaque manche perdue, les membres de l'équipe concernée doivent enlever un vêtement. Sur les coups de deux heures du matin, au bout de cinq manches perdues, mon équipe, largement dévêtue, doit s'avouer vaincue. Après un court conciliabule avec ses partenaires, Arthur lance, bouteille à la main : « tour du parc à poil, en courant, et en chanson ! »

Il traîne sur le perron-terrasse les deux lourdes enceintes de la chaîne stéréo du salon, insère une cassette et monte le son au maximum. Massés sur l'herbe en sous-vêtements, on attend le top départ. Aux premières notes d'*Être une femme*, on jette prestement en l'air culottes et caleçons et on s'élance en hurlant gaiement, sous les vivats de l'équipe averse...

■

Le CD était fini. Dans le château à présent silencieux, les deux meilleurs amis dormaient profondément, bouche béante, avec la grâce de deux poissons crevés, les cadavres de cinq bouteilles de ratafia jonchant le parquet médiéval en chêne.

8. Nasdarovié !

Le portable vibra dans sa poche.

— Arthur, chuchota Éloïse, y a un problème ! Y a un problème avec Vincent. Elle chuchotait comme si elle avait peur qu'on l'entende, alors qu'elle était seule chez elle. La tête encore embrumée, Arthur lança instinctivement un regard vers Vincent. Ils finissaient tout juste de déjeuner et en étaient à leur troisième café, sans effet sur leur état léthargique.

Il se leva et sortit dans le jardin. Éloïse poursuivit.

— Je viens d'avoir la visite de deux policiers, du commissariat de Colombes. Ils cherchaient Vincent, ils voulaient lui poser des questions.

Arthur ne dit rien, mais sentit une boule monter dans sa gorge.

— J'ai essayé de savoir pourquoi ils voulaient le voir, ils m'ont simplement répété qu'ils avaient des questions à lui poser. J'ai dit qu'il n'était pas à la maison ces temps-ci, qu'il passait quelques jours à l'hôtel et que je n'avais pas de nouvelles récentes. Je crois qu'ils ont bien saisi la situation et ils ont été plutôt sympas. Ils ont demandé à ce que Vincent les recontacte, ou moi, si j'avais des nouvelles. Ils lui ont laissé une convocation au commissariat.

Il parut sceptique. Elle ne lui disait pas tout.

— Quand tu m'as appelé il y a deux semaines, tu m'as bien dit que Vincent avait eu un gros problème au bureau, ce n'était pas que son licenciement en fait ?

— Je... je ne sais pas, hésita-t-elle. Quand je t'ai appelé, j'avais eu un coup de fil de l'assistante d'un des collègues qui a viré Vincent.

— Ah bon ? et qu'est-ce qu'elle a dit ?

— Elle a pas dit grand chose... Éloïse sentit sa gêne monter et parla encore plus bas.

— Elle cherchait Vincent, *a priori* il y avait eu un problème avec le directeur financier, il était à l'hôpital, et... ils cherchaient Vincent.

— À l'hôpital ! commença à ruminer Arthur, et c'est tout ?

— Quand j'ai eu Vincent au téléphone, juste après, il m'a dit que c'était des conneries et qu'il ne s'était rien passé de grave au bureau.

Arthur réfléchissait, désormais complètement sorti de sa torpeur.

— Mais quand tu as vu les flics, ils ne t'ont pas demandé dans quel hôtel était Vincent ?

— Pas vraiment, je leur ai dit qu'il était vers Barbès, à côté d'ici, mais...

— Et ils ne t'ont pas demandé chez qui il aurait pu aller, s'il avait un copain qui pouvait l'héberger ?

— Si. Ils m'ont demandé qui il connaissait. Sa voix se mit à trembler, elle racla sa gorge.

— J'ai dit qu'il te connaissait, reprit-elle dans un souffle, mais ils pensent que Vincent est à l'hôtel...

— En gros, coupa Arthur, tu leur as donné mon nom, c'est ça ?

— Oh Arthur, j'espère que j'ai pas fait une connerie, je suis désolée.

— Ça, aujourd'hui, personne ne peut le savoir.

Il eut le sentiment qu'une espèce de compte à rebours était lancé. Si son ami avait franchi la ligne jaune, il le saurait bientôt.

Les jours passèrent. L'atmosphère s'alourdit quelque peu. Déjà plus de trois semaines que Vincent était hébergé à Châtillon et il n'avait pas quitté une fois le château, hormis sa balade forcée jusqu'au village, après son coup de sang, quinze jours plus tôt. Il vivait coupé du monde. Pratiquement pas de télévision, pas de journaux, un peu de lecture, mais surtout des grasses matinées et des longues siestes.

Arthur s'absentait parfois. Il honorait quelques rendez-vous professionnels, vers Reims ou Épernay. Il en profitait alors pour passer à l'hypermarché faire des courses. Mais le plus souvent, lorsqu'il n'était pas affairé à la réfection de la grange, il travaillait depuis son bureau-bibliothèque, jouxtant le petit salon. Grâce à internet, il pouvait facilement envoyer ses piges et autres créations.

Même si le coup de fil d'Éloïse et son histoire avec les flics n'avait été qu'une fausse alerte, Arthur commença à montrer des signes d'agacement à l'encontre de son ami. À plusieurs reprises, il avait tacitement souhaité son départ. Il s'efforça néanmoins de prendre sur lui et se concentrer sur un événement théoriquement joyeux :

l'anniversaire de Vincent. Avec sa mère, ils avaient prévu de marquer le coup ; au programme : déjeuner russe.

31 octobre, château de Châtillon

Betty avait dressé une jolie table dans la grande salle à manger. L'agréable fumet des aubergines farcies titillait les narines des garçons. Une bouteille de vodka aux noix trempait dans un seau à glace, au centre de la table. Par la porte ouverte du salon, les enceintes diffusaient la voix lancinante de Vladimir Vyssotski, son chanteur préféré. Vincent masquait sa nostalgie derrière un sourire de façade, c'était la première fois en vingt ans qu'il fêtait son anniversaire sans Éloïse. Arthur servit la vodka dans des petits gobelets en cristal puis se leva, les autres l'imitèrent.

Au même moment, appartement des Douvre

Éloïse fixait le chèque de 1.500 euros que venait de lui faire sa mère et qui lui permettrait de rester à flot dès qu'elle aurait payé le loyer. Son téléphone sonna.

— Bonjour Éloïse, c'est belle-maman, est-ce que je peux dire un mot à ton mari ? J'ai essayé sur son portable, mais visiblement le numéro n'est plus bon.

— Ah, belle-maman, je me doute de la raison de votre appel. Je suis désolée mais Vincent n'est pas là, il est en déplacement pour le boulot, mentit-elle. Et effectivement, il est en train de changer de portable, mentit-elle à nouveau.

— Ce n'est pas de chance... le jour de son anniversaire, ils charrient de l'envoyer je ne sais où une veille de Toussaint. Quand il rentrera, tu pourras lui dire que j'ai appelé et que je l'embrasse. Embrasse aussi les enfants, j'espère qu'ils vont bien.

— Ils vont très bien, je passerai le message à Vincent.

— C'était qui, c'était Mamini ? La petite voix de Rose avait surgi de nulle part.

— Oui mon cœur, elle appelait pour l'anniversaire de papa.

— Mais maman, il est où encore Papa ?

Elle avait posé la question avec gravité. Éloïse parut déconcertée.

— Mais tu sais bien, je te l'ai dit, il est chez Arthur, le parrain de Pierre.

— C'est pour le travail ?

— Oui, c'est un peu pour le travail.

— Ah d'accord, et la maison d'Arthur, c'est là où il y a une rivière avec des canards ?

— Oui mon cœur.

— Oh, trop de chance ! est ce qu'on pourra y aller nous aussi ?

— Je ne sais pas, peut-être, conclut Éloïse sans conviction.

Déjà plus d'un mois qu'ils n'avaient vu Vincent. Elle envoya un texto à Arthur : « *Bon anniversaire à Vincent de la part des enfants. Il leur manque. Bisous à toi et Betty. Élo* »

Château de Châtillon

Arthur jeta un œil à son téléphone et le remit dans sa poche sans rien dire.

— Bon anniversaire Vincent ! Il leva son verre dans sa direction et lui sourit.

— Merci Arthur, merci Betty... pour tout ce que vous faites pour moi. J'avoue que je suis partagé entre... la joie d'être avec vous, et la honte de... d'avoir du mal à me reprendre en main. Ses yeux devinrent humides. Il se racla la gorge pour atténuer la déformation de sa voix due à l'émotion.

— Et puis Éloïse et les enfants me manquent, bredouilla-t-il, sans pouvoir contenir ses larmes. Je suis désolé...

— Mais non, mais non, allez, chacun a ses coups de mou. Toi aussi, tu leur manques, les choses vont s'arranger, j'en suis sûr. Le ton et le regard d'Arthur disaient néanmoins l'inverse.

— Allez... *Nasdarovié*[17]! cul sec ! s'écria-t-il. Tous burent leur demi-verre de vodka d'un coup avant d'exhaler les vapeurs d'alcool en toussotant.

— Au fait, j'ai un cadeau pour toi. Il sortit un étui d'un sac et le

---

[17] Santé ! (en russe)

tendit à Vincent. Ouvrant le fourreau oblong en cuir, il découvrit un joli stylo à bille bleu en résine.

— Puisse ce stylo tirer un trait définitif sur tes idées noires et écrire une nouvelle histoire, belle, romantique... putain, je suis en verve dis donc ! C'est mièvre ce que je raconte, mais je suis en verve.

— Mais non, ce n'est pas mièvre, tempéra Vincent, merci Arthur, merci du fond du cœur.

— ... Ou bien, plus prosaïquement, puisse ce stylo signer ton prochain contrat de travail, dans une bonne boîte de franchouillards, sans amerloques pour foutre la merde. Allez ! *Nasdarovié* !

— *Nasdarovié* ! répétèrent Betty et Vincent à l'unisson.

Ils sortirent de table à 16 heures 30, après avoir fait honneur au canard rôti aux pommes et au gâteau au miel, concoctés par Betty. Puis ils se traînèrent jusqu'au salon. Vincent prit avec lui la bouteille de vodka dont il restait un fond.

Arthur remit pour la troisième fois le CD de Vyssotski de sa mère et s'affala dans un des deux canapés.

— Quel festin ! je crois que ça va être sieste jusqu'au dîner, dit-il en baillant.

— Allez... encore un petit dernier que ces enfoirés d'UTC n'auront pas ! s'écria Vincent. Il remplit deux derniers verres de vodka et en tendit un à Arthur.

— Allez... youpi ! *Nasdarovié* !

— Attention, fais pas le con... tu vas te casser la gueule !

Vincent avala d'un trait son six ou septième demi-verre de vodka puis, manquant trébucher, lança son verre par-dessus l'épaule, dans un rire gras. Le silence, une fraction de seconde suspendu, se brisa quand le verre atterrit dans un claquement sec sur un petit cabinet en bois noir laqué. Tel un carreau à la pétanque, il venait de pulvériser une figurine en porcelaine, un angelot, qui gisait au sol, en mille morceaux. Arthur devint blême et se précipita en avant. En l'espace d'un instant, ses yeux s'emplirent de larmes.

— Oh non... c'est pas possible !

Sa réaction sidéra Vincent dont la tête passa d'une mine réjouie, un peu niaise, à une expression pétrifiée. Auparavant, il n'avait jamais remarqué ce bibelot dans le renfoncement du salon. Il s'approcha de son ami, accroupi près des débris et, presque inaudible, murmura :

— Ça va Arthur ?

— C'était mon petit ange...

— Je suis désolé.

— C'est Juliette qui me l'avait offert... lorsqu'elle était enceinte.

■

Juliette avait été le seul vrai amour d'Arthur. Ils avaient trente-cinq ans quand ils s'étaient rencontrés, la première fois, au cocktail du *15ème Grand Prix Champagne-Ardenne* des agences publicitaires. Elle était très différente du « profil » des femmes qu'il avait croisées jusqu'alors. Taille moyenne, très blonde, yeux noisette, des hanches généreuses, elle était surtout d'une spontanéité rare. Pas sophistiquée pour un sou, elle détonnait parmi le microcosme rémois de la publicité, avec son grand rire communicatif. C'était aussi une bonne vivante qui assumait pleinement son goût pour la fête.

Son agence, en compétition avec celle d'Arthur, avait remporté le budget de communication d'une importante maison de Champagne. Beau joueur, il l'avait félicitée et était immédiatement tombé sous son charme. Elle avait hurlé de rire quand il lui avait avoué vivre encore avec sa maman en pleine campagne, le plus souvent accoutré d'un bleu de travail, un marteau ou une perceuse à la main. Devenus amants, la décision pour Juliette de vivre à Châtillon ne s'était pas fait attendre, malgré les réserves d'Arthur.

Pendant des semaines, elle avait subi le feu nourri de la possessive Betty. Inlassablement, elle avait encaissé ses piques, sans se départir de sa joie de vivre. Elle avait refusé plusieurs fois qu'ils quittent Châtillon quand Arthur lui avait proposé. Puis les flèches de Betty s'étaient espacées, et la situation s'était normalisée.

Un soir de mai, un an jour pour jour après leur première rencontre, Juliette, resplendissante dans sa robe à fleurs, lui avait tendu un paquet cadeau, alors qu'ils dînaient en amoureux. Arthur avait découvert le chérubin en porcelaine, sans oser y croire.

— Mais, ça veut dire que... que tu attends un bébé ?

— Oui, mon amour, j'attends un bébé. J'ai pris un ange, parce que je ne connais pas encore le sexe.

Il avait pleuré de joie. Lui, papa !

— C'est magnifique... j'ai pas de mot ! On va avoir un bébé ! On va avoir un bébé ! Il ne faut pas que tu te fatigues surtout.

— Ne t'inquiète pas mon amour, je ne suis pas malade, juste enceinte, et c'est le tout début, à peine un mois et demi.

— On va avoir un bébé ! répétait Arthur, triomphant, il faut prévenir tout le monde.

— Attends, attends, on n'est pas pressés, je préfère qu'on attende un peu.

— Oh, c'est merveilleux ! Je vais être papa, chantait son homme, tout à son bonheur.

Vincent avait appris la triste nouvelle un 29 août. Arthur, effondré, l'avait appelé de l'hôpital. Juliette venait de faire une fausse couche tardive, à vingt et une semaines de grossesse. Ça les avait anéantis. La veille encore, il sentait son fils bouger sous ses doigts, car il savait que c'était un garçon depuis la deuxième échographie. L'intervention médicale avait été très éprouvante pour Juliette, sa convalescence aussi. Leur couple n'avait pas survécu à la période de dépression dans laquelle tous deux s'étaient enfoncés.

∎

Vincent réalisa l'étendue de sa maladresse. Il venait de déterrer le cadavre d'un souvenir enfoui depuis neuf ans. Il resta interdit, incapable de prononcer un mot. Betty pleurait elle aussi. Elle se souvint à quel point elle avait culpabilisé de la fausse couche de Juliette. Puis l'image funeste s'était peu à peu estompée, l'alcool lui faisant oublier par intermittence qu'elle ne serait jamais grand-mère.

Arthur leva les yeux vers Vincent et d'une voix blanche, éraillée, lui dit :

— Je crois que je veux rester seul avec mon malheur.

— Mon chéri, intervint sa mère, monte t'allonger un peu, ça te fera du bien, je m'occupe de Vincent.

— Je suis désolé, répéta-t-il, je vais partir.

Le spectre silencieux d'Arthur sortit de la pièce. Vincent s'avança vers Betty et l'étreignit longuement.

— Je suis désolé, souffla-t-il à nouveau.

— Arrh, ne t'en fais pas, les choses finiront par se tasser. Mais toi, tu vas faire quoi, maintenant ?

— Je ne sais pas. Il se força de garder le sourire. J'ai l'impression que je n'ai pas encore touché le fond même si je me donne du mal pour y parvenir.

Il ne croyait pas si bien dire.

— Tiens, prends un peu d'argent, je vais t'emmener à la gare dès que tu seras prêt. Elle lui tendit deux billets de 50 euros.

— Hors de question, Betty ! vous avez déjà beaucoup trop fait. Je suis assez grand pour me débrouiller tout seul. Ne vous inquiétez pas, j'ai la peau dure... et de bons pieds.

Il lui sourit et monta récupérer ses affaires dans sa chambre. Réapparaissant quelques minutes plus tard, son sac à la main, ils s'étreignirent à nouveau.

— Vous direz bien à Arthur que je...

— Je lui dirai, ça va aller.

Vincent franchit le portail et s'engagea sur le chemin caillouteux jusqu'à l'intersection avec la route de Châtillon. Le ciel commençait à s'obscurcir, un vent frais souffla sur ses joues. Il remonta le col de sa parka et rentra la tête dans les épaules, retrouvant cette sensation fugace d'être un vagabond. Il fit les quelques centaines de mètres qui le séparaient du centre du village et, sans but réel, poussa la porte du *Balto*.

9. L'arrestation

Le café bruissait de la présence des habitués, nombreux en cette fin d'après-midi. Une vague agréable de chaleur enveloppa le visage de Vincent. Debout près du comptoir, l'air absent, son sac aux pieds, il pensait à Arthur, à la scène horrible dont il avait été l'acteur et le témoin, à la douleur de son ami dont la plaie ne s'était jamais refermée.

— Vous auriez voulu quelque chose ? La question du patron le fit sursauter. Il leva les yeux vers la petite tête ronde dégarnie, ornée d'une impressionnante moustache grise.

— Euh, je ne sais pas, euh...

Il fouilla ses poches. Hormis sa pièce de deux euros, le stylo offert par Arthur et le reçu de son courrier recommandé, elles étaient vides. Faisant mine d'hésiter, il avisa le présentoir à journaux, s'empara du quotidien *l'Union - l'Ardennais*, puis le remit, en reprit un autre.

Quelques minutes après lui, un gendarme entra et se dirigea vers la caisse pour acheter des cigarettes. Certains clients le saluèrent familièrement. Leurs regards se croisèrent. Vincent perçut une étincelle dans l'œil du militaire, comme s'il avait été surpris de le voir ici. D'où il se tenait, il distingua une deuxième voiture, une Scénic blanche immobilisée juste derrière le véhicule de gendarmerie. Il assista alors à un curieux manège.

Le premier gendarme sortit et rejoignit son collègue resté dans la voiture. Au bout de quelques secondes, il en ressortit et se dirigea vers la voiture blanche. Le deuxième gendarme fit de même, et tous deux discutèrent à travers la vitre avec les occupants de la Scénic. Enfin, les deux gendarmes se dirigèrent vers le café, tandis que le conducteur et sa passagère sortirent de la voiture à leur tour. Son cœur s'accéléra.

— Bonsoir monsieur, vous êtes monsieur Vincent Douvre ? Le gendarme des cigarettes se tenait devant lui, son collègue légèrement en retrait. Le brouhaha s'arrêta d'un coup.

— Euh, oui, mais... je peux savoir ce qui se passe ?

— On va vous expliquer ça dehors, si vous voulez bien nous

suivre.

Les gendarmes, rejoints par le couple de la voiture blanche, emmenèrent Vincent à quelques mètres, à l'abri du regard des clients.

— Monsieur Douvre, ces personnes sont de la police, attaqua le gendarme, elles ont un mandat de recherche vous concernant.

— Un mandat de recherche ? fit Vincent interloqué.

— Ça veut dire qu'ils doivent vous emmener à Paris pour vous interroger.

— Mais m'interroger de quoi ? C'est quoi cette histoire ?

La femme prit alors la parole de façon autoritaire.

— Monsieur Douvre, vous allez nous suivre, nous avons ordre de vous amener au commissariat. Je vous signifie votre garde à vue à compter de maintenant. C'est la procédure, monsieur.

— Mais c'est quoi ces conneries ! commença-t-il à s'énerver.

Tous eurent un geste de recul.

— Calmez-vous monsieur ! On va vous expliquer dans la voiture. Vous avez bu de l'alcool, monsieur ? L'haleine de Vincent empestait et ne laissait aucun doute sur son état d'ébriété.

— Monsieur, je vous répète, est-ce que vous êtes alcoolisé ?

— Oui... un peu, admit-il, c'est pas interdit que je sache.

— C'est pas interdit, mais on doit vous mettre les menottes. C'est la procédure, monsieur.

— Non mais je ne suis pas un voyou ! glapit-il.

L'autre policier menotta Vincent. La tension baissa d'un cran. Les gendarmes échangèrent quelques mots avec la femme et retournèrent à leur voiture. Pendant ce temps, son collègue palpa sommairement les poches de Vincent.

— Vous avez des papiers d'identité ?

— Non, j'ai perdu mon portefeuille.

— Vous avez fait une démarche pour les refaire ? C'est obligatoire.

— Non pas encore, ça vient d'arriver, mentit-il, mais je peux savoir ce que vous voulez.

— On vous expliquera dans la voiture, coupa la policière.

Risible, c'était risible ! Vincent venait d'apprendre de la bouche de la lieutenante Farida Kheffou qu'il était en garde à vue dans le cadre d'une enquête pour coups et blessures volontaires ayant entraîné une incapacité totale de travail supérieure à huit jours sur la personne de Xavier Nouillaud.

— C'est vraiment n'importe quoi ! Mais il est taré ce mec ! Tout ça pour une baffe... et encore, je l'ai raté.

— Vous direz tout ça à l'enquêteur, monsieur. Nous, on doit vous amener au commissariat, c'est tout.

— Quel taré ! continuait-il à marmonner, c'est son incapacité à lui, qui est définitive...

■

Au siège d'UTC, un mois plus tôt, c'est Jean-Claude Bouet, le directeur logistique, qui avait trouvé Nouillaud encore groggy près de sa voiture, le haut du crâne ensanglanté. Il avait appelé les pompiers, arrivés rapidement sur les lieux et le blessé avait été emmené aux urgences pour passer un scanner de contrôle. Gardé une nuit en observation, il avait pu rentrer chez lui dès le lendemain, avec instruction de rester au repos une dizaine de jours.

Tout s'était ensuite enchaîné : le dépôt de plainte contre Vincent, sa convocation au commissariat de Colombes restée sans réponse, et pour cause. Finalement, un lieutenant et un brigadier s'étaient présentés au domicile familial, le 18 octobre. Éloïse, bouleversée, avait accepté, « dans l'intérêt de son mari » de donner le nom d'Arthur, chez qui Vincent aurait pu s'installer.

Les policiers s'étaient ensuite rapprochés de la gendarmerie locale et rendez-vous avait été pris, ce 31 octobre, pour tenter, photo à l'appui, de retrouver Vincent, sans doute hébergé chez son ami Arthur Desvin de Châtillon.

■

— Vous m'emmenez où, exactement ? demanda-t-il à la policière, assise à côté du conducteur.

— Commissariat de Colombes, répondit-elle laconiquement.

— Colombes ?

— C'est le lieu du dépôt de plainte, monsieur.

— ... plus de huit jours d'arrêt de travail, radota-il, tout ça pour une baffe, quel pauv' type !

Après un court silence, il enchaîna, amer :

— Vous voulez savoir pourquoi j'ai bu ? C'est mon anniversaire aujourd'hui... sacré cadeau d'anniversaire !

La voiture fit quelques kilomètres sur la petite route départementale, traversant les vignes et les hameaux, puis s'inséra sur l'autoroute de l'Est, en direction de Paris. Le conducteur mit un CD d'Indochine. Les enceintes à l'arrière n'étant pas activées, Vincent entendait à peine. Il sourit malgré lui, repensant aux moments de fête partagés avec Arthur. Bercé par le ronronnement de la voiture, l'esprit embrumé d'alcool, ses paupières se fermèrent et il s'endormit.

— Regarde-moi ces connards ! non mais y vont se mettre sur la gueule !

L'éclat de voix de la lieutenante réveilla soudainement Vincent. Il redressa la tête. Les lumières vives, au-dehors, l'aveuglèrent. La voiture avançait au pas, à quelques mètres du guichet de péage. Sortant de sa torpeur, il voulut essuyer le filet de bave qui avait coulé sur sa joue et son menton. L'entrave de la menotte arrêta son mouvement. Avec l'autre main, il se frotta énergiquement les yeux.

— Non mais regarde-les ! ils continuent, des vrais gamins !

Il pencha la tête vers l'endroit scruté par la femme policier. Leur voiture venait de passer le péage de Montreuil-aux-Lions et, côté voie opposée, deux véhicules de télévision s'étaient accrochés. Les occupants s'invectivaient, se bousculaient, le poing levé, dans le large halo de lumière entourant les puissants projecteurs. Il reconnut le sigle *BFM TV* sur l'une des voitures, pour l'autre, il crut distinguer *CNN International*.

Mais déjà ils étaient loin.

— C'est raté pour leur chasse au scoop on dirait, se moqua-t-elle, tout en baillant bruyamment. J'suis crevée, putain... presque vingt et une heures, pas fâchée d'arriver bientôt.

Arthur redescendit de sa chambre en fin de soirée. Ses traits étaient tirés, son teint pâle. Vincent était parti. Il resta les jours suivants, coupé de tout contact, seul avec Betty.

Vendredi 1ᵉʳ novembre, commissariat de police de Colombes, 8h30

C'est au commissariat de Colombes, lors de son interrogatoire, au lendemain d'une première nuit sans liberté, que Vincent, dégrisé, comprit que son affaire n'était pas anodine. L'officier de police judiciaire lui lut les chefs d'accusation sur un ton monocorde, puis relevant la tête, lâcha :

— Sachez monsieur que ce sont des faits graves. Les coups portés à l'encontre de la victime ont entraîné une incapacité totale de travail de plus de huit jours. Avec la préméditation et la tentative de fuite, vous êtes passible d'au moins trois ans de prison et 45.000 euros d'amende.

Il n'arrivait pas à y croire.

— Pour une gifle ratée ! c'est délirant. Je n'ai pas essayé de fuir... j'ai été hébergé chez un ami, je n'avais pas de téléphone.

Il sentit ses yeux s'emplir de larmes.

— C'est dingue cette histoire, je l'ai seulement bousculé, je ne l'ai pas blessé.

— Mais vous reconnaissez que vous attendiez monsieur Nouillaud dans le parking de la société UTC le 30 septembre, vers 19h30.

— Oui, je me suis fait licencier sans raison il y a quelques semaines et je voulais qu'il, euh... qu'il parle à mon patron, qu'on trouve un arrangement.

— Avec monsieur Burker, c'est bien ça ?

— Oui, c'est ça.

Le policier prit un air embarrassé.

— Le problème monsieur Douvre, c'est que monsieur Burker a attesté que vous aviez menacé monsieur Nouillaud devant lui, à plusieurs reprises, notamment les 13 et 16 septembre derniers. D'ailleurs, il a expliqué que la décision de vous licencier était la conséquence de votre comportement menaçant.

— Ce type dit n'importe quoi, riposta Vincent. Il ne parle ni ne comprend un mot de français.

L'officier haussa méthodiquement le ton.

— Enfin monsieur Douvre, c'est bien vous qui étiez à attendre monsieur Nouillaud le 30 septembre dans le parking, pas le contraire.

Vincent, le regard perdu, était plus que jamais sur la défensive.

— Je vous dis que je voulais lui parler...

— ... mais ça a dégénéré, coupa le policier.

— Oui, enfin non, à un moment il m'a insulté et je l'ai poussé, c'est tout.

— C'est tout. Vous l'avez poussé et il s'est retrouvé aux urgences avec un arrêt de travail de dix jours. C'est tout.

L'OPJ le fixa durement.

— Avec quoi l'avez-vous frappé ?

— Mais je ne l'ai pas frappé ! répliqua Vincent paniqué. J'ai... j'ai voulu le gifler, il a reculé, il est tombé.

— Monsieur Douvre, vous l'avez poussé ou vous l'avez giflé, ou peut-être les deux ?

— Arrêtez... s'il vous plait, je vous dis que je ne l'ai pas frappé.

Vincent pleurait.

— Ce sera au procureur d'en décider. Vous allez être déféré au Palais de justice dans l'après-midi.

Le fonctionnaire se radoucit.

— Vous avez un avocat que vous pouvez appeler ?

— J'ai personne, sanglota-t-il, plus personne.

Samedi 2 novembre, cimetière du Montparnasse, Paris 14ème

Éloïse marchait avec sa mère en direction de la 9ème division. Les enfants suivaient à quelques mètres. Une sensation agréable de verdure dominait malgré la densité des tombes.

— Tu sais maman, c'est la première fois depuis la mort de papa que Vincent n'est pas avec nous au cimetière.

— Je sais ma chérie.

Éloïse baissa la voix afin que Rose et Pierre, occupés à déambuler au milieu des tombes, n'entendent pas.

— J'ai un mauvais pressentiment. Depuis son licenciement, il s'est complètement effondré. Tu te rends compte, il est chez Arthur depuis un mois, il n'a jamais appelé, jamais pris de nouvelles des enfants. Je suis sûre qu'il n'a rien fait pour son chômage. Et puis Arthur, il est adorable de l'héberger mais ce n'est quand même pas un modèle de stabilité.

— Laisse du temps au temps, argua sa mère sans grande conviction.

— J'ai bien réfléchi ces derniers jours, relança Éloïse, j'en ai même parlé à Arthur, ma priorité, c'est de protéger les enfants, il est préférable qu'on se sépare.

Sa mère ne dit rien.

— Je ne redoute qu'une chose, c'est qu'il redébarque, comme ça, un matin, comme s'il ne s'était rien passé. Après ce qu'il nous a fait. Je vais appeler Arthur, ajouta-t-elle après un bref silence, et je vais parler à Vincent.

Lundi 4 novembre, maison d'arrêt de Nanterre, avenue de la Commune de Paris

Vincent fut soulagé lorsqu'il arriva au greffe des admissions de l'établissement pénitentiaire de Nanterre. Il n'avait qu'une envie : dormir.

Ces trois jours de long week-end de la Toussaint, enfermé au dépôt du Palais de justice, dans la zone des prévenus passant en comparution immédiate, l'avaient exténué. La nuit précédente, il l'avait passée, blanche, sur la couchette défoncée de la cellule 17, à grelotter sous une couverture marron miteuse. Une colique sévère l'avait fait alterner entre sa couche glaciale et les toilettes puantes de son cachot.

Sa comparution en reconnaissance préalable de culpabilité, le matin même, avait été rapide. L'audience devant le procureur avait duré moins d'une demi-heure. Son avocat, commis d'office, un jeune pas encore trentenaire, avait insisté sur son état de fragilité et avait demandé l'indulgence. Jamais il n'avait contesté la version de l'accusation prétendant que son client avait sauvagement cogné la tête de Nouillaud contre l'arête du mur du parking.

D'ailleurs, Vincent avait bien senti le scepticisme de son défenseur lorsqu'il lui avait raconté l'histoire telle qu'elle s'était réellement passée : la claque ratée donnée à Nouillaud, puis les menaces que ce dernier avait proférées contre lui alors qu'il quittait le parking. Il avait renoncé à essayer de le convaincre. Quand son avocat lui avait suggéré de demander à bénéficier de la procédure allégée du « plaider coupable », il avait accepté.

Il voulait rester seul et dormir.

Le procureur, dénommé Bonnard, plutôt bienveillant, avait bien tenté de l'interroger sur le pourquoi et le comment de la situation dans laquelle il s'était enfermé. Sans grand succès. Vincent n'avait pas regretté un geste qu'il n'avait, paradoxalement, pas commis.

Quand la sentence était tombée, il n'avait su comment réagir, alors il n'avait pas réagi. Son avocat, satisfait, lui avait glissé à l'oreille :

— Quatre mois de prison, c'est bien... avec les remises de peine, vous en ferez un peu plus de deux. Vous devriez être libérable début janvier. En plus, la maison d'arrêt de Nanterre... vous restez près de Paris, c'est mieux pour la famille, bonne chance.

Vincent avait souri tristement avant d'être emmené sous escorte. En un mois et demi, il avait été éliminé physiquement.

Une fois les formalités administratives remplies et la fouille intégrale passée, un gardien emmena le désormais numéro d'écrou 111314 à travers les coursives carrelées, aveuglées de lumières artificielles. Ils traversèrent plusieurs sas et passerelles jusqu'au Bâtiment C.

— Vous avez de la chance, on a un taux d'occupation de 120%, mais vous serez seul en cellule, du moins pour le moment, précisa le gardien affecté à sa zone. Avant ils étaient deux, mais un des pensionnaires s'est suicidé dans la nuit de samedi à dimanche. Ça a été un gros choc, un type bien, avec trois gamins en plus.

Après un silence, le gardien, sincèrement ému, reprit.

— Et dans ce cas, on déplace le voisin de cellule, c'est la règle.

Vincent ne dit rien. Une première chose l'étonnait, c'était la courtoisie, même une certaine forme de respect témoignée par les gardiens qu'il avait croisés. Ils le vouvoyaient. Par ailleurs, il n'avait jamais été menotté depuis son arrivée. En fait, il ne l'avait été qu'à deux reprises depuis son arrestation, dans la voiture des policiers lors de son transfert jusqu'au commissariat de Colombes, puis le lendemain, quand il avait été conduit au Palais de justice. Son *a priori* sur les matons, brutes et sadiques, avait vécu.

— Cellule 1912, voilà votre palace ! dit le gardien en ouvrant la porte. Les WC ont été désinfectés, on ne distribue plus de javel, mais vous pouvez acheter du désinfectant. Il reste même du papier toilette et du savon sur le lavabo, ça vous fera du rab'.

À peine entré, Vincent ressentit la forte humidité sur le sol et les murs. Il se dit qu'en plein hiver, ça devait être encore bien pire. Il déposa son sac, ainsi que l'encombrant paquetage remis après la fouille.

Initialement prévue pour deux détenus, la pièce mesurait neuf mètres carrés et n'avait pas d'ouverture directe vers une lumière naturelle. Plaqué sur le mur de gauche, un lit superposé à structure métallique faisait face à une armoire étroite et une petite table en bois aggloméré, râpée et constellée de tâches.

— Comme vous êtes seul, lui dit le gardien, on a enlevé l'autre table, on l'a mise dans une autre cellule.

Les WC étaient séparés par une cloison abîmée en plâtre, s'arrêtant à mi-hauteur d'homme. Le lavabo était si proche, qu'assis sur la cuvette, on le touchait avec les genoux.

Vincent discuta encore quelques instants avec le gardien qui lui fit part d'un projet futur de travaux de réhabilitation de la prison.

— Il y aura peut-être une fermeture partielle à partir de cet été, avec des transferts de détenus, mais ça ne vous concernera pas.

Puis la porte se referma dans un claquement métallique, suivi du cliquetis de la clé dans la serrure. Il fixa brièvement l'œilleton anonyme avant de s'attaquer au déballage de son paquetage. Il choisit le lit du bas, dont il houssa le matelas avant d'y disposer drap et couverture.

À l'accueil, on lui avait également remis des affaires de toilette de première nécessité et un peu de vaisselle. Il rangea le tout dans l'armoire. Son sac de vêtements vidé, il le jeta sur la couche du haut. Enfin, il s'assit sur une des deux chaises en plastique en face de la table, le tout n'avait pas duré cinq minutes. Il resta à attendre.

Le gardien lui avait dit qu'on lui apporterait son dîner à 17h30. « Si tôt ! » avait pensé Vincent, « comme à l'hôpital ou dans les maisons de retraite... ». Mais à cet instant, il aurait donné cher pour un bon repas chaud en compagnie de quelqu'un avec qui discuter. Il se déchaussa, s'allongea sur le lit les mains derrière la tête et ferma les yeux. Immédiatement, sa cellule fut saturée par le bruit des ouvertures de grilles, des claquements de portes, par le brouhaha diffus de paroles et musiques provenant des cellules voisines.

Mardi 5 novembre, cellule 1912, maison d'arrêt de Nanterre

À son premier réveil, tôt, vers six heures, Vincent fit deux constats : premièrement, il était bel et bien en prison. C'est idiot, mais l'espace d'une seconde, il crut que tout ceci n'était qu'un mauvais rêve. Deuxièmement, il avait pissé au lit.

Il changea de caleçon et mit son drap à sécher. Un peu après 7h30, un détenu en charge de la distribution des repas, lui proposa de l'eau chaude, du café en sachet, avec du pain et une dosette de confiture. Le gardien qui l'accompagnait s'adressa à Vincent.

— Si tu veux quelque chose, tu me dis, cigarettes, revues, chocolat... bref tu vois le genre. « Tiens, il me tutoie maintenant...». Il ne releva pas.

— Pour les livres, papiers, lettres, tous les trucs d'intello quoi, le mieux c'est que tu vois avec l'aumônier. Il est cool. Même si t'es pas croyant, il peut t'avoir des trucs, et avec lui, ce sera gratuit. Pour la télévision, c'est une location, mais pour le moment on n'a rien de disponible, on verra la semaine prochaine. Je viendrai te chercher pour la promenade, c'est tous les jours après le déjeuner, de 12h15 à 13h15. Le chef t'expliquera les activités que tu peux faire, ou le travail en atelier si tu préfères bosser. Au fait, rajouta-t-il, tu restes en cellule individuelle, c'est plutôt mieux pour les gars comme toi.

Appartement des Douvre

— Arthur enfin ! j'essaie de t'appeler depuis ce matin, j'ai dû te laisser dix messages.

— Bonjour Éloïse, mon téléphone était déchargé, je viens seulement de m'en rendre compte.

— En fait, euh... c'est plus Vincent que j'aurais voulu avoir. Je... tu te doutes de quoi je veux lui parler ?

— Ça va être dur. Vincent n'est plus là, il est parti, il y a plusieurs jours.

— Ah bon ? mais tu sais où il est parti ?

— Je n'en ai aucune idée. J'avoue que je pensais qu'il serait peut-être rentré chez toi.

Elle commença à s'inquiéter.

— Mais il est parti quand ?

— Euh... jeudi dernier. Tu vois, ça fait déjà pas mal de temps. T'as essayé chez ses parents ?

— Non, il n'est pas chez ses parents. J'ai eu ma belle-mère au téléphone, elle voulait lui parler. Je l'aurais su s'il était allé chez elle. Oh, Arthur, je suis inquiète, je suis sûre qu'il lui est arrivé quelque chose.

Arthur repensa à la scène cauchemardesque de l'anniversaire. Il respira profondément.

— Tu crois qu'il peut y avoir un lien avec l'histoire des policiers ? continua-t-elle.

— Je n'en sais rien, j'espère que non.

— Arthur, t'as pas l'air bien, y a eu un problème avec Vincent ?

— Non, il est parti, c'est tout. Je crois qu'on avait besoin, l'un et l'autre, de respirer un peu.

Après qu'ils eurent raccroché, Éloïse fit frénétiquement le numéro du commissariat de Colombes que lui avait laissé le policier. Son cœur s'arrêta lorsque que l'officier lui confirma que Vincent avait été déféré devant le procureur de la République, le vendredi précédant. Elle nota les coordonnées du Palais de justice en tremblant, et laissa tomber son téléphone.

L'image de Vincent en prison lui sauta au visage et provoqua en elle un sentiment de rejet inconscient. Le père de ses enfants était devenu un étranger, un captif.

Mercredi 6 novembre, cellule 1912

Ses trois premiers jours de détention lui parurent une éternité. Autant Vincent supportait tant bien que mal les conditions hygiéniques dégradées et les bruits perpétuels, autant la solitude et le désespoir le gagnaient dangereusement. L'heure quotidienne de promenade sous le vaste préau attenant au bâtiment C, ne suffisait pas à le sortir de ses tourments.

Depuis la veille au soir, il avait à nouveau la diarrhée. Pas trop sévère, mais il avait préféré ne pas participer à l'atelier d'entretien-maintenance du matin et aux activités sportives de l'après-midi. Il ne toucha pas à son repas du soir et se coucha, fiévreux.

■

L'inconnue, vêtue d'une robe blanche, avait un visage diaphane, irréel, elle semblait flotter à quelques centimètres du sol, en face de Vincent. Ses yeux, deux fentes luminescentes, le fixaient. Elle lui sourit, il lui rendit son sourire. Sa robe ondulait harmonieusement sur sa silhouette gracile, comme la flamme d'une bougie. Il ressentit de la chaleur dans sa gorge et sa poitrine, ses oreilles se mirent à bourdonner. Le spectre grandit, sa robe ondulait de plus en plus en vite, tel un drapeau sous l'effet du vent. Vincent ne pouvait détourner les yeux du halo de lumière qui le dominait. Il avait une sensation de vertige.

Soudain, un cri inhumain le pétrifia. Le visage du fantôme se tordit de douleur. Il reconnut Éloïse, sa robe était en lambeaux, presqu'entièrement recouverte de sang. Entre ses jambes, des viscères pendouillaient et retenaient un fœtus vivant, hurlant à la mort. Le fœtus avait les traits d'Arthur.

Il se réveilla en sueur, le ventre tenaillé, la gorge en feu. Et se précipita vers les toilettes.

Verdâtre, les yeux cernés de gris et de jaune, il se vida. Assis sur la cuvette en faïence froide et sans rabat, la tête plongée dans le lavabo attenant, il se vida, par le haut et par le bas, bruyamment.

10. L'abbé Feria

La première fois qu'il rencontra l'abbé Feria, Vincent fut immédiatement saisi. Un souffle, sans doute l'appel d'air provoqué par l'ouverture de la porte, traversa la cellule. L'homme était grand, maigre, habillé en civil, sans âge bien défini. Peut-être quarante ans, peut-être plus. Seule une croix argentée piquée sur le col de son gilet noir en laine le différentiait d'un détenu.

— Bonjour monsieur, je suis le père Angelo Feria, l'aumônier de la prison, je peux venir vous parler un instant ?

L'abbé avait parlé d'une voix fluide, avec un léger accent, sans doute italien. Il resta un instant en retrait tandis que le gardien refermait la porte.

Vincent, qui s'apprêtait à lui répondre avec sarcasme, que malgré son emploi du temps surchargé, il avait justement un créneau qui venait de se libérer, n'en fit rien. Il répondit sobrement.

— Oui, bien sûr.

Le père s'assit, posa son regard sur son visage creusé par la fatigue et lui sourit.

— Tu es Vincent. Il avait dit cela comme une affirmation, pas comme une question, en le tutoyant naturellement.

— J'aime ce prénom. Tu sais que des Vincent, saints ou bienheureux, il y en a eu beaucoup, mais il y en a un que j'aime particulièrement, c'est saint Vincent de Paul. Il a eu une vie extraordinaire, et d'une grande piété. Savais-tu que durant sa longue existence, lui aussi fut captif, avant de devenir prêtre des prisons et fondateur de nombreuses œuvres de charité ? Mais bon, on aura l'occasion d'en rediscuter si tu veux. Dis-moi Vincent, aimes-tu la lecture ?

L'abbé le regardait intensément.

— Euh, oui, je crois.

— Je t'apporterai la liste des livres mis à notre disposition la prochaine fois. Je peux venir tous les mercredis, à quinze heures. Le gardien a dû te dire que je pouvais te procurer certaines choses que tu ne peux pas cantiner, comme du papier à lettres, des enveloppes... ça t'intéresse ?

— Je ne sais pas, je n'ai personne à qui écrire. Personne ne sait que je suis là.

— Réfléchis tranquillement, tu me diras mercredi prochain. Sache que ça me fera plaisir de poursuivre cette conversation, et cette fois, je me tairai ! rit-il. C'est mon côté italien, nous sommes volubiles. Même si j'ai presque autant vécu en France qu'en Italie, mes racines sont là-bas, à Valporini, un village à côté d'Assise, où vit encore une grande partie de ma famille.

Vincent se dit qu'il devait faire le même baratin à tous les nouveaux détenus, mais ces quelques paroles l'avaient apaisé. Ses douleurs intestinales se calmèrent peu après, et il dîna de bon appétit.

Mercredi 13 novembre, cellule 1912

L'abbé Feria réapparut une petite semaine plus tard.

— Bonjour Vincent, ça me fait plaisir de te voir. J'ai plus de temps avec toi, une heure si tu veux. Comme promis, j'ai une liste de livres et de recueils à te montrer. Tu en choisiras quelques uns, le gardien te les fera porter. Mais d'abord, dis-moi, as-tu passé une bonne semaine ?

Pour la première fois en dix jours d'incarcération, Vincent put se confier à quelqu'un. Il fut le premier surpris de se raconter, sans réserve. Ses propos, d'abord tournés sur les difficultés du quotidien, la douche, l'hygiène, les différentes activités, devinrent soudain plus intimes. Dans ce face-à-face à huis-clos, il révéla au prêtre ses cauchemars, son désespoir de ne pas voir ses enfants, sa culpabilité de n'avoir su protéger sa famille, sa peur de perdre les gens aimés.

Angelo Feria reçut ce long flot de paroles en silence, les yeux souvent fermés. Puis Vincent, encore haletant, se tut, il se sentit purgé.

L'abbé, étrangement, ne réagit pas à ses propos. Il le remercia pour son témoignage, ajoutant qu'il le gardait dans ses prières. Tout sourire, il lui tendit alors une liste dactylographiée d'environ deux cents titres, dont une bonne moitié de bandes dessinées. Il y joignit une demi-douzaine de fiches de réservation à remplir.

— Inscris les titres que tu veux, tu peux en prendre trois maximum par semaine. Je te les ferai parvenir en fonction de leur disponibilité.

Vincent survola les lignes, revisitant ses classiques : *l'Étranger* de Camus, *Le Rouge et le Noir* – il se souvenait qu'il avait bien aimé Stendhal en classe de seconde, Balzac, Pagnol, mais aussi des romans récents à succès, de nombreux polars aussi. Il y avait même quelques recueils de poésie.

Il avait toujours été très hermétique à ce genre littéraire mais son œil fut attiré par l'homonymie de l'auteur d'*Oeuvre poétique*, un certain B. Douvre. « Jamais entendu parler » se dit-il. « Pourtant des Douvre, il n'y en a pas énormément, ça doit être un pseudonyme ». Par curiosité, il cocha le titre. Il sélectionna aussi deux polars dont les titres aguicheurs lui assureraient à coup sûr quelques heures d'évasion.

L'abbé récupéra sa fiche, le salua en lui donnant l'accolade et prit congé.

Mercredi 20 novembre, cellule 1912

Vincent était allongé sur son lit, en train de déchiffrer certains poèmes. Le jeudi précédent, au lendemain de la visite de Feria, le gardien lui avait fait parvenir les trois livres confiés par l'aumônerie. Il avait passé plusieurs heures par jour à lire, après ses activités en atelier, et avait fini les deux polars.

Son fameux homonyme était une femme. Le B. Douvre de la liste signifiait Béatrice. La préface de l'ouvrage faisait référence à sa courte existence, sa soif d'absolu, exprimée à travers la poésie. « Encore une torturée », s'était-il dit.

Il y a loin au ruisseau, un seuil gelé qui brille
Un nid de pierres sur les tables
Et le pain rouge du marteau[18] (...)

----

[18]*L'Outrepassante,* in Oeuvre Poétique, Béatrice Douvre

En entendant la porte, il quitta son lit d'un bond, le livre à la main.

— Alors, ça te plait ? l'interpella Feria en apercevant le recueil.

— Franchement, je ne sais pas, je commence tout juste. Je trouve ça beau, ça provoque plein d'images, mais... je ne comprends pas grand chose.

— Les voies de la poésie sont impénétrables, glissa l'abbé malicieusement. Bon, et ta semaine ? est-ce que tu as pu dormir correctement ?

— Pas encore terrible, mais je ne me fais pas trop d'illusion, ça se saurait si on dormait bien en prison.

— Personne n'est venu te voir ?

— Euh, c'est-à-dire ?

— Tu as eu un parloir ?

L'abbé était direct. Vincent se dit qu'il voulait sûrement jauger son état de solitude et d'isolement familial.

— Non. De toute façon, personne ne sait que je suis là.

— Peut-être, mais il faut toujours garder espoir.

— Ah mais je n'espère rien, se cabra Vincent... et de personne. Je crois que j'ai réussi à détruire en moins de temps qu'il faut pour le dire tout ce qui avait de l'importance pour moi. Donc, je ne peux pas dire que j'attende grand chose de quiconque.

— Vincent, je comprends ton amertume, tu m'as parlé de ton histoire, singulière. Mais, mon rôle, ou plus exactement mon attention de prêtre, c'est de témoigner que tout ne se détruit pas, et que ce qui parfois se détruit peut se reconstruire, tu comprends ce que je veux te dire ?

— Oui, bien sûr. Il ne voulut pas polémiquer, l'abbé le sentit.

— Je ne veux pas minimiser ta souffrance au quotidien mais dans quelques semaines, tu vas partir, d'autres resteront, d'autres arriveront, brisés. Ce qu'il t'a été donné de construire depuis ta naissance, aucun homme ne peut le détruire.

Les spectres de Nouillaud et Burker passèrent devant ses yeux désapprobateurs.

— Tu m'as bien dit que vous vous étiez mariés à l'église, Éloïse et toi ?

Vincent se raidit. Pourquoi évoquait-il Éloïse dont il avait mémorisé le prénom.

— C'est que ça avait un sens pour vous.

Il était de moins en moins à l'aise. Cela faisait belle lurette, sans doute depuis toujours, qu'il ne s'était préoccupé du caractère inaliénable de leur mariage.

— Un couple, faut être deux ! lâcha-t-il soudain.

Le prêtre fronça les sourcils.

— ... et moi, je suis parti, je suis seul, et ma femme et mes enfants aussi sont seuls.

Feria respira profondément.

— Vincent, ta solitude est réelle, nul ne peut le contester mais je te demande, en conscience, de réfléchir aux êtres qui comptent pour toi, ta famille, tes amis... de sonder ce qui fait que tu les aimes et qu'ils t'aiment. La prison du corps enferme aussi l'esprit. Ta libération physique interviendra prochainement, mais elle ne dépend pas de toi. Par contre, il t'est donné de libérer ton esprit des tourments de la solitude, tu voudras bien essayer ? ajouta-t-il doucement.

Vincent ne répondit pas. Le souffle des paroles de l'abbé lui avait procuré un sentiment de calme relatif, malgré le vacarme du voisinage. Néanmoins, il ne voyait pas en quoi libérer son esprit le rapprocherait de sa famille ou de son seul vrai ami. Il était prisonnier et il serait libéré dans quelques semaines, la reconstruction de sa vie familiale passerait par sa propre reconstruction sociale, pas par ces conneries de libération de l'esprit.

— Je vais y réfléchir, mentit-il.

— À la bonne heure ! se réjouit Feria.

L'abbé récupérera les deux romans policiers ainsi que sa fiche de réservation pour trois nouveaux ouvrages. Il accepta qu'il conserve son livre de poésie. « C'est pas gênant que tu le gardes, personne ne le prend jamais », lui dit Feria.

Le soir, dans son lit, ses pensées vagabondèrent. Il était incapable de se concentrer sur la lecture d'un nouveau poème. Il fixait la même strophe depuis cinq minutes. Finalement, il posa le recueil sur son ventre et ferma les yeux. Le brouhaha latent des dizaines de télévisions et radios criardes des cellules alentour s'amplifia aussitôt. Le bruit incessant des grilles coulissantes et des clés dans les serrures faisait écho dans son crâne.

Il ne trouva un sommeil précaire que vers trois heures du matin, le front glacé de sueur.

Jeudi 21 novembre, box 4, salle des parloirs, 14h10

Depuis dix minutes, Arthur attendait nerveusement dans un box exigu, vitré sur toute la surface. Il avait la sensation d'être à l'intérieur d'un bocal, au milieu d'un alignement d'autres bocaux. Quatre gardiens jetaient, à intervalles réguliers, un œil nonchalant à travers les vitres en plexiglas. Se conformant au règlement du centre pénitentiaire, il s'était présenté à l'accueil de la prison quinze minutes avant l'heure prévue de son parloir avec Vincent, il avait laissé dans la voiture son blouson, son téléphone, ne gardant sur lui que son portefeuille, sa montre et ses clés. Après avoir passé le portique de sécurité, il avait rejoint la salle des parloirs avec d'autres familles.

La porte s'ouvrit enfin. Vincent, prévenu le matin de sa visite, avança vers son tabouret. Arthur se leva spontanément pour l'embrasser.

— Ah Vincent ! sacré Vincent !

Le gardien qui l'escortait le rappela immédiatement à l'ordre et lui intima de rester assis.

— J'espère que ça va, que tu tiens le coup... quelle histoire ! Quand Éloïse m'a appelé pour me dire que tu étais là, j'étais abasourdi. Ça a été la croix et la bannière pour obtenir un parloir. Tu ne peux pas imaginer la paperasse, les délais, ils ont failli me rendre dingue. Je suis désolé de ne pas être venu plus tôt, rajouta-t-il à voix basse, mais qu'est-ce qui s'est passé ?

Vincent resta silencieux quelques secondes.

— Que des emmerdes, lâcha-t-il, lapidaire. En gros, un taré de chez UTC a porté plainte contre moi, et voilà, je me retrouve en taule, je ne sais même pas exactement combien de temps, c'est délirant ! C'est une histoire de fous.

— Quoi ! tu ne sais pas pour combien de temps ?

— Si... enfin, j'ai plus ou moins compris qu'avec les remises de peine, je serai libérable début janvier.

— Début janvier... répéta Arthur, songeur.

— Alors, tu as eu Éloïse au téléphone ? relança Vincent, comment elle va ? La question sembla embarrasser son ami.

— Oui, dès qu'elle a su pour tes problèmes, elle m'a appelé, elle était sous le choc, elle... ce n'est pas facile pour elle.

Son embarras grandit encore.

— Je crois que ce n'est pas facile tous les jours avec les enfants. Ils vont bien hein sinon. Tu leur manques beaucoup, mais Éloïse, comment dire...

— Elle veut qu'on divorce, c'est ça ? coupa Vincent.

— Euh, je crois qu'elle veut surtout te parler, calmement.

— Ah oui ! et pourquoi elle n'est pas là alors ? Au cas où elle n'aurait pas remarqué, je peux difficilement passer la voir pour discuter *calmement*, comme tu dis.

Il avait haussé le ton. Un gardien le fixa et se rapprocha discrètement de leur box.

— Ne t'énerve pas, elle n'est sans doute pas encore prête, mais je lui dirai. Je vais l'appeler, c'est important qu'elle vienne.

Arthur, tout en le dissimulant, jouait plutôt bien son rôle d'éclaireur. Éloïse ne lui avait pas caché à quel point elle culpabilisait de vouloir se séparer de Vincent dans sa situation. Lui, dévoué, avait suggéré qu'il préparerait psychologiquement son ami à cette éventualité.

— Tu te rends compte, toute une vie foutue en l'air à cause de ces connards ! Je croyais que ça n'arrivait que dans les films où le pauv' mec perd son boulot, sa femme, devient clodo et finit par se foutre en l'air...

— Eh ! Vincent, arrête ! T'es pas tout seul, t'as les enfants, puis je suis là, moi ! Et je te rappelle qu'on a une grange à finir. Dès que tu sors, je t'emmène bosser.

Tout à sa tentative de diversion, Arthur sortit de son portefeuille une photo qu'il tendit à Vincent. Un gardien se précipita vers lui, soupçonneux.

— C'est une photo, monsieur, on m'a dit que j'avais le droit, se justifia-t-il. Le gardien laissa faire.

— Regarde, c'est la grange, j'ai pris la photo hier. T'as vu, ça a pas mal avancé. On a coulé la dalle avec un maçon, et avec le plombier du village, on a fait passer tous les raccordements en eau. Ça rend bien hein ? Maintenant, y a tout l'aménagement intérieur à faire, c'est du boulot, mais je suis sûr que c'est à notre portée.

Vincent le regardait sans l'écouter. Éloïse allait demander le divorce. Il ne serait plus le chef de famille, ils ne prendraient plus le petit déjeuner le dimanche, à quatre dans le lit parental, il ne serait plus le héros de Rose.

Arthur se rendit compte qu'il parlait dans le vide. Il se tut, puis relança.

— Tu ne souffres pas trop ici ?

— De quoi ? répondit Vincent, glacial.

— Je ne sais pas, de la violence, du froid... de la saleté ?

— Non non, impeccable !

La conversation prenait une mauvaise tournure, Vincent commençait à se fermer. Arthur biaisa.

— Tu sais, même au fond du trou, il y a quand même quelque chose que tu auras toujours et que je n'aurai jamais...

Vincent leva un sourcil.

— ... c'est tes enfants. Toi, tu as construit une famille, et même si ça merde en ce moment, tes enfants, tu les auras toujours.

— Ben dis donc, merci Arthur ! tu parles d'un réconfort.

— Non mais c'est vrai, regarde, moi, je ne suis pas en prison, mais quand je me couche à Châtillon, c'est pire, pas de femme, pas d'enfants, ma mère foldingue.

— Arrête ! parle pas comme ça de Betty.

— Mais si, je les attire ! J'ai pas été foutu de garder la seule, l'unique, qui était prête à me donner un enfant. Sinon j'ai eu que des folles, tu t'en souviens peut-être plus, mais j'ai eu que des folles. Vincent sourit.

— Oh oui, c'est vrai que t'en as eu des gratinées. Comment elle s'appelait déjà, tu sais, celle qui ne s'épilait pas et qui avait toujours le même soutif marron ? Tous deux s'exclamèrent en même temps : « Pascale ! »

Certains regards agacés se tournèrent vers leur box. À présent, ils jacassaient bruyamment comme deux adolescents.

— Pascale, et encore, c'était pas la pire, tu te souviens de

Corinne ?

— Corinne ? oui, vaguement... tu m'avais pas dit qu'elle était attirée par le spiritisme, ou à moitié médium, un truc comme ça ?

— Ouais, mais ce que je t'ai jamais dit, c'est que quand on s'est quittés, ça a été l'horreur. Un jour, elle est venue taper à la porte du studio pendant une heure, j'ai jamais ouvert, je la regardais par l'œilleton. Et tu devines pas ce qu'elle a fait ?

— Non, répondit Vincent, interloqué.

— Elle a pissé sur mon paillasson !

— Nan !

— J'te jure ! j'en revenais pas, elle a pissé sur le paillasson.

Vincent regarda son ami avec de grands yeux brillants et éclata de rire. Il ne put se contenir, il pleurait de rire. Arthur ne tarda pas à l'imiter. La scène avait quelque chose de surréaliste. Les deux compères poussant des « hou hou hou » en hoquetant, au beau milieu d'une prison triste.

— S'il vous plait, messieurs ! un gardien les rappela à l'ordre. Il vous reste cinq minutes.

— Oh Arthur, quelle rigolade ! ça fait du bien de rire, surtout en ce moment.

— J'essaierai de repasser d'ici une quinzaine de jours, tiens le coup. Il rajouta plus bas.

— Éloïse aussi va passer, je pense la semaine prochaine.

Vincent se referma aussitôt.

Mercredi 27 novembre, cellule 1912

Toujours avec la même ponctualité, la porte de la cellule s'ouvrit pour laisser entrer Angelo Feria, tout sourire. Il s'avança vers Vincent et lui donna l'accolade. Comme lors des trois mercredis précédents, l'abbé s'assit sur la même chaise en plastique, en face de lui. Une lueur d'inquiétude se refléta dans son œil.

Vincent avait les traits tirés, il n'était pas rasé et sans doute pas lavé. Or d'habitude, contrairement à la plupart des autres détenus, il soignait son apparence autant que faire se peut lorsqu'il recevait l'aumônier.

— Mon meilleur ami est venu me voir la semaine dernière,

commença-t-il.

— C'est formidable ! s'enthousiasma Feria.

— Il m'a annoncé que ma femme voulait divorcer.

Il jeta, comme par défi, ces mots à la tête de l'abbé, dont le visage blêmit instantanément. Il n'essaya pas de feindre l'apparent détachement qu'ont parfois les hommes d'église pour calmer la souffrance d'autrui. Vincent fut lui-même déconcerté de voir son aumônier tomber véritablement en compassion.

— Oh Vincent, quelle triste nouvelle ! il avait les larmes aux yeux.

— Pff ! C'était inévitable, qu'est-ce qu'une femme comme elle ferait avec un mec comme moi.

Feria ne sut quoi dire. Il le fixa avec le regard de celui qui connaît trop le fardeau de la détresse humaine.

— Il m'a dit qu'elle passerait me voir... bientôt, poursuivit-il.

— C'est bien qu'elle passe te voir, j'espère vraiment qu'elle viendra, ajouta l'abbé, c'est important que vous puissiez parler.

— Parler de quoi, murmura-t-il.

— Ne cherche pas à savoir ce qu'elle compte te dire, répondit Feria en écho. Toi, tu as des choses à lui dire, des choses qui rassemblent. Vincent parut étonné.

— Je n'ai rien à lui dire, c'est elle qui veut divorcer.

Il se leva d'un coup, comme pour signifier à l'aumônier que leur conversation était terminée. Feria ne se démonta pas.

— Tu veux me chasser de ta cellule ?

La truculence de sa remarque les fit sourire tous les deux. Il enchaîna.

— Vincent, s'il te plait, réfléchis à ce qui vous rassemble encore, l'amour de vos enfants, l'existence de vos familles, à tous les petits bouts de vie que vous avez façonnés depuis votre rencontre. Tu constateras qu'il en reste beaucoup, même après une séparation.

Vincent resta silencieux. L'abbé se leva à son tour.

— Au fait, la poésie ? tu as fini, ça t'a plu ?

— Euh... décidément, c'est pas mon truc. C'est bizarre, les phrases sont belles, imagées, mais je ne les comprends pas.

Feria le dévisagea avec attention.

— Il y a des chemins, des pierres, des lampes, des roses... mais c'est pas mon truc, répéta-t-il. Puis c'est pas très gai, même si on

devine quand même une forme d'espoir.
Il avait dit cela en se remémorant le dernier poème.

(...) Tu bâtissais des terrasses en prières muettes,
Et le poète en eut connaissance ;
Il est venu vers ta maison de pierre caché et tourmenté derrière
un buis de roses.
La fleur opale est close comme une robe de pudeur éclairée.
Et le poète eut froid, il n'a plus vu...
Il regardait le monde avec les yeux de Dieu.[19]

---

[19]*Poème inédit*, Béatrice Douvre

11. Désespoirs

Vendredi 29 novembre, salle des parloirs, 14h05

Éloïse attirait tous les regards des autres visiteurs, hommes, femmes, enfants, malgré la sobriété de ses vêtements et de son maquillage. Sa haute silhouette, son visage ovale aux traits parfaits, captaient la lumière blanche des plafonniers. Elle rejoignit le box 3.

Une mère et son fils avaient déjà pris place dans un box mitoyen. Le garçon la dévisagea longuement, fixant sans sourire ses yeux bleu acier et ses cheveux noirs noués en chignon. Elle détourna son regard.

Quand Vincent s'assit en face d'elle, elle eut du mal à masquer son effroi. Arthur l'avait pourtant prévenue du choc qu'elle aurait en le voyant. Il avait maigri, il paraissait quinze ans de plus. Ses cheveux hirsutes, son visage grisé par une barbe de cinq jours, lui donnaient un aspect sale et rugueux. Elle lui sourit timidement. Il lui rendit son sourire par un rictus.

Le visage de sa femme était tendu et grave. Les petites rides autour de ses yeux accentuaient la mélancolie de son regard. Il distingua nettement les fils argentés qui émaillaient sa chevelure sombre. Elle avait vieilli.

— Ça va ? avança-t-elle maladroitement.

— Ça va, répondit-il.

— Arthur m'a dit qu'il t'avait vu.

— Oui. Il m'a dit que tu l'avais prévenu que j'étais là.

— Oh oui, dès que j'ai su. Tu sais quand tu sors ?

— Théoriquement début janvier.

Un ange passa.

— Comment vont les enfants ?

— Ils vont bien. Tu manques beaucoup à Rose, elle t'a fait des dessins.

Elle lui tendit une pochette cartonnée contenant trois dessins signés de sa fille. Il y jeta un rapide coup d'œil et la referma vivement, se retenant de pleurer. En dépit de son autorisation, un gardien épiait la scène avec méfiance.

— Mais, euh... elle sait que je suis en prison ?

— Je lui ai expliqué, c'est mieux qu'elle sache la vérité, même si je ne te cache pas que j'ai un peu enjolivé les choses.

— Très bien, et Pierre ?

— Pierre, il ne parle pas beaucoup. Je pense qu'il tient le coup, il a compris que c'était un passage difficile.

L'espace d'un instant, Vincent reprit espoir. Ses dernières conversations avec Feria lui revinrent, tout ce qu'ils avaient construit ensemble, les petits moments de bonheur amalgamés...

— Ils me manquent tellement, je suis impatient de les serrer, à nouveau, dans mes bras.

Cette dernière phrase crispa Éloïse. Sur la défensive, elle durcit son regard.

— Il faudra du temps, il faudra que ça se passe dans un climat apaisé.

Il reçut la remarque en pleine figure et lutta pour ne pas se lever et partir en courant. Elle poursuivit, gravement.

— Je... Vincent, je vais être honnête avec toi, je ne veux pas faire semblant.

— Aïe ! quand on commence comme ça, c'est mauvais signe, ironisa-t-il. Te casse pas, j'ai compris. De toute façon, il pouvait difficilement en être autrement, non ? Elle ne dit rien.

— Je peux te poser une question ? C'est pas nouveau, hein, ta volonté de divorcer ?

— Vincent, c'est... je t'en prie, n'inverse pas les rôles.

— Les rôles ! mais je ne joue pas Éloïse. Ou plutôt si, je joue un peu ma vie en ce moment au cas où tu ne l'aurais pas remarqué.

Il avait haussé le ton. La mère et le fils du box d'à côté tournèrent ensemble leur tête vers eux.

— Je t'en prie, ne complique pas les choses, implora-t-elle.

— Compliquer les choses ? Mais je suis quoi, je suis devenu quoi pour toi ? et pour les enfants ? éclata-t-il en se levant.

Elle le regarda, l'air apeuré. Un gardien se précipita à sa hauteur et lui enjoignit de se taire.

— Ça va, ça va, s'agaça-t-il, tout en se rasseyant.

— Je ne te juge pas Éloïse, je te comprends même. J'ai tout foutu en l'air, mais... je suis quand même leur père.

Ses yeux s'emplirent de larmes. Il jeta la tête en arrière en inspirant fortement.

— Mais Vincent, bien sûr que tu es leur père, dit-elle doucement. Tu as toujours été un très bon père, personne n'en a jamais douté.

— Ils me manquent tellement.

— Préviens-moi dès que tu seras sorti, on organisera une rencontre à la maison, ou chez maman.

Il sourit tristement. Dorénavant, il faudrait planifier une *rencontre* pour qu'il voie ses enfants. Il reconnaissait là la supériorité de caractère de sa femme. Tout avait été pensé. Elle avait aussi certainement pris conseil auprès d'un avocat, avec la complicité d'Arthur, ou du moins son approbation bienveillante.

— Je te préviendrai si tu veux, dit-il docilement.

— Tu vas aller chez Arthur ? renchérit-elle, plus en confiance.

— Je ne sais pas, je ne crois pas, j'ai assez abusé comme ça.

Elle s'étonna, Vincent le sentit. Selon toute vraisemblance, c'est ce qu'ils avaient prévu pour lui. D'ailleurs, Arthur lui avait plus ou moins laissé entendre lors du parloir.

— Ben, tu veux aller où ?

Il encaissa à nouveau. Ça ne faisait aucun doute pour Éloïse que, s'il n'avait plus sa place au domicile familial, il n'avait pas d'endroit où aller, hormis chez Arthur. Elle l'avait dit avec un naturel déconcertant.

— Je ne sais pas encore.

— Chez tes parents ?

— Non sûrement pas, je ne veux pas inquiéter maman. En plus, je crois qu'elle a compris que ça n'allait pas très fort en ce moment.

Elle parut surprise.

— Tu as vu ta mère ?

— Non, enfin oui, mais c'était il y a longtemps.

— Au fait, j'ai oublié de te dire que je l'ai eue au téléphone.

— Ah bon ? quand ? récemment ? demanda-t-il, troublé.

— Euh, une première fois le jour de ton anniversaire, je lui ai dit que tu étais en déplacement. Et la semaine dernière, elle a rappelé pour se plaindre que tu ne donnais pas beaucoup de nouvelles. J'ai prétexté qu'en ce moment, c'était un peu l'horreur pour toi au boulot, que tu étais souvent en déplacement, et toujours sans portable.

— Elle t'a cru ?

— Oh oui, j'en suis sûre.

— Je ne veux vraiment pas qu'elle s'inquiète, tu comprends ? C'est déjà assez dur pour elle avec papa.

— Mais si elle rappelle, qu'est-ce que je dis ? Il réfléchit rapidement.

— Elle n'appellera pas, moi je vais l'appeler. Je devrais pouvoir. De ton côté, si jamais elle te contacte, le mieux c'est de lui dire que je suis chez Arthur, que je travaille avec lui en ce moment... un projet publicitaire, enfin n'importe quoi, mais que j'ai besoin d'être avec lui. Ok ?

— D'accord, c'est promis.

— Je lui dirai la vérité quand je serai sorti, mais pas avant, ça ne sert à rien.

Il souffla. C'était une préoccupation de moins.

— Ils m'ont dit qu'ils refaisaient mes papiers d'identité, relança-t-il après un long silence... privilège de détenu !

— Ah, c'est bien.

Un quart d'heure de parloir s'était écoulé, ils n'avaient plus rien à se dire. Il se leva, évitant de croiser le regard de sa femme.

— N'oublie pas les dessins de Rose.

Il attrapa vivement la pochette et recula d'un pas.

— Au revoir Vincent.

— Au revoir.

Mercredi 4 décembre, cellule 1912

Vincent se leva péniblement quand l'abbé Feria entra dans sa cellule. Ces derniers jours n'avaient pas été bons. Il avait sans cesse repensé à sa discussion avec Éloïse. C'était moins l'idée du divorce que celle de ne plus voir ses enfants librement, qui le minait. Il en éprouvait une honte et une culpabilité immenses.

À force de diarrhées non soignées, il avait encore maigri, son visage émacié était pâle à faire peur. Il avait quand même fait l'effort de se raser la veille.

L'abbé, tout sourire, s'avança vers lui et lui donna l'accolade.

— Bonjour Vincent, je suis heureux de te voir.

Devant son mutisme habituel, c'est l'abbé qui attaqua.

— Je t'ai apporté du papier à lettres, enveloppes, timbres.

— Ah, merci.

— Tu sais à qui tu veux écrire ?

— Euh, à mes enfants peut-être.

— Ce serait formidable. Recevoir une lettre de son père, c'est un moment rare, privilégié, toujours chargé d'émotion.

Vincent se dit que le prêtre avait dû l'expérimenter personnellement pour tenir de tels propos. Son père, autant qu'il s'en souvienne, ne lui avait jamais écrit.

— J'ai vu Éloïse.

— Elle est venue ? C'est bien de sa part, comment as-tu réagi ?

— Pff, ben, elle m'a dit qu'elle voulait divorcer, voilà.

— Vous avez parlé des enfants ? Elle t'a donné des nouvelles ?

— Ils vont bien, il paraît. Elle a préféré dire à Rose la vérité, que j'étais en prison.

— Raison de plus pour écrire à ta fille et à ton fils, insista Feria. L'éloignement physique ne signifie pas l'éloignement du cœur, ils le comprendront très bien.

— Sinon, je suis inquiet pour ma mère. Éloïse m'a dit qu'elle avait appelé. Elle doit commencer à trouver qu'il y a quelque chose de pas normal. Je ne vais pas pouvoir lui cacher la vérité encore longtemps, il faut que je l'appelle.

— Tu veux lui dire la vérité ?

— Oh non ! pas avant que je sorte. Elle a déjà trop de soucis avec mon père. La prison, le divorce… je ne veux pas en rajouter.

L'abbé réfléchit quelques secondes.

— Tu as une plage horaire pour aller aux cabines téléphoniques, tu peux même y aller tout à l'heure si tu veux.

— C'est que… je ne me suis pas occupé de me procurer une carte téléphone. Feria lui sourit.

— J'ai un marché à te proposer. Je te donne ma carte téléphone, il y a suffisamment de crédits pour une longue conversation avec ta mère. Mais en échange, tu écris à tes enfants, tu n'attends pas. Vincent, tu me promets ?

— C'est promis.

Peu après le départ du prêtre, un gardien l'escorta jusqu'aux cabines. Il réintégra sa cellule, vingt minutes plus tard, la satisfaction d'avoir parlé à sa mère l'emportant sur la honte du mensonge.

Épuisé par une nouvelle nuit sans sommeil, Vincent se résolut à écrire à ses enfants. La prison était encore silencieuse en cette heure matinale. Assis à sa table, penché au-dessus de la feuille vierge, il attendait. Les dernières paroles de l'abbé Feria résonnaient dans sa tête, puis celles d'Éloïse, dans une sourde cacophonie.

À 7h30, on lui apporta de l'eau bouillante, du café en sachet, du pain et de la confiture. Peu après 8 heures, il but une gorgée de son café tiédi et se saisit du stylo d'Arthur.

Lettre à Pierre :

Pierre, mon fils, mon chéri,

Je ne sais pas si tu liras ces mots. Nos dernières semaines ont été difficiles et je pourrais très bien comprendre que cette lettre finisse à la poubelle ou remisée dans un tiroir de ton bureau.

Je ne cherche pas à trouver des excuses à ce que je vous ai fait subir à maman, Rose et toi. Je veux simplement te dire, mon fils, que tu es la plus belle chose qui me soit arrivée, avec maman et Rose. J'ai l'impression de manquer cruellement de courage en t'écrivant tout cela, à distance, alors que j'aurais pu te le dire, te le témoigner toutes ces années.

C'est vrai, j'ai manqué de courage, je n'ai pas suffisamment été présent. Tu as 15 ans (déjà !) et je me retrouve en face d'un adolescent qui me dépasse de quelques centimètres, qui pique quand on l'embrasse, à défaut de me piquer mes rasoirs ! mais que je n'ai pas vraiment vu grandir. Je me retrouve en face d'un jeune homme affirmé, parfois dur, mais qui a dans le regard une sensibilité débordante et un cœur immense.

Mon chéri, je t'ai donné le prénom que j'aurais aimé porter. Maman n'a pas été difficile à convaincre tant j'étais motivé ! Ton arrivée a été une grande joie et une vraie révélation pour nous qui espérions ce moment depuis trois ans.

Je me souviens de ta « rencontre » avec dady, à l'hôpital. Maman était enceinte de toi, d'au moins huit mois. Elle s'est approchée de son père, inconscient, lui a pris la main, a murmuré que tu t'appelais Pierre et que tu étais très dynamique pour ne pas dire remuant. Ce qui est extraordinaire, c'est qu'il a semblé réagir. Son rythme cardiaque s'est accéléré et il donnait l'impression de vouloir parler. Dady est mort paisiblement en ayant conscience de ta présence.

Tes premières nuits, tes premières dents, les premiers bobos, les grands chagrins, c'est fou comme on oublie. Tu es toujours resté un enfant gentil et attentionné, et tu le resteras. Les parents sentent ces choses-là.
À la naissance de Rose, tu as été parfait dans ton rôle de grand frère. Je me souviens de la fois où, très solennellement, tu as débarqué dans le salon pour nous trouver, maman et moi, et nous dire que tu étais d'accord pour que l'on garde Rose pendant toute la vie. Et ta réponse quand maman, attendrie, t'a demandé pourquoi. « Parce que c'est ma petite sœur et que je l'aime ».
Tu as grandi en faisant notre bonheur au quotidien, en me rendant fier de te voir évoluer chaque jour un peu plus. Je n'ai, hélas, pas su te le dire. Je suis désolé d'avoir tout gâché, désolé pour toi, pour maman, pour Rose.

J'aimerais tant que les choses s'arrangent, mais j'ai conscience d'avoir cassé quelque chose pour toujours. Rien ne sera plus jamais pareil. Je me réveille parfois en me disant que tout ceci n'était qu'un mauvais rêve, puis j'aperçois les contours de ma cellule, j'entends les bruits d'évacuation d'eau, les grincements des portes, les télés à fond, les cris souvent... et tout redevient gris et triste.
Ici, je discute avec un ami qui me dit que pardonner est plus important que d'avoir raison. C'est ce que je vous demande pour moi : me pardonner. Ça m'aidera à tenir et à être moins seul.
Pierre, tu es l'homme de la maison maintenant. Ton rôle a été

précipité par ma faute. Protège notre famille, protège maman, protège Rose. Tu as une mère formidable, ne l'oublie jamais.

Mon chéri, puisses-tu accepter, sinon comprendre, que malgré ce que j'ai fait, je resterai indéfectiblement ton père, fier de toi et qui t'aime.

Papa

Lettre à Rose :

Rose, mon petit cœur d'amour,

Je sais que tu es triste en ce moment. Et moi je suis malheureux de t'avoir rendue triste.

Papa a eu des problèmes qui arrivent parfois aux grands, et c'est compliqué de revenir à la maison pour le moment. Ce n'est pas ta faute, ni celle de maman, ni celle de Pierre.

Maman a dû t'expliquer et elle est sûrement à côté de toi pour te consoler. Je voulais te faire mille baisers et te dire mille mercis pour tes jolis dessins. Ils sont à côté de moi et égaient mon cœur et les murs de ma cellule.

Comme tu es très courageuse, je sais que tu continues à faire des sourires, à faire des câlins et à toujours bien travailler à l'école. Je suis très fier de toi. Maman et Pierre aussi. C'est ton super grand frère, aussi fort que papa ! Quand je sortirai après Noël, j'irai chercher un autre travail, et promis, je viendrai te voir très vite.

Tu es ma princesse, la plus jolie des princesses. Tu me manques beaucoup, alors j'ai une idée pour que tu penses toujours à moi : tu demanderas à maman de te faire un bisou, tous les soirs dans ton lit... ce sera le bisou de papa.

À bientôt mon petit cœur,
Ton papa qui t'aime.

Plusieurs feuilles étaient roulées en boule à ses pieds. Trois fois, il avait dû réécrire les lettres tant ses larmes avaient dilué l'encre du stylo et rendu son écriture illisible. Il n'avait pas vu le temps passer. Son déjeuner, posé sur l'autre chaise, était froid.

Mercredi 11 décembre, cellule 1912

Cette nuit-là, Vincent fit un nouveau cauchemar. Il se vit dans le parc brumeux de Châtillon, face au canal, courant à perdre haleine. Arrivé paniqué au bord de l'étroit cours d'eau, il distingua un corps flottant sur le dos. C'était Rose, petite poupée de porcelaine noyée, les yeux grands ouverts. Il se tenait debout, paralysé par la terreur. Soudain, une ombre surgissant de nulle part, se précipita à sa hauteur et, poussant un râle rauque, le larda de coups de couteau. C'était Pierre, éclaboussé par son sang, le visage déformé, ivre de rage.

Il se réveilla en sursaut, son drap trempé de sueur. Haletant, la gorge sèche et douloureuse, il ne retrouva un court sommeil que deux heures avant la première inspection.

■

L'abbé Feria paraissait soucieux. D'habitude d'humeur joviale, ses traits étaient tirés et son regard teinté de mélancolie, une mauvaise nuit sans doute. C'est Vincent qui entama la conversation.

— J'ai écrit aux enfants, j'ai tenu parole. Le visage du prêtre s'illumina.

— Formidable Vincent ! c'est important pour eux. Est-ce que ça t'a soulagé ?

— Pff, pas vraiment. J'étais content de l'avoir fait mais ça n'a pas été facile, c'était même douloureux de repasser comme ça les souvenirs.

— Je comprends... mais ces souvenirs avec Rose et Pierre, ils sont éternels. L'abbé était songeur, l'œil dans le vide.

— Oui, consentit Vincent, désabusé. Mais c'est terrifiant

d'imaginer que dorénavant, je ne vivrai qu'à travers ma mémoire.

— Pourquoi dis-tu ça ? s'étonna Feria.

— Ben, c'est vrai, c'est quoi mon avenir maintenant, hormis mes souvenirs ? Je suis condamné à vivre dans le passé, tout ça à cause de ces connards, fulmina-t-il.

Son visage amaigri portait l'empreinte d'une colère froide.

— Vincent, contiens-toi. Ne regarde pas en arrière, avance parmi les vivants.

— Ah oui ! avancer ? vers où ? Il n'y a pas d'issue. Plus exactement, je vois trop bien l'avenir médiocre qui m'attend. Je vais sortir, je vais voir une sorte d'assistante sociale, on va me proposer un foyer d'hébergement, ou alors je vais à nouveau aller chez Arthur. Pour combien de temps ? Puis il y aura le juge aux affaires familiales, parce que ça va arriver. Au mieux, j'aurai un boulot merdique, si jamais j'en ai un, mais bon, comme dirait ma mère, chacun sa croix.

Feria ne l'avait jamais vu comme ça, sa désespérance lui éclatait à la figure.

— Ta mère n'a pas tort, rebondit l'abbé, chacun sa croix ! Tu sais, je vais te faire un aveu. Moi aussi, je me suis senti abandonné. Plus d'une fois j'ai douté dans la solitude de ma chambre. Ce qui m'a toujours fait tenir, c'est la confiance de ne pas être seul. Tu n'es pas seul, Vincent, tu ne l'as jamais été, même si parfois tu l'oublies. Aucun chemin n'est parfait, chaque itinéraire est singulier. Mais il n'est donné à personne, tu m'entends, à personne, de faire ce chemin seul. Et garder en toi tes rancœurs ne peut que t'enfermer dans la tristesse.

Vincent ne le regardait pas, semblant ailleurs, prisonnier de ses sombres pensées.

— Me permets-tu de te lire le très beau texte d'un poète brésilien[20] que j'aime beaucoup ? Je l'ai toujours sur moi.

Sans attendre de réponse, l'abbé se racla la gorge et inspira longuement.

Une nuit, j'ai eu un songe.
J'ai rêvé que je marchais le long d'une plage, en compagnie du

---

[20] Adémar de Barros (1901-1969)

Seigneur.

Dans le ciel apparaissaient, les unes après les autres, toutes les scènes de ma vie.

J'ai regardé en arrière et j'ai vu qu'à chaque période de ma vie, il y avait deux paires de traces sur le sable : l'une était la mienne, l'autre était celle du Seigneur.

Ainsi nous continuions à marcher, jusqu'à ce que tous les jours de ma vie aient défilé devant moi.

Alors je me suis arrêté et j'ai regardé en arrière.

J'ai remarqué qu'en certains endroits, il n'y avait qu'une seule paire d'empreintes, et cela correspondait exactement avec les jours les plus difficiles de ma vie, les jours de plus grande angoisse, de plus grande peur et aussi de plus grande douleur.

Il fit une courte pause. Vincent écoutait avec attention.

Je l'ai donc interrogé : "Seigneur... tu m'as dit que tu étais avec moi tous les jours de ma vie et j'ai accepté de vivre avec Toi.

Mais j'ai remarqué que dans les pires moments de ma vie, il n'y avait qu'une seule trace de pas.

Je ne peux pas comprendre que tu m'aies laissé seul aux moments où j'avais le plus besoin de Toi."

Et le Seigneur répondit :"Mon fils, tu m'es tellement précieux ! Je t'aime ! Je ne t'aurais jamais abandonné, pas même une seule minute !

Les jours où tu n'as vu qu'une seule trace de pas sur le sable, ces jours d'épreuves et de souffrances, eh bien : c'était moi qui te portais."

Vincent, la tête penchée en avant, pleurait silencieusement. Feria pleurait lui aussi. Ils ignoraient qu'à cet instant, ils ne se reverraient plus.

Jeudi 12 décembre, appartement des Douvre, 20h15

— Oh Maman, on peut relire la lettre de papa ?

Rose, dans son lit, Éloïse allongée à ses côtés, la supplia de relire, pour la troisième fois, la lettre de Vincent, reçue la veille.

— Bien sûr ma chérie. Et on lui enverra tes nouveaux dessins demain, comme ça il les aura pour Noël.

La petite fille rayonnait. Elle était impatiente de revoir son père, « après Noël », comme il lui avait dit dans sa lettre. Elle lui sauterait au cou, il aurait un nouveau travail, et tout redeviendrait comme avant.

Éloïse relut mécaniquement, pensive. Ils fêteraient Noël sans Vincent, la vie s'organiserait en fonction des décisions du juge aux affaires familiales, une page allait définitivement se tourner.

Pierre, les écouteurs enfoncés dans les oreilles, était absorbé par le dernier jeu vidéo à la mode et pianotait frénétiquement sur les touches de son Smartphone. La veille, il avait glissé la lettre de son père au fond d'un des tiroirs de son bureau.

Quand sa mère était entrée dans sa chambre, elle lui avait trouvé les yeux brillants. Néanmoins, elle ne sut jamais s'il l'avait lue, et ce qu'elle contenait.

Mercredi 18 décembre, cellule 1912

Quarante-cinquième jour d'incarcération. Vincent avait fait plus des deux tiers de sa détention. Avec les réductions de peine, il avait calculé, qu'au mieux, il sortirait le 3 janvier. Cela ne lui avait toutefois pas été confirmé par l'agent du greffe, incapable d'avoir une information fiable.

Depuis cinq jours, les fortes pluies en région parisienne avaient considérablement accru le taux d'humidité dans la prison. Après la promenade, quand il réintégrait sa cellule, il avait l'impression d'entrer dans un mouchoir. Les diarrhées avaient cessé, mais il était fiévreux. Un mal chassait l'autre ! Ses maux de tête réguliers l'empêchaient de participer aux activités sportives.

Quand il ne lisait pas, il restait étendu sur son lit, dans l'obscurité, un drap mouillé sur la tête. Régulièrement, le gardien rallumait la lumière depuis l'extérieur, pour effectuer, à travers l'œilleton, un contrôle de la cellule.

Et dès qu'il s'était éloigné, Vincent ré-éteignait.

Déjà quinze minutes qu'il tournait en rond, grimaçant à chaque pointe de douleur au-dessus des tempes. L'abbé n'était toujours pas là, lui d'habitude si ponctuel.

— Gardien ! Gardien !

Il toqua nerveusement sur la porte. Il entendit un vague « c'est bon, j'arrive », avant d'apercevoir le point blanc de l'œilleton qui coulissa.

— Qu'est-ce que tu veux ? dit le gardien en ouvrant la porte.

— J'attends l'aumônier. Il n'est toujours pas là.

— L'abbé Feria ? Ben... il est parti ce matin. Il est rentré en Italie pour enterrer sa mère. Elle est morte hier, je crois qu'elle était malade depuis longtemps

Vincent fut assommé. Il regarda l'agent, groggy, puis fut rapidement submergé par un sentiment de honte. Pendant des semaines, il avait concentré toute l'attention du prêtre sur ses propres tourments, sans jamais vraiment s'intéresser à son visiteur. Il se souvenait maintenant, il l'avait trouvé soucieux le mercredi précédent, mais ses propres tracas avaient repris le dessus.

— On sait quand il va rentrer ?

— Ah ben ce sera l'année prochaine. Il a dit au directeur qu'il passerait Noël dans sa famille et resterait une grosse semaine de plus là-bas.

— Et vous savez si... s'il a laissé quelque chose, un mot ?

— Pas à ma connaissance. Bon je dois continuer ma ronde.

La porte de la cellule claqua d'un coup sec. Vincent tituba jusqu'au lit et tomba accroupi, en pleurs.

Jeudi 19 décembre, box 4, salle des parloirs

Un quart d'heure qu'Arthur attendait nerveusement son ami. Il finit par s'inquiéter de l'absence de Vincent auprès d'un gardien. Celui-ci fit une moue dubitative et dit qu'il allait se renseigner.

Vingt minutes plus tard, alors que certains parloirs se terminaient déjà, un gardien se posta devant Arthur.

— C'est vous qui attendez le numéro d'écrou n°111314 ?

— Oui, répondit-il, avec une pointe d'anxiété.

— Il n'a pas voulu venir, je n'ai pas d'autres informations, faudra revenir une autre fois.

Arthur ne revint pas, ni Éloïse d'ailleurs.

■

Vincent passa Noël seul. Toute la journée du 24, les allées et venues dans les coursives, sur les passerelles, à travers les sas, furent incessants.

Le bruit des grilles, des trousseaux de clés, la queue aux parloirs, les rires d'enfants, les échanges de paquets, il planait comme un air de fête sur la prison. Il se résolut à appeler Éloïse en fin d'après-midi. Il voulait entendre la voix des enfants. Quelques jours auparavant, il avait reçu deux dessins de Rose. Ils la représentaient entourée de ses parents et de son frère, à côté d'un grand sapin de Noël. Au-dessus de sa signature, elle s'était appliquée à inscrire « *papa je t'aime* ».

Lorsqu'Éloïse décrocha, Vincent sentit immédiatement qu'il dérangeait. Il devina qu'elle était avec sa mère, occupée par les derniers préparatifs de la soirée. Pierre était au cinéma avec un copain. Il put parler à Rose. Contenant son émotion grandissante, il la remercia pour ses magnifiques dessins. Déjà elle devait raccrocher.

Les jours continuèrent de traîner leur cortège de lassitude et d'ennui. D'un calme troublant, Vincent savait désormais qu'il passerait le 31 décembre seul. Dans trois jours, peut-être quatre, on lui signifierait sa sortie, il n'en avait cure.

Même le néant qui l'attendait ne lui faisait plus peur.

12. Libre !

L'agent pénitentiaire entra dans sa cellule peu après le déjeuner. Vincent ne comprit pas tout de suite.

— Faudra que tu rassembles toutes tes affaires personnelles, je dois t'emmener au greffe à seize heures.

— Ça veut dire quoi ?

— Ben, *a priori*, c'est pas pour aller taper la belote avec le directeur ! Ça veut dire que tu sors.

Incrédule, lui qui pensait que plus rien ne l'étonnerait jamais eut du mal à masquer sa surprise.

— ... aujourd'hui ou dans trois jours, ça ne change pas grand chose, même si toi, se ravisa l'agent, tu ne passeras pas les fêtes de fin d'année en prison.

■

Vincent avait rassemblé toutes ses affaires et récupéré les dessins de Rose. Il jeta un dernier regard circulaire à sa cellule. Le gardien l'accompagna jusqu'à une petite pièce vitrée, une espèce de réduit format cagibi.

On lui dit d'attendre, on viendrait le chercher. De son bocal, entre le premier et le deuxième sas, il pouvait voir le va-et-vient des uniformes escortant les détenus. Personne ne se préoccupait de sa présence. Il n'arrivait pas à savoir s'il était soulagé de sa sortie prochaine. « Tout vaut mieux que la prison » se raisonna-t-il.

À presque six heures du soir, alors que la distribution des dîners battait son plein, un autre gardien vint le chercher.

— On y va, ça y est, c'est la quille pour vous.

Vincent le suivit. Il entra dans un vaste bureau au sol carrelé, jauni par la lumière artificielle. Debout derrière un guichet, un agent pénitentiaire posa le dossier du numéro d'écrou 111314.

— ... Alors ça, c'est votre bon de sortie, vous signez à l'endroit des croix. Votre nouvelle carte d'identité, une brochure avec toutes les informations utiles, les adresses des foyers d'hébergement en région parisienne, numéros des services sociaux, agences pour l'emploi, *et cætera*... ah oui, vous bénéficiez aussi d'un titre de transport RATP, valable pour le mois de décembre, donc, pour vous, ce sera valable jusqu'à... demain soir. Bon, je crois qu'on a fait le tour... hou, hou, monsieur, vous m'écoutez ?

Vincent avait signé à l'endroit des croix et attendait, l'air absent, la fin de la tirade de l'agent pour prendre congé.

Il se redressa, mit sa carte d'identité et son bon de sortie dans la poche intérieure de sa parka puis glissa son titre de transport dans son jean. La brochure d'informations atterrit dans son sac de sport.

— Ah, monsieur, j'oubliais... L'agent ouvrit un tiroir métallique. Monsieur Feria a laissé une enveloppe, vous avez également le solde de votre compte.

Joignant le geste à la parole, il lui tendit une enveloppe blanche au nom de Vincent Douvre, ainsi que quatre billets de 50 euros, plus un reçu à signer. Il s'étonna qu'on lui remît de l'argent.

— Ça doit être un de vos parloirs, ça arrive souvent.

Arthur, lors de sa dernière visite, lui avait déposé 200 euros sur son compte de prisonnier. Il n'en avait rien su. Il mit les billets dans sa poche, épaula son sac et tourna les talons.

Un autre gardien l'attendait près de la porte du bâtiment.

Il traversa la cour balayée par un vent glacial, faisant le chemin inverse d'il y a cinquante-sept jours. La nuit était tombée.

Il regarda son escorte, un blondinet paraissant dix-huit ans, occupé à ouvrir la porte extérieure. « À peine plus vieux que Pierre », songea-t-il.

— Au revoir monsieur, et bonne année ! Vincent répondit par un signe de tête et franchit le seuil. Derrière lui, la porte se referma dans un claquement sec.

Il ouvrit l'enveloppe de Feria. Elle contenait une image, le visage de saint Vincent de Paul avec la mention *Je m'abandonne à Toi.*

Il fit froidement une boulette et jeta le tout dans une poubelle de trottoir, à proximité. Il remonta le col de sa parka, réajusta sa bandoulière et prit la direction du RER, dans l'obscurité de l'hiver.

Trois mois s'étaient écoulés depuis sa dernière venue à *la Favorite*. Vincent ne reconnut rien ni personne. Le garçon au bar avait changé, le mobilier, la disposition des tables aussi. À présent, au-dessus du comptoir en zinc, un large écran plat surplombait la salle. Il s'installa à un bout, sous l'écran, et déposa son sac aux pieds du tabouret.

Son inquiétude s'estompa un peu alors qu'il retrouvait une posture familière et la douce sensation d'engourdissement provoquée par ses deux premières bières.

L'alcool ne lui avait pas manqué en prison. « Au moins je ne suis pas alcoolique, c'est déjà ça ! » pensa-t-il. Il commanda un troisième demi.

Accoudé, l'air absent, il fixait la ligne de mousse. Le film des derniers mois repassait en boucle dans sa tête, de manière confuse. Son licenciement, la crise avec Éloïse, le séjour chez Arthur, la prison, le vide... puis à nouveau son verre devant lui. Les visages de ses proches s'imprimaient tour à tour puis disparaissaient, les spectres de Nouillaud et Burker également.

Lancinante, la voix de Feria résonnait, « Vincent, tu n'es pas seul... ».

Dans deux gorgées, il pousserait son verre vide et quitterait le café. Ou bien dans deux gorgées, il reprendrait une autre bière, lui assurant un nouveau sursis de quelques gorgées. Dans deux gorgées.

— Je vais devoir vous encaisser, monsieur !

L'apostrophe du garçon le tira de sa torpeur. Il se redressa. Déjà l'autre avait glissé à l'autre bout du comptoir, occupé à servir deux nouveaux clients. Il leva la tête vers l'écran, c'était le générique du journal de 20 heures, presque trois quart d'heure qu'il était au bar ! Il n'avait pas vu le temps passer. En prison, il avait pris l'habitude de tout faire lentement, comme pour mieux lutter contre l'ennui.

Il se retourna. Le brouhaha de la salle remplie d'une clientèle de quartier, guillerette en cette veille de fête, couvrait largement le fond sonore de la télévision. Les rires d'un gros rougeaud se transformèrent en une succession de hoquets éraillés, il manqua s'étouffer. Deux copines, apparemment stressées, devisaient par intermittence, entre deux pianotages sur leur smartphone.

■

« *Madame, monsieur, bonsoir...* »

Victor Gabriel, le présentateur vedette du journal télévisé le plus regardé d'Europe, lut avec naturel le texte défilant sur le prompteur.

« *Comme je vous le disais en titres, j-1 pour changer de vie, j-1 avant la clôture de la cagnotte historique du Loto qui a tant fait parler d'elle ces dernières semaines. Pour la première fois, le continent américain était associé à cette loterie, d'habitude limitée à l'Europe, et dotée de la cagnotte record de 500 millions de dollars ou 370 millions d'euros.*
Les chiffres donnent le vertige et pourtant, le ou la seule gagnante qui a coché tous les bons numéros, le 31 octobre dernier, ne s'est toujours pas manifestée.

Nous retrouvons, en direct, notre envoyée spéciale, Joséphine Huchepie, à Châtillon, petit village de Champagne, à l'endroit même où le bulletin gagnant a été validé.
— Joséphine, je suppose que c'est l'effervescence au village ? »
— « Oui Victor, bonsoir, en effet, c'est l'effervescence ce soir à Châtillon. Je suis à côté de Jacky Tordu, le propriétaire du Balto, le café dans lequel le ticket gagnant a été validé. Il y a deux mois, nos équipes s'étaient déjà rendues sur place, et tous les projecteurs avaient été tournés vers ce village, d'ordinaire si tranquille. Jacky, pouvez-vous nous dire ce qui a changé depuis ces deux derniers mois ? J'imagine que les spéculations vont bon train, ici, à Châtillon ?
— Ben... c'est-à-dire que ça nous a fait de la publicité, quoi. On a même eu les télés américaines qui sont venues ! Ça a duré deux-trois jours, puis après c'est redevenu calme.

— Vous aviez parlé de rumeurs dans le village ?
— Ben... y a eu une rumeur comme quoi c'était une personne du
village qui avait gagné, et qui était morte juste après. Y a même
eu un cambriolage, le mois dernier, chez un pépé qui était
décédé... »

Vincent, absorbé par ses idées noires, ne prêtait pas grande
attention au reportage dont le commentaire était rendu inaudible
par la rumeur de la salle.

Après un long bâillement, il releva les yeux vers l'écran, la bouche
encore ouverte. Sa vision était floue, la tête lui tournait un peu. Il
lui fallut plusieurs secondes pour distinguer assez nettement les
contours de l'image.

Cette tête ! elle lui rappelait vaguement quelqu'un mais qui ? Il
essaya de tendre l'oreille, tout en rassemblant ses souvenirs. Une
bouille ronde, la moustache poivre et sel, deux petites billes noires
enfoncées... cette tête... évidemment ! c'était celle du type du café, à
Châtillon. Il paraissait plus pâle et plus empâté qu'il y a deux mois,
mais c'était lui.

« ... en tout cas, ce qui est sûr, c'est que c'est pas quelqu'un du
village. Tout le monde a vérifié. Non, ça peut être un gars de
passage, un représentant, ou un routier, quoi.
— Merci Jacky, le mystère reste entier. Comme vous le précisiez
Victor, ce n'est pas uniquement le village de Châtillon, mais tout le
pays qui est suspendu à ce compte à rebours qui s'achèvera dans
un peu moins de vingt-trois heures.
— Merci Joséphine, pour la dernière fois les numéros du tirage
s'affichent sur votre écran : 8, 9, 13, 20, 24 – *1 *2
... sans transition, les chiffres du chômage, toujours en forte
hausse, en France. D'après l'Institut national de... »

Vincent ouvrit lentement la fermeture Éclair de la poche
intérieure de sa parka. Il enfouit sa main, sentit d'abord les coins
plastifiés de sa nouvelle carte d'identité, son bon de sortie de
prison plié en quatre, puis ses doigts se crispèrent.

DEUXIÈME PARTIE

Le temps des roses

1. Riche !

Il était planté sur le trottoir devant *la Favorite*, l'air hagard. Des fines gouttes de pluie, comme des postillons gelés, lui piquaient le visage, accélérant son dégrisement. Il remonta le col de sa parka et rentra la tête dans les épaules. Ses pensées étaient confuses.

Il avait reconnu le petit gros du *Balto*. Son bulletin avait été validé à Châtillon-en-Champagne pour le tirage du 31 octobre. Aucun doute possible, c'était ses numéros, c'était son ticket, c'était lui. D'ailleurs, quand les numéros s'étaient affichés à l'écran, il les avait mémorisés instantanément. Et pour cause, il ne les connaissait que trop bien, ces chiffres l'avaient hanté pendant des mois :

8, 9, 13, 20, 24, *1, *2. Ou plus exactement : 24-9-20-13-8-1-2, le 24 septembre 2013 à 8 heures 12.

C'était le jour et l'heure inscrits sur le reçu de son courrier recommandé. Vincent avait joué les chiffres de son licenciement !

■

Il se revit, deux mois plus tôt, dans le petit café du village, en face du présentoir à journaux, ses deux euros en poche, le sang chargé de vodka. Le patron, le fameux Jacky, attendait qu'il se décide. Finalement, il avait imité un autre client, concentré à remplir sa grille de loto.

Il avait sorti de sa poche le stylo offert par Arthur, en même temps que son reçu postal. Il avait recopié scrupuleusement les chiffres inscrits, avant de jeter le bordereau dans la poubelle grillagée en aluminium, près de la caisse. Le patron lui avait tendu son justificatif, l'air pincé, derrière sa moustache.

Moins d'une minute plus tard, un gendarme rentrait pour acheter des cigarettes et le reconnaissait. Mais ça, c'était du passé !

Immobile, il avait du mal à réaliser. Il avait certainement gagné une grosse somme sinon ils n'en auraient pas parlé au journal de 20 heures. Dire qu'il n'en aurait rien su s'il était sorti deux jours plus tard de prison. Dans l'immédiat, sa préoccupation fut de savoir où aller pour la nuit. Il remobilisa son esprit. L'image de l'hôtel Boissieu lui sauta aux yeux, comme une évidence.

Il s'attaqua aux cinq cents mètres qui le séparaient de l'établissement miteux, fit une halte chez l'épicier pour acheter du taboulé, une banane et une bouteille d'eau, s'offrant même le luxe d'acheter des couverts en plastique. « Je suis quand même millionnaire en puissance » s'amusa-t-il.

Hôtel Boissieu, boulevard Barbès, Paris 18ème

Vincent retrouva le visage connu du réceptionniste tatoué et piercé. Ce dernier le toisa avec méfiance, sans reconnaître son ancien client, amaigri de dix kilos.

— Bonsoir, il vous reste la chambre 6 ?

Monsieur Muscles, blasé par tous les énergumènes qu'il croisait jour et nuit, lui tendit la clé de la 6, sans sourire.

— Vous restez combien de temps ?

— Je repars demain, c'est juste pour la nuit. C'est cinquante euros, je crois ? Vincent avait déjà posé son billet sur le comptoir.

— Vous savez jusqu'à quelle heure y a des RER ? Le réceptionniste le fixa, surpris.

— Tu veux aller où ?

— Euh... Nanterre.

— Nanterre ? c'est le RER A, y en a au moins jusqu'à minuit.

Il monta, rassuré.

À aucun moment il n'osa évoquer la grosse cagnotte et son montant mystère. Sans doute un réflexe d'ancien prisonnier. En dire le moins possible, ne pas éveiller les soupçons.

Il poussa la porte de la chambre. La même odeur de pisse de chat qu'il y a trois mois l'agressa. Rien n'avait changé, hormis la fenêtre, dont la vitre avait été rafistolée avec un gros scotch. C'était à peine plus luxueux que sa cellule, mais il était tranquille et il avait la télévision. Il l'alluma avant même de poser son sac, puis ouvrit la fenêtre en grand quelques instants. Des petites gouttes gelées vinrent rapidement noircir la moquette sale et râpée.

Tout en mangeant sur le lit, il zappa régulièrement d'une chaîne à l'autre, espérant tomber sur un flash d'information qui parlerait de la cagnotte. Sans succès.

Le ventre bien calé par ses cinq cents grammes de taboulé et sa banane, il se leva et étala pièces et billets sur le lit. « 128,50 euros... ça va être chaud ! » se dit-il, songeur, avant de redescendre vers la réception.

■

Il rentra un peu après 22h30.

— Alors, ça s'est bien passé à Nanterre ? lui fit le tatoué avec un clin d'œil complice. T'as été rapide !

Vincent ne releva pas. Il l'interrogea avec sérieux.

— Dis-moi, tu ne connaîtrais pas quelqu'un qui pourrait m'emmener demain à la campagne, disons à cent bornes d'ici ? L'autre le tutoyait, donc il faisait de même. Le réceptionniste le fixa avec suspicion.

— Cent kilomètres, cap à l'Est, aller simple ! rajouta Vincent.

— Mmm... ça se pourrait.

— Combien ?

— Mmm... on va dire... 200 euros.

— 200 euros ! non c'est deux fois trop cher, allez... ok pour 100 euros, et c'est bien payé.

— Eh ! dis donc, mon pote il rentre à vide aussi... ok pour 150.

— Elle consomme combien sa caisse ? C'est une Ferrari ou quoi ? Non, allez... 128,50 euros, sinon je demande ailleurs.

— Ok, ok, grommela l'autre, mais pas d'autoroute, pas de péage, mon pote roule à l'économie.

— Vendu ! je ne suis pas pressé de toute façon. Départ, disons... 16 heures devant l'hôtel, c'est bon pour lui ?

— Oui, c'est bon, t'inquiète pas pour lui, il sera là.

De retour dans sa chambre, Vincent brancha la télévision. Toujours aucune information sur la cagnotte. Il dormit d'un sommeil agité et non réparateur, rouvrant les yeux toutes les heures. Néanmoins, pour la première fois depuis des semaines, il ne fit pas de cauchemar.

Le lendemain, il prit le temps de se raser et se doucher avec soin. La matinée qu'il s'apprêtait à affronter était sans doute la plus déterminante de son existence. Saluant son désormais copain réceptionniste, il quitta l'hôtel, sac en bandoulière, en direction du métro.

Mardi 31 décembre, siège d'International Loto, rue du Faubourg-Saint-Honoré, Paris 8ème

— Bonjour monsieur, vous désirez ? L'hôtesse, à la dentition parfaite, l'accueillit avec un large sourire.
— Euh, j'aimerais voir un responsable.
— Vous avez rendez-vous ?
— Non.
— Je peux peut-être vous aider ?
— En fait, j'ai lu au dos de mon ticket qu'en cas de gain... important, il fallait venir ici.
— Très bien monsieur, veuillez patienter, j'appelle quelqu'un.

Vincent n'avait eu aucun mal à trouver le siège d'International Loto dont l'adresse était inscrite au dos du bulletin. Le vaste hall d'entrée de cet immeuble haussmannien cossu du 8ème arrondissement, scintillait de marbre. Des fauteuils art déco blancs entouraient une table basse design, en bois et inox, recouverte d'un plateau de verre noir.

Il fut d'abord conduit dans une petite salle de réunion sombre au premier étage. L'employé, un poil suffisant, s'enquit de connaître le tirage et le gain concernant son visiteur.
— Pourrais-je avoir votre bulletin, je vais procéder au contrôle.
— En fait, euh, il s'agit du tirage du 31 octobre dernier, la grosse cagnotte, c'est mon ticket. Si ça ne vous dérange pas, je préfèrerais le garder avec moi.

L'employé se figea, livide.
— Le... la grosse cagnotte ? je vais prévenir quelqu'un.

Trois minutes plus tard, on frappa à la porte. Un homme tiré à quatre épingles, se présenta, tout sourire. L'autre type avait disparu.

— Bonjour monsieur, je suis Édouard Pourcade, le Directeur général adjoint d'International Loto. Pourriez-vous m'accompagner s'il vous plait ?

Vincent n'avait jamais marché sur une moquette aussi épaisse. Le salon VIP, au cinquième étage du bâtiment, offrait, à travers quatre portes fenêtres ouvrant sur un agréable balcon, une vue imprenable sur le palais de l'Élysée. Après les présentations d'usage, on l'installa confortablement sur un des canapés en cuir blanc.

— Cher monsieur Douvre, désirez-vous quelque chose à boire ou à manger... des viennoiseries ?

— Oui pour les deux, je meurs d'envie d'un café, je n'ai pas eu le temps de petit déjeuner.

— Ce serait dommage de mourir tout de suite, gloussa son hôte avec obséquiosité.

Alors qu'il donnait ses instructions à une sorte de maître d'hôtel, un homme grand et maigre, le regard triste, s'approcha du directeur, une machine à la main.

— Monsieur Tuco et sa douchette magique ! s'exclama Pourcade. Monsieur Douvre, je vais avoir besoin de votre concours, nous allons vérifier votre bulletin.

Vincent tendit nerveusement son ticket. Le directeur s'en empara et le confia à son collaborateur. Celui-ci le scanna et, le rendant au directeur, opina de la tête.

— Toutes mes félicitations monsieur Douvre ! au nom d'International Loto, je suis fier de vous confirmer que vous êtes le gagnant de la plus grosse cagnotte en France de tous les temps !

Vincent ouvrit des yeux ronds.

— ... Vous aviez une chance sur cent seize millions de remporter le jackpot, et vous l'avez fait ! Vous ne le savez peut-être pas mais pour la première fois dans l'histoire de la loterie, International Loto était associé à la loterie américaine et... plus de cent millions de grilles ont été validées ! C'est... c'est fou ! Pourcade était ému aux larmes.

— Euh, monsieur Pourcade, pouvez-vous me rappeler combien j'ai gagné ?

— Ah, vous ne vous lassez pas de l'entendre, hein ? très

exactement trois cent soixante-dix millions d'euros.

Vincent blêmit, sa respiration devint difficile, il eut l'impression que son cœur s'était arrêté. Pourcade avait bien articulé. Trois cent soixante-dix millions d'euros, pas de centimes, d'euros. La première image qui lui vint fut celle d'UTC France et ses 65 millions d'euros de chiffre d'affaires. Il venait de gagner presque six fois le chiffre d'affaires de son ancienne boîte, sans parler des bénéfices. La cagnotte représentait plus d'un siècle de profit de la filiale française. Occuper son esprit à calculer mentalement l'empêcha de s'évanouir.

Le directeur le tira de sa rêverie.

— Monsieur Douvre, nous allons devoir procéder à un certain nombre de formalités. Avant toute chose, préférez-vous déposer votre chèque sur votre compte bancaire actuel ou souhaitez-vous jouir avantageusement des services de notre banque partenaire, la Royal Union Bank ?

La tête de sa conseillère de clientèle, la moustache décolorée à l'eau oxygénée et bavarde comme une pie, passa devant ses yeux.

— Allons-y pour la Royal Union Bank !

— Bien. Votre conseil sera là dans moins d'une heure. Puis-je vous proposer, en attendant, de consulter le catalogue des offres de nos partenaires dans le monde ?

— En fait, monsieur Pourcade, j'aurais une faveur à vous demander.

— Bien entendu, vous savez, personne ne vous refusera plus grand chose à présent, lui susurra-t-il.

— J'aimerais... m'allonger un peu.

— Je comprends monsieur Douvre, l'émotion ? Vous êtes un peu pâle.

— Oui, ça a été très dense ces derniers temps.

— Installez-vous confortablement, je vous promets que vous ne serez pas dérangé jusqu'à l'arrivée de votre banquier. Ah, monsieur Douvre, m'autorisez-vous à vous poser une question qui me brûle les lèvres ? Pourquoi, euh, avoir attendu le dernier jour pour retirer votre gain ?

Vincent réfléchit en levant les yeux, avant de lâcher avec malice.

— Franchement, je n'ai pas eu un moment de liberté ces deux

derniers mois.

Pourcade sourit poliment puis referma délicatement la porte du salon, le laissant s'affaler sur le canapé, avide d'un court sommeil récupérateur.

■

Un buffet déjeunatoire digne d'un grand restaurant gastronomique avait été dressé sur la table du salon. Vincent discutait avec son banquier quatre étoiles. Il était sidéré de constater à quel point tout devenait simple quand on avait de l'argent. Il retint deux choses. Tout d'abord, même avec la meilleure volonté du monde, il n'arriverait pas à dépenser tout son argent. Rien que les intérêts de son capital s'élevaient mensuellement à plus de deux cents fois son dernier salaire, toutes charges déduites. Ensuite, un objet serait dorénavant son principal allié : sa nouvelle carte de crédit, couleur acier, au dos de laquelle était discrètement inscrit un numéro d'appel à treize chiffres.

Il s'agissait, lui avait expliqué son banquier, d'un service de conciergerie de luxe, disponible 24 heures sur 24, où qu'il se trouve dans le monde.

Avant de s'éclipser, Vincent confirma son souhait de conserver le plus strict anonymat. Il refusa la séance photo avec le P-DG d'International Loto, rentré spécialement de sa maison des Yvelines pour serrer la main de la nouvelle 140ème fortune française. Il fila vers le métro.

Moins de deux heures plus tard, le communiqué d'International Loto, bientôt relayé par tous les médias de la planète, mentionna sobrement qu'un Français ayant souhaité garder le plus strict anonymat, s'était présenté au siège de l'entreprise avec le billet gagnant du tirage de la grosse cagnotte du 31 octobre. Après vérification, la somme de 370 millions d'euros lui avait été remise. Le P-DG et l'ensemble des collaborateurs d'International Loto souhaitaient tout le bonheur du monde au nouveau millionnaire en cette veille de nouvel an, rappelant que 100% des gagnants avaient tenté leur chance.

— Papa ! Rose sauta dans les bras de Vincent et se lova contre lui.

— Mon petit cœur, qu'est-ce que tu m'as manqué ! Merci encore pour tes magnifiques dessins, je les ai gardés, ils m'ont donné plein de courage.

Pierre s'approcha, Éloïse resta un peu en retrait sur le seuil de la porte du salon.

— Salut mon fils, t'as encore grandi toi !

— Salut p'pa, alors ça y est, t'es sorti.

— Et oui, sorti et bien sorti, je suis si content de vous voir.

Il embrassa son fils, Rose toujours dans ses bras.

— Tu vas rester à la maison, mon papounet, pendant toutes les vacances ?

— Je ne peux pas tout de suite mon cœur. Je suis juste passé vous embrasser. Je vais aller quelques jours chez Arthur, mais promis, je reviendrai vous voir bientôt.

Éloïse désapprouva en silence, même si elle fut rassurée que Vincent dise s'installer chez Arthur.

— Tu veux manger un morceau ? demanda-t-elle.

— Non merci, il faillit rajouter « ma chérie », par habitude, mais se retint.

— J'ai déjà déjeuné, je dois vraiment partir bientôt et j'ai pas mal d'affaires à prendre.

Il récupéra sa mallette, quelques dossiers qu'il glissa dans un deuxième sac, avec presque tous ses vêtements. Sa femme lui trouvait une certaine assurance. Il avait, certes, un physique à faire peur, mais il dégageait une sérénité, une force intérieure, à des années-lumière de l'image qu'elle avait conservée du parloir. C'est lui qui aborda le premier le sujet délicat.

— Au fait, pour les papiers du... je ne sais pas s'il y a urgence, tu me diras si je dois signer quelque chose. Enfin, ce n'est peut-être pas le moment, mais tiens-moi au courant. Sinon, je vais me prendre un portable au plus vite, je vous enverrai mon numéro.

Elle resta distante.

— Je te tiendrai au courant. Et toi, tu vas faire quoi ?

Il mourut d'envie de tout lui dire, qu'immensément riches, ils pourraient repartir du bon pied et vivre, tous les jours, un rêve éveillé. Il n'en fit rien. Éloïse ne l'aimait plus.

— Je vais me concentrer sur la recherche d'un job, je te dirai dès que ça bouge.

Elle n'en demandait pas tant.

— Ok, ben bon courage, fit-elle froidement. Tu embrasseras Arthur et Betty de ma part. Tu leur souhaiteras une bonne année.

— Oui bien sûr, pareil pour ta mère, je suppose que vous passez le réveillon ensemble. Je rappellerai les enfants pour leur souhaiter de vive voix.

Il fit un geste de la main, reprit sa fille dans les bras et l'embrassa longuement. Se tournant vers son fils, il le serra à son tour.

— Je te les confie, tu es l'homme de la maison maintenant.

— Oui je sais, tu me l'as déjà dit.

Vincent se recula, le fixa et lui pinça la joue en souriant.

■

Une vieille Mercedes 280CE bleu nuit attendait devant l'hôtel Boissieu. Des volutes de fumée grise sortaient par la vitre, côté conducteur. Vincent le reconnut, c'était le réceptionniste remplaçant, le petit grisonnant, à qui il avait eu affaire auparavant.

— Bonjour, fit Vincent.

— 'jour, fit l'autre sans le regarder, passe à la réception pour le paiement.

Il s'exécuta, réapparaissant une minute plus tard avant de s'engouffrer à l'arrière, bagages aux pieds.

— Alors, on va où ?

— Châtillon-en-Champagne, une trentaine de kilomètres avant Reims.

— Ah ben je connais bien la route ! s'anima le chauffeur, j'ai de la famille à Essômes.

Les deux heures quinze de trajet durèrent une éternité. L'autre réceptionniste ne lui avait pas menti, son pote, comme il disait, roulait vraiment à l'économie. Ils traversèrent de nombreux villages-rue, arrêtés parfois de longues minutes au seul feu rouge. Au départ de Paris, le conducteur avait bien essayé d'engager la conversation sur les derniers résultats de la ligue 1 de football, mais face au mutisme de son passager, il avait branché un CD de pop louange, battant la mesure avec ses doigts sur le volant.

À l'arrière, Vincent était absorbé dans ses pensées. Trois cent soixante-dix millions d'euros ! c'était juste une abstraction. Qu'en penserait Éloïse quand elle l'apprendrait ? Comment allait-il l'annoncer à Arthur ?

— Tu as une adresse exacte ? On arrive bientôt à Châtillon. La voix forte le fit sursauter.

— Mmm, tu me laisseras près du café dans le centre, dit-il en rouvrant les yeux, c'est à côté, je finirai à pied.

La voiture s'arrêta le long du café éclairé. La nuit était tombée sur le village. À quelques heures des réjouissances de fin d'année, l'atmosphère était calme, les rues désertes.

— Ben dis donc, y en a qu'on de la chance ! Non mais t'as vu ça ?

Le chauffeur avait avisé le placard publicitaire sur la devanture du *Balto*. « Ici, un gagnant à 370.000.000 d'euros ».

— J'ai vu, je me demande bien ce qu'on peut faire avec tout cet argent... bon allez, merci, bon retour et bonne année.

Vincent, chargé comme une mule, marcha en direction du château, prenant peu à peu conscience de sa nouvelle liberté.

2. La vie de château

Le château semblait désert. Côté cuisine, tout était noir et la porte était fermée à clé. Pas de trace de la voiture de Betty. Il fit le tour. En haut du perron, il aperçut de la lumière à travers la porte-fenêtre du petit salon.

— Hou, hou, y a quelqu'un ?

Arthur, assis à son bureau, n'entendait pas. Vincent finit par toquer fermement à la fenêtre. Il vit alors une silhouette s'approcher.

— Vincent ? pour une surprise ! je ne t'attendais pas si tôt. Ça y est, ils t'ont enfin relâché, c'est super ! Pour tout dire, je me demandais si tu viendrais après ta sortie.

— Tu sais bien qu'à part ici, je n'ai nulle part où aller.

Arthur lui ouvrit les bras.

— Allez viens mon *Calimero*, viens là que je t'embrasse ! C'est maman qui va être contente. Elle n'est pas encore rentrée des courses, ça va lui faire un beau cadeau pour la nouvelle année. Ah, je suis content que tu sois là, ça y est, mon pote est libre !

Vincent regardait son ami s'enthousiasmer. Il aimait sa sensibilité, sa sincérité, sa profonde gentillesse. Il n'y avait pas une once de méchanceté chez lui.

— Je t'avoue, j'ai eu peur quand tu n'es pas venu au parloir, j'ai eu peur que tu craques...

— Arthur ? l'interrompit Vincent.

— ... Éloïse m'a dit que tu...

— Arthur ! insista-t-il.

— Quoi ?

— Faut que je te dise un truc.

— Oui, c'est vrai, je parle, je parle, mais tu ne préfères pas t'installer dans ta chambre ? Je prépare un bon apéro avant l'heure, et on discute de tout ça tranquillement, d'accord ?

Quinze minutes plus tard, Vincent réapparut. Arthur avait préparé un apéritif dans le salon. Un feu crépitait devant la lourde plaque de cheminée armoriée en fonte, une odeur de vieux bois se distillait dans la pièce.

— Viens, je t'ai servi un coup de Champagne, ce n'est pas tous les jours qu'on a un pote qui sort de prison. Mais dis-moi, avec ton côté brigand, tu vas tomber toutes les filles maintenant.

Son ami lui sourit. Ils choquèrent leurs coupes, les yeux dans les yeux.

— Arthur ? fit gravement Vincent.

— Oui, qu'est-ce que tu veux me dire depuis tout à l'heure ?

— Euh... il m'arrive un truc vraiment bizarre.

— Un truc bizarre ? ben, si c'est pas trop long, dépêche-toi de me dire parce que j'entends maman qui rentre et je pense qu'il va falloir lui donner un petit coup de main pour le dîner de fête qu'elle compte nous faire.

— Bien sûr, je te dirai après, allons l'aider. J'emmène la bouteille, je dois me faire pardonner de perturber ses plans pour ce soir.

■

Les deux amis fêtèrent joyeusement leurs retrouvailles en compagnie de Betty, faisant honneur à son dîner de réveillon. Ils discutèrent à bâtons rompus, évitant soigneusement d'aborder le sujet d'Éloïse et des enfants. Un moment seul avec sa mère, Arthur se réjouit auprès d'elle de trouver Vincent en si bonne forme, quoiqu'amaigri par ses deux mois d'incarcération. À minuit, après avoir affectueusement étreint son fils puis Vincent, Betty, épuisée, monta se coucher.

À nouveau seuls, installés confortablement dans le salon, il revint à la charge.

— Arthur, il m'arrive un truc bizarre.

— Ah oui c'est vrai, ton truc bizarre, j'avais oublié.

— Euh...

— Ben accouche ! je ne vais pas te manger, t'as quoi, t'es tombé amoureux d'un maton ?

Il rit seul à sa plaisanterie grasse.

— Mais je déconne, je déconne... bon alors, c'est quoi ton problème ?

— Je suis riche.

Il ne comprit pas.

— Tu es riche ?

— Oui, très riche même. En fait, depuis ce matin, je suis plein aux as.

— Attends, attends, rebondit Arthur, qu'est-ce que tu veux dire par « je suis plein aux as » ?

— Tu sais la cagnotte du loto, à Châtillon ?... ben c'est moi.

Arthur ouvrit des yeux ronds.

— La cagnotte de Châtillon, c'est toi !

Même resté à l'écart de l'agitation du village et du monde après le départ de Vincent, il avait appris que c'était au café de Châtillon qu'avait été validé le bulletin gagnant.

— Tu peux allumer la télé si tu ne me crois pas, ils doivent en parler.

— Mais c'est complètement dingue ! C'est une énorme cagnotte en plus, non ?

— Mouais, enfin, pas de quoi acheter cinq Airbus, ironisa Vincent. Ben oui, c'est une cagnotte de malade ! 370 millions d'euros ! un truc de fou.

— Mais c'est génial ! se mit à hurler Arthur, et l'autre qui fait la gueule, tu l'as dit à Éloïse ?

— Jamais de la vie ! j'ignore encore comment je vais gérer ça, mais je ne veux surtout pas que ça fausse nos relations.

— Tu as bien fait, réfléchit-il à voix haute, et pour les médias ?

— Anonymat le plus strict, répondit Vincent.

— Bien, et qu'est-ce que tu vas faire maintenant ?

— Pff, ben... Il se mit à rire nerveusement.

— Oh le salaud ! le salaud ! brailla Arthur, tu m'as fait marcher. Et moi, comme un con, j'ai couru. Ah ouais, j'avoue, le coup de la cagnotte, c'était pas mal. Et puis t'as pas perdu ton sens de l'humour en prison. C'était un peu gros mais c'était pas mal, le ticket de loto à Châtillon, le type qui présente son ticket deux mois après... quelques heures avant la limite.

Tout en parlant, il recomposait le puzzle de l'histoire dans sa tête et réalisait que ça collait justement à la version de son ami. Il le regarda, l'air perdu.

— Mais Vincent, c'est vrai ou c'est pas vrai ?

— Mais oui c'est vrai, banane ! Je te jure que c'est vrai. Tu sais quoi, on va faire un test. Il est plus de minuit et... qu'est-ce que tu voudrais ici, tout de suite, maintenant ?

— Je... comment ça, qu'est-ce que je voudrais ?

— Un truc, n'importe quoi, un truc qui te ferait plaisir.

— Ben, une bonne bouteille de rouge, tiens.

— Château ? cépage ? année ? interrogea-t-il.

— Ah mais j'en sais rien moi, euh, un Margaux 2005, par exemple.

— Ok, attends-moi une minute, je peux prendre ton téléphone ?

Ce fut l'occasion pour Vincent de faire connaissance avec son service de conciergerie haut de gamme. Une équipe de sept personnes se relayant 24h sur 24 pour assouvir les moindres désirs de trois cent soixante-dix-sept clients VIP enregistrés.

Trente-cinq minutes plus tard, le portable d'Arthur sonna. La fourgonnette de livraison du Restaurant *l'Assiette Champenoise*, à Reims, venait de passer le portail du château avec, à son bord, une caisse du précieux breuvage.

Ainsi, pour Vincent, moins de 48 heures après sa 57ème nuit au fond d'un cachot, sa première journée d'homme riche s'acheva un verre de premier grand cru classé à la main.

Siège d'UTC Worldwide, ville de Belmont, Massachusetts, au même moment

« Waouh... *you lucky devil*[21] », s'écria Franck Doppur, la télécommande à la main, avant d'éteindre le grand écran encastré dans une des cloisons design de son bureau d'angle, au quatrième étage. « *Fuckin' hell ! 500 million dollars !* »[22].

Le *breaking news*[23] annonçant qu'un Français, resté anonyme, avait remporté l'une des plus grosses cagnottes de tous les temps, était passé en boucle depuis le début de l'après-midi sur les chaînes d'information continue. Pourtant, dans quelques heures, plus

---

[21] Sacré veinard !
[22] Putain de merde ! 500 millions de dollars !
[23] Flash info

personne n'en parlerait et on passerait à un autre non-événement.

Doppur finissait l'année épuisé, mais satisfait d'avoir mené de main de maître la cession d'UTC Europe au fonds d'investissement IFP. À seulement trente-six ans, le jeune patron avait démontré ses redoutables talents de *businessman*. Il régnait désormais sur la nouvelle entité UTC Worldwide, disposant d'une trésorerie de plus de 600 millions de dollars.

Le projet de vente, amorcé confidentiellement au printemps, avait abouti au mois de septembre. Le montant de la transaction, arraché de haute lutte, avait dépassé toutes ses espérances. Il estimait qu'IFP avait acheté 25% trop cher et se demandait comment le nouveau management rentabiliserait une telle acquisition. Les contre-performances du groupe en Europe du Sud étaient notoires. La nouvelle usine polonaise n'avait toujours pas démarré, sans parler de l'échec d'une nouvelle tentative de création d'une filiale commune pour la Russie et l'Ukraine. Les distributeurs historiques d'UTC pour les pays de l'Est avaient menacé de procès retentissants et Markus Mass, nouvel homme fort d'UTC Europe, avait dû jeter l'éponge.

Bref, Franck Doppur quitta son bureau, le cœur léger, prêt à rejoindre sa famille pour le dîner du réveillon. Il s'envolerait le lendemain, seul, pour la Suisse, à Verbier, son lieu de pèlerinage, comme il le faisait depuis maintenant cinq ans.

Mercredi 1er janvier, château de Châtillon

Vincent commanda le dernier modèle de smartphone.
— C'est assez génial ton truc de conciergerie de luxe, s'esbaudit Arthur, même un 1er janvier, ils s'occupent vraiment de tout !
— Oui c'est pratique, puis tu sais, plus on a de pognon, plus on est flemmard, c'est bien connu.
— Enfin, n'abuse pas quand même. Si maman voit arriver à la maison toutes sortes de trucs, elle va finir par se douter de quelque chose.

— Oh ben alors ! faut que j'annule les deux masseuses que j'avais commandées pour nous remettre de notre soirée, le chambra Vincent.

Dans l'après-midi, il appela Éloïse et les enfants pour leur souhaiter une bonne année. Elle lui trouva une bonne voix.

— Ah, je devrais avoir mon nouveau téléphone demain, mais je peux déjà vous communiquer mon numéro.

— Tu n'as pas perdu de temps, dis donc.

— C'est une grande ville, Reims, tu sais !

Il fit de même avec sa mère, lui promettant de passer la voir les jours prochains.

Il sembla rapidement évident à Vincent qu'il avait besoin d'Arthur pour conduire ses premiers projets d'homme riche. Il voyait bien que son ami ne croulait pas sous les commandes, mais ne voulait pas le placer en position d'infériorité. Il engagea la discussion avec habilité.

— Arthur, tu sais que tu es la seule personne en qui je mettrai toujours toute ma confiance. Tu peux tout me demander, j'espère que c'est réciproque.

— Oh, quand on commence comme ça c'est qu'on a quelque chose à demander. Bien sûr que tu peux me faire une confiance totale, tu as des doutes ?

— Non, aucun et je voudrais que tu me promettes une chose, c'est de garder le plus grand secret sur ce qui vient de m'arriver.

— Je te le promets, je serai muet comme une carpe.

— Il y a autre chose que j'aimerais te demander, si tu es d'accord ?

— Mmm, demande toujours.

— J'aimerais, euh, assez rapidement, faire parvenir de l'argent à Éloïse et à mes parents, mais sans qu'ils puissent se douter que ça vient de moi. Tu vois ce que je veux dire ?

— Oui bien sûr, et tu penses à quoi ?

— Aucune idée, c'est pour ça que j'ai besoin de toi. Je suis un peu paumé et j'ai peur de faire des conneries.

— Bien sûr Vincent, aucun problème, je vais t'aider.

Ils s'installèrent dans le petit salon. Vincent laissa volontairement Arthur mener les premiers débats.

— Bon, donc ton objectif, c'est de faire parvenir de l'argent à tes proches, sans éveiller leurs soupçons ?

— Exactement. L'idée, ce n'est pas de leur verser une fortune tout de suite, mais plutôt un petit pécule pour les aider à faire face au quotidien, disons... 300.000 euros.

— Beau petit pécule, en effet !

— Tu crois que c'est trop ? Pas assez ?

— Non, c'est très bien pour commencer. Ok, donc, Éloïse d'abord. Alors, euh... on pourrait la faire bénéficier d'un don anonyme, ouais, non, c'est pas évident à organiser... la faire gagner au loto ?

— Pas mal, mais non, trancha Vincent. Impossible de jouer et de la faire gagner à son insu. Pas évident hein ?

— Au fait, son père avait bien une boîte ? interrogea Arthur.

— Oui.

— Et qu'est-ce qui s'est passé quand il est mort ?

— Ben, je crois qu'il avait une bonne assurance. La mère d'Éloïse a eu une grosse somme de la mutuelle, ainsi qu'une pension mensuelle.

— Oui mais je veux dire, les parts de sa société, qu'est-ce que c'est devenu ?

— Alors là, tu me poses une colle, je suppose que la société a été dissoute. J'ignore s'il y avait d'autres associés, je sais simplement que la boîte s'appelait Pilabex.

— Ça pourrait être une bonne piste, tu crois pas ? Imagine... les anciens associés de ton beau-père viennent de revendre la société seize ans après sa mort, une partie de la vente revient de droit à Éloïse et à sa mère, elles reçoivent un courrier expliquant que, suite à la cession de l'entreprise Pilabex, on les prie de trouver ci-joint un chèque de... x euros, correspondant aux parts des ayants droit. Y a fort à parier qu'elles n'iront pas vérifier de quoi il s'agit. Et puis, quand bien même elles creuseraient, le seul contact apparent serait ta banque, en tant que mandataire. Qu'est-ce que t'en penses ? Avec mes talents de faussaire, ça ne doit pas être sorcier de bidouiller un courrier de ce type.

— C'est génial ! en plus, je crois que le notaire qui s'était occupé de la succession est mort peu après. Donc avant de remonter à la source, faudra se lever de bonne heure. Et puis je vais te dire, comme ça, on fait d'une pierre deux coups avec ma belle-mère.

Brillante idée ! ok pour avancer dans cette direction, tu as carte blanche.

— Bon, tes parents maintenant, enchaîna Arthur, pris au jeu, ça me paraît plus simple.

— Je crois aussi, rebondit Vincent, avec la crédulité de maman...

— Tu penses à quelque chose ?

— Non pas vraiment, mentit-il.

— Parce que moi, je me disais... entre la maladie de ton père et la naïveté de ta mère, on pourrait facilement imaginer un bon gros placement financier qui ressort trente ans après, avec les intérêts.

C'était exactement ce à quoi avait pensé Vincent pour ses parents. Il acquiesça avec plaisir.

— Excellent ! maman n'y verra que du feu, vas-y fonce !

Arthur jubilait. Son nouveau rôle de superintendant des finances de Vincent l'excitait. Paradoxalement, il n'éprouvait pas la moindre jalousie à l'encontre de son ami. Néanmoins, la pensée que, lui aussi, avec 300.000 euros, il réglerait une bonne fois pour toutes les tracasseries de Châtillon, lui traversa fugacement l'esprit. Il la chassa aussitôt.

— À ton tour maintenant ! reprit Vincent.

— Quoi, à mon tour ?

— Ben oui, je ne peux plus fréquenter un copain dans la dèche. Soit tu deviens riche, soit je redeviens pauvre, mais on ne peut pas continuer comme ça, et je t'avoue, je préfère la première solution.

— Mais Vincent ! je ne demande rien.

— Je sais que tu ne demandes rien, c'est moi qui propose.

— Mais je ne veux rien, monsieur ne m'impressionne pas avec ses millions.

L'objection d'Arthur sonna comme un reproche. Vincent biaisa.

— Enfin, quand je dis toi, je pense à Betty, à Châtillon, je ne pense pas à toi s'empiffrant de caviar devant la télé. Sérieusement Arthur, je veux vraiment faire quelque chose pour vous. J'adore Châtillon, mais je sais à quel point c'est un gouffre financier, et tous les sacrifices que vous avez faits pour garder la maison.

La remarque fit mouche.

— Ta mère a des projets, elle crève d'envie de refaire son atelier là-haut, et puis... comment dire, je n'ai pas réellement envie de finir la grange. En plus, tu as l'air d'être d'accord, je vais avoir besoin de toi pour certains projets.

— Bon admettons, consentit son ami, et comment tu verrais les choses ?

— Eh ben figure-toi... tu vas rire ! C'est toi qui m'en as donné l'idée, tu sais à quoi je pense ? le loto.

— Le loto ?

— Oui, pour ne pas éveiller les soupçons de Betty, quoi de mieux qu'un petit gain au loto.

Arthur, au début surpris, dut admettre que l'idée était bonne. Vincent poursuivit.

— J'ai simplement besoin d'un RIB, c'est tout.

— Mais tu comptes, euh...

— Combien tu vas gagner ? C'est ça que tu veux savoir ?

— Oui, enfin non... c'est gênant.

— Mais t'inquiète pas mon grand, y aura pas six zéros si c'est ça qui te turlupine, sinon, t'avais qu'à habiter Versailles !

3. Valporini

Un pâle soleil finissait de dissiper le brouillard niché dans la vallée. Vincent rangeait son petit déjeuner lorsqu'Arthur le rejoignit dans la cuisine.

— Tu es bien matinal pour un milliardaire.

— J'ai une affaire à régler. Un taxi passe me prendre à dix heures.

— Une affaire à régler ? monsieur est mystérieux.

— Désolé d'être cachotier Arthur mais... c'est personnel.

— Très bien monseigneur, comme il vous plaira.

— Oh je l'ai vexé l'animal ! Blague à part, Arthur, j'ai réfléchi une partie de la nuit et je vais vraiment avoir besoin de toi. Je compte également prendre un pied-à-terre à Paris. Le mieux, c'est qu'on en rediscute sérieusement ce soir, à mon retour d'I...

Vincent s'interrompit.

— Ton retour d'I... d'Ibiza ? tu pars t'éclater ?

— Mais non, arrête, c'est personnel je te dis.

— Bon bon, et tu veux que je regarde pour un pied-à-terre ?

— Non, je préfère m'en occuper, mais si tu pouvais avancer sur les courriers dont on a parlé hier, ça m'arrangerait.

— C'est comme si c'était fait.

À dix heures pile, le taxi s'arrêta devant le perron. Vincent s'y engouffra, sans bagage.

— Aéroport de Reims, c'est bien ça monsieur ?

— Oui s'il vous plait, la zone des jets privés.

Moins de trois cents mètres plus loin, ils croisèrent une camionnette UPS, prenant la direction du château. « Sans doute la livraison de mon téléphone, je récupérerai tout ça ce soir à mon retour », songea Vincent.

Aérodrome Saint-François d'Assise, Italie, 13h30

Le vol Reims-Assise se déroula sans encombre. Vincent passa une grande partie des deux heures trente de vol, l'œil rivé au hublot, ne touchant pas à la collation préparée à son intention. Pour la première fois de sa vie, il avait embarqué dans un jet privé, un biréacteur 5 places Cessna, réservé la veille par son service d'assistance privée.

Avant d'atterrir sur le petit aérodrome, il fut soufflé par le panorama qu'offrait la région de l'Ombrie, véritable cœur vert de l'Italie. La luminosité était superbe. Il distingua, à proximité, les hautes murailles roses de la ville d'Assise, nichée sur un contrefort du mont Subasio.

À sa descente d'avion, le soleil d'hiver l'éblouit. Il s'enivra d'un grand bol d'air frais. Un taxi l'attendait, la porte ouverte. Il salua le pilote qu'il devait retrouver moins de deux heures plus tard, et prit place à l'arrière de la voiture.

Le village de Valporini était à une grosse demi-heure d'une route traversée par des paysages atemporels et enchanteurs, de vignes en terrasses et de champs d'oliviers. Situé à flanc de colline boisée, c'était un joyau d'architecture médiévale.

■

L'église apparut au détour d'une ruelle. Le taxi s'arrêta sur la place, à l'ombre de chênes verts, à quelques dizaines de mètres de l'entrée principale. Vincent inspira longuement puis sortit du véhicule.

La porte en bois à double battant, d'un bleu délavé, grandit à mesure qu'il avançait.

Un grincement traînant accompagna son entrée dans l'église. Elle était déserte. L'unique nef oblongue occupait l'ensemble de l'édifice. Il aperçut au fond, dans le chœur en demi-cercle, l'autel en pierres blanches, flanqué de deux rangées de six stalles en bois foncé. Une odeur de vieux placard et de poussière lui provoqua une agréable sensation de calme intérieur et de lenteur. Il fit quelques pas, faisant craquer les lattes en parquet du sol abîmé. Sur la partie droite, un échafaudage masquait un bon tiers du mur, ne laissant apparaître que la fin d'une grande inscription, *Lauda ducem et pastorem*[24], en lettres peintes rouge et or.

Il continua sa progression en direction de l'unique confessionnal, en chêne teint. La loge centrale était fermée par un portillon grillagé. Vincent crut déceler comme un murmure. Son cœur fit un bond, il s'arrêta net.

À présent, le chuchotement provenant du compartiment le plus proche se faisait beaucoup plus distinct, il y avait quelqu'un dans la loge du pénitent. Il attendit, la respiration saccadée.

Soudain, un bruit de froissement de vêtement le fit sursauter. Une vieille femme courbée sortit du confessionnal, les yeux rougis et réajusta son foulard noir sans un regard.

Mû comme par une force extérieure, il pénétra à son tour dans l'étroit compartiment sombre et s'agenouilla sur le prie-Dieu, dans un craquement de bois. Puis à nouveau le silence. Vincent devinait la présence du prêtre de l'autre côté de la grille.

Une voix familière, qu'il ne pourrait jamais oublier, lui dit alors, avec une douceur infinie : « *Ti ascolto mio figlio*[25] ».

Il approcha sa bouche de la paroi, aucun son ne sortit. Il recula sa tête, la colla à nouveau, posa ses mains à plat sur la grille et dans un souffle, murmura, « merci ». Il se releva d'un coup et sortit à grands pas.

L'abbé Feria resta un moment interdit. Il poussa le portillon et avisa la loge vide du pénitent. Il se baissa pour ramasser l'enveloppe blanche, déposée sur le prie-Dieu par son visiteur. Une fois décachetée, il reconnut instantanément l'image offerte à Vincent au greffe de la prison, quinze jours plus tôt. Elle avait été froissée et le visage de saint Vincent de Paul était passé, comme si l'image avait été oubliée dans une poche d'un pantalon mis à laver. Sous la mention *Je m'abandonne à Toi*, Vincent avait écrit « *merci et pardon* ».

Il y avait un autre papier plié en deux dans l'enveloppe. En le

---

[24] Loue ton chef et ton pasteur (en latin)
[25] Je t'écoute mon fils (en italien)

dépliant, l'abbé eut du mal à réaliser à quoi correspondait le chiffre abstrait lui sautant au visage : un million d'euros, à l'ordre d'Angelo Feria.

Il se précipita vers la sortie de l'église. La porte était restée entrouverte. Il franchit le seuil et lança un regard circulaire sur la petite place du village. Hormis un chien et deux habitués, assis au soleil tiède sur un banc plus loin, il ne vit personne. Il retraversa l'église et s'agenouilla derrière l'autel. Longtemps immobile, il remercia le ciel.

La somme astronomique qu'il remettrait intégralement à son diocèse, avant de repartir pour la France, allait permettre de soulager bien des souffrances dans sa paroisse et celles alentour.

Il se rappela alors la phrase du Christ « *Nul ne peut à la fois servir Dieu et l'argent* » et, fermant les yeux, pria pour la rédemption de son frère.

■

Vincent avait couru jusqu'au taxi, parti en trombe dans un nuage de poussière. Il ne retrouva une fréquence cardiaque normale que longtemps après avoir quitté le village.

Bien calé sur la banquette, il se remémorait le soir de sa sortie de prison, où quittant l'hôtel Boissieu, il avait refait le chemin inverse jusqu'à la maison d'arrêt de Nanterre, dans l'espoir de retrouver l'image offerte par l'aumônier. La chance lui avait souri.

Au pied du haut mur du bâtiment, dans l'obscurité la plus totale, il avait plongé les mains gelées dans la poubelle débordant de prospectus et d'emballages détrempés. Au bout de la quatrième tentative, il avait ressorti la boulette de papier et était reparti aussitôt.

À quinze heures, Vincent retrouva la cabine de son jet. Satisfait de son périple à Valporini, il mangea de bon appétit. Il regrettait de n'avoir pu présenter ses condoléances à Feria ni d'avoir pu partager avec lui son incroyable coup du sort. Mais son instinct l'avait fait fuir, l'empêchant d'ouvrir son cœur à la confession.

Il ignorait encore comment il s'y prendrait, mais il savait désormais que les semaines qui allaient suivre seraient consacrées à faire payer ceux qui lui avaient fait tant de mal.

La deuxième partie du message sur l'image rendue à son ancien aumônier sonnait comme un acte de contrition à venir.

Un peu après dix-huit heures, le faisceau des phares du taxi devant le perron du château, annonça son retour.

Château de Châtillon

Revigoré par une bonne douche, Vincent rejoignit ses hôtes dans le petit salon, non sans avoir au préalable mis en route son nouveau téléphone portable et appelé son service de conciergerie. Il désirait deux choses pour le lendemain, qu'un taxi l'emmène à Paris et qu'on lui trouve un pied-à-terre à louer en meublé, au plus vite.

Betty sirotait un verre de mousseux, une cigarette à la main. Arthur jeta une bûche dans la cheminée puis s'approcha de son ami.

— Alors Vincent, content de ta journée ?

— Oui, c'était... intéressant.

— Au fait, je te montrerai tout à l'heure, j'ai finalisé les courriers pour ton projet.

— Ah, très bien, merci.

— Quel projet ? intervint Betty. Arthur, gêné, ne répondit pas.

— Un projet de création d'entreprise, une entreprise de conseil, euh, dans la vente et la négociation, bafouilla Vincent. D'ailleurs, je vais avoir besoin de passer quelques jours à Paris.

— *Gut*[26] ! bravo mon chéri, c'est bien d'avoir des projets. Arrh, il est déjà plus de sept heures, je suppose que vous voulez que je vous prépare un dîner ?

Les deux garçons acquiescèrent. À peine eut-elle le dos tourné, Arthur bondit.

— Putain, j'ai failli gaffer ! T'as bien rattrapé le coup. Bon alors, tu veux toujours pas me dire où t'étais ?

— Non, j'avais simplement un... ancien compagnon de cellule à

---

[26] Bien !

qui j'avais un message à faire passer.

— Bon définitivement, je crois que je n'en saurai pas plus. Tiens regarde, qu'est-ce que t'en penses ?

Arthur lui tendit les trois courriers réalisés dans la journée. Vincent les lut l'un après l'autre, l'air de plus en plus satisfait. C'était un travail de faussaire remarquable. Selon toute vraisemblance, ni Éloïse, ni sa belle-mère, ni ses parents ne se douteraient de la supercherie. Son ami avait poussé le sens du détail jusqu'à faire figurer une adresse mail à laquelle écrire en cas de demande d'information complémentaire. L'adresse en question renvoyait en réalité sur sa propre messagerie, on n'était jamais trop prudent !

C'était une affaire rondement menée.

— C'est génial ! tout, vraiment, en plus t'as pas mis des chiffres ronds pour être plus crédible. Franchement, c'est top !

Arthur jubilait, il adorait son nouveau rôle.

— Bon demain, je file à Paris, je poste tout ça, et je m'occupe de trouver un pied-à-terre.

— Tu repars ? dès demain ?

— Oui, d'ailleurs y a un truc dont j'aimerais te parler, renchérit Vincent, mais je préfère qu'on en discute autour d'un bon verre après le dîner.

— Si tu veux, en plus, on sera tranquille, maman ne rate jamais la rediffusion de sa série *Berlin, Berlin* le jeudi soir.

Il avait dit cela en levant les yeux au ciel.

— Syndrome post-traumatique germanique ! ironisa Vincent.

Le dîner fut vite expédié par Betty qui prit congé, son verre de mousseux à la main, rempli à ras bord.

Passé au salon, Vincent semblait soucieux, plongé dans ses pensées. Il ne savait pas comment aborder le sujet. Son ami le rejoignit et déposa deux verres et une bouteille de Margaux sur la table basse.

— Oh toi, tu m'as l'air de gamberger.

— Je ne sais pas trop, je t'avoue que je suis un peu paumé en ce moment.

— Ouais, t'as raison, tout ce fric, c'est pas raisonnable ! Tu devrais le rendre, dit-t-il, narquois.

— Arrête Arthur, c'est pas drôle. Non mais c'est vrai, je devrais être heureux, terriblement heureux... mais je me sens inutile, vide.

Après un long silence, il rajouta :

— Dans le fond, qu'est-ce qu'il me reste ?

— Qu'est-ce qu'il te reste ? Mais... tu peux tout avoir.

— Je te dis, insista Vincent, qu'est-ce qu'il me reste, aujourd'hui ? Assurer l'aisance matérielle à mes proches pendant dix générations, tu parles d'une vie, si c'est ça le bonheur ! Tu veux que je te dise un truc, Arthur, tout à l'heure, tu vois, j'ai été aux chiottes avec une calculette. J'ai compté combien je pouvais dépenser par jour, pendant 40 ans, 100 ans, enfin, du grand n'importe quoi. Tu imagines, mon fric bien placé, rien qu'avec les intérêts, je peux claquer plus de 30.000 euros par jour, sans même toucher à mon capital, 30.000 euros par jour ! tu te rends compte ? C'est vraiment n'importe quoi, répéta-t-il.

Arthur, redevenu sérieux, s'assit en face de lui.

— Ah oui, et tu ne crois pas que tu peux la refaire ta vie ? Avec 400 briques, ça doit être envisageable.

— Ma vie, tu sais, j'en ai perdu le plus gros morceau une maudite matinée de septembre.

Ses yeux s'embuèrent en repensant avec honte à sa violente dispute avec Éloïse.

— Tout ça à cause de ces connards ! grinça-t-il.

— Et alors ! tu veux te lamenter le reste de ton existence ? Tu veux ressasser tes mauvais souvenirs d'UTC ? Tu veux poursuivre ton ancien boss jusqu'à la mort ?

— Exactement, rétorqua Vincent gravement.

— Quoi ? t'es pas sérieux là, ton fric te rend fou mon ami.

— Je suis on ne peut plus sérieux et j'ai besoin d'un porte-flingue... j'ai besoin de toi.

— Tut, tut, désolé, mais je ne marche pas dans tes combines de milliardaire psychopathe.

— Non mais attends !... façon de parler, s'il te plait, Arthur, écoute-moi. Ces types sont nuisibles. Plus pour moi maintenant, mais ils continueront à faire du mal, à briser d'autres familles.

— Et alors ? merde ! c'est la dure vie du *business*, t'es pas un perdreau de l'année quand même, des charrettes y en a toujours eu et y en aura encore.

— Oui enfin, si avec *mon fric*, comme tu dis, je peux empêcher ces enfoirés de jouer avec la vie des gens...

— Et tu as un plan ? le coupa Arthur.

— Oui... euh, non, pas vraiment, je pensais que tu pourrais m'aider.

— T'aider ? moi ? Franchement, je ne vois pas comment.

— Je me disais, si tu pouvais les... les torpiller de l'intérieur.

— Pff, arrête de te prendre la tête. Allez, bois un coup, oublie ces connards.

Leurs verres tintèrent, Vincent fixa son ami.

— Tu ne vas pas me laisser tomber ?

— Mais non, je ne vais pas te laisser tomber, jamais je ne te laisserai tomber.

4. Paris - Champagne

Vendredi 3 janvier

Dans le taxi pour Paris, en réalité une grosse berline allemande avec chauffeur, l'agent immobilier de Styles & Prestige Property appela Vincent sur son portable.

— Monsieur Douvre, j'aurai le plaisir de vous faire visiter cet après-midi plusieurs biens d'exception. J'aimerais toutefois affiner certains critères avec vous.

— Ce sera simple, une seule visite peut suffire. 17ème arrondissement, quartier des Ternes, je veux un étage élevé, une vue très dégagée, beaucoup de lumière, trois chambres, un dressing, deux salles de bain, une grande pièce de réception, idéalement avec coin bureau.

— Un parking ?

— Non, euh... si, on aura peut-être besoin d'une voiture, réfléchit-il tout bas, ah, et surtout... surtout un mobilier moderne, sans être excentrique pour autant.

— Parfait monsieur, je crois que j'ai ce qu'il vous faut.

— Je n'en doute pas.

— Je vous rappelle dans une heure.

Vincent avait jeté son dévolu sur le quartier des Ternes, parce que pas trop loin du périphérique et sur la ligne de métro desservant Barbès. « Ce sera plus facile pour voir les enfants » avait-il anticipé. Il posta les trois courriers préparés par Arthur et retrouva l'agent immobilier à l'adresse convenue, près de la Place des Ternes.

Ce dernier le précéda en sortant de l'ascenseur du 8ème et dernier étage d'un immeuble récent de grand standing. Le bien en question était un loft de 170 m² avec vues panoramiques. Un vaste espace de réception ouvrait sur deux terrasses, dont l'une couverte. L'appartement était meublé avec goût, les matériaux nobles utilisés lui donnaient le caractère moderne souhaité par Vincent.

La visite se poursuivit par les chambres, les salles de bain, la cuisine. Vincent retourna dans le séjour, satisfait.

— C'est parfait pour moi, très bon travail, je le prends.

— Bien monsieur, excellent choix, si vous voulez, nous allons accéder au parking pour voir votre emplacement.

— Ça ne sera pas utile, tous les parkings se ressemblent, non ?

L'agent immobilier qui l'attendait près de la porte d'entrée revint à sa hauteur. À 7.500 euros de loyer mensuel et une commission d'agence qu'il facturerait 11.000 euros, il ne se risqua pas à contredire Vincent.

— Pourrez-vous me laisser deux trousseaux de clés ? Pour les papiers et l'assurance, repassez quand vous voulez, mais avant 18h30, je devrai m'absenter après.

— Très bien monsieur, je repasse avec tous les documents nécessaires dans une heure.

Il s'éclipsa discrètement. Le nouveau locataire prit quelques photos avec son téléphone qu'il envoya à Arthur, avant de l'appeler.

— Tu en penses quoi de notre nouveau pied-à-terre ?

— Notre ? pied-à-terre.

— Oui, c'est beaucoup trop grand pour moi, et je te rappelle que je ne désespère pas de te convaincre de travailler pour moi comme espion infiltré chez UTC.

— Ah oui ! toujours ton délire. Ben, j'vais te dire mon pote, si c'est vraiment ce que tu veux, trouve-moi un moyen d'entrer chez UTC quelques temps et je vais le faire mon *James Bond*. Mais faut pas rêver, une entreprise, c'est pas un moulin. En tout cas, bravo ! l'appart est magnifique.

Vincent sourit. Il avait un plan. Ce serait de la haute voltige mais il avait un plan.

— Ton heure approche, Arthur, ton heure approche, plaisanta-t-il.

Moins de quarante minutes plus tard, l'agent de chez Styles & Prestige Property sonna à l'interphone avec deux trousseaux de clés et un bail en bonne et due forme. Il n'était que 17h15, Vincent n'était pas attendu avant 19h30 chez ses parents pour le dîner. Il se dit qu'il ferait un saut rue Fénelon pour voir les enfants. Il passa d'abord à la Fnac toute proche pour acheter des DVD puis se réapprovisionna en chemises, pulls, pantalons. Il s'acheta également une nouvelle parka et plusieurs paires de chaussures.

Appartement des Douvre, rue Fénelon, Paris 10ème

— Papa ! Rose lui sauta dans les bras en criant, Pierre pointa le bout de son nez.

— Oh, trop cool, t'as acheté des DVD.

— Oui les enfants, je voulais venir vous embrasser. Bonne année mes chéris.

— T'es trop beau mon papounet, t'as des nouvelles chaussures, et un nouveau manteau !

— Oui mon petit cœur, je me suis fait beau pour toi.

Éloïse arriva de la cuisine. Elle était en jean, chaussettes, moulée dans un gros pull à col roulé violet. Elle le regarda sans sourire.

— Bonjour m... Vincent voulut dire « ma chérie », mais s'arrêta net.

Il perçut une lueur d'étonnement dans le regard de sa femme. Pour la deuxième fois, elle lui trouvait une nouvelle aura. Ses traits étaient moins tirés qu'auparavant, ses habits le rajeunissaient. Il dégageait une assurance naturelle qui l'intrigua.

— Bonjour, tu restes à Paris ?

— Oui, enfin, je repars demain, j'avais un truc à régler. Sinon je dîne chez les parents ce soir.

— Et tu dors chez eux ?

— Non, je... j'ai pris un pied-à-terre pas très loin d'ici.

— C'est quoi un pied-à-terre ? intervint Rose.

— C'est un endroit pour le travail de papa.

— T'as un nouveau travail ?

— Oui mon cœur, en quelque sorte, mais... je suis obligé de beaucoup voyager.

— Ah d'accord.

— C'est vrai, t'as un nouveau boulot ? s'enquit Éloïse, un brin soupçonneuse.

— C'est, comment dire... un peu long à expliquer. C'est un projet, une belle opportunité dans le conseil auprès d'entreprises, typiquement comme UTC par exemple.

— D'ailleurs à propos d'UTC, t'as jamais eu de nouvelles ?

— Non, puis je vais te dire, j'en ai plus rien à foutre, j'ai vraiment tourné la page, mentit Vincent. Question bassement matérielle, ajouta-t-il, mon employeur étant étranger, j'ai ouvert un compte bancaire personnel, c'était plus simple. Et tu verras, j'ai mis en place un virement mensuel sur le compte commun, comme ça, pas de problème pour le loyer ou les différentes factures.

Éloïse acquiesça sans chaleur. Les papiers du divorce étaient prêts. Sans réellement savoir pourquoi, elle ne les lui donna pas. Sans doute parce qu'elle ne reconnaissait pas Vincent, tellement changé en quelques semaines.

Elle comptait appeler Arthur prochainement, elle avait besoin de confier ses doutes au meilleur ami de celui qui était encore son mari.

Appartement des parents Douvre

Vincent revoyait sa mère pour la première fois depuis trois mois. Toujours aussi tonique, elle paraissait en bonne forme, quoiqu'encore plus maigre qu'à l'accoutumée.

— Mon chéri, elles sont superbes ! dit Monique en prenant le bouquet de fleurs qu'il lui tendait. Vincent, ton fils est arrivé, cria-t-elle en direction de la chambre, sans espérer la moindre réponse.

Il s'assit dans l'étroit canapé du salon tandis que sa mère, dans la cuisine, s'occupait des roses. Elle réapparut un vase entre les mains.

— Ça me fait plaisir que tu viennes dîner, tu as l'air en forme, comme... reposé. Tu as nettement meilleure mine que la dernière fois. Ça s'est arrangé tes problèmes au bureau ?

— Oh oui maman, plus qu'arrangé, figure-toi que je viens de changer de job et ça se passe très bien.

— C'est merveilleux, ça te plait donc. Et les enfants, et Éloïse, comment vont-ils ?

— Je... je les ai un peu moins vus ces derniers temps, mais ils vont bien.

Il avait rougi. Monique perçut aussitôt la gêne qu'il tenta de dissimuler.

— Et papa, comment ça va ? lança-t-il pour faire diversion.

— Oh ton père tu sais, ça n'évolue pas beaucoup, mais bon, il est plutôt pas mal en ce moment.

— Tiens, ben, quand on parle du loup, la coupa Vincent.

Une silhouette chétive apparut sur le seuil de la porte du salon. Son père avait l'air perdu. Tandis que Vincent se levait pour l'embrasser, Monique tança.

— Oh non chéri ! pourquoi tu t'es mis en pyjama ? C'est beaucoup trop tôt, ton fils vient dîner je te rappelle.

Il n'eut pas l'air de comprendre.

— Laisse maman, ça n'a aucune importance, s'il est bien comme ça, c'est le principal.

— Ah tu vois, fit son père en s'adressant à sa femme, ce monsieur est très sympathique. Bravo monsieur, dit-il à son fils en souriant.

— Sacré papa ! il l'embrassa.

■

Pendant le dîner, Vincent s'efforça de rassurer sa mère sur sa situation familiale et professionnelle. Il orienta le plus clair de la conversation sur leurs souvenirs marquants des dernières décennies. Il la savait intarissable sur le sujet. Un voile de tristesse l'assombrit lorsqu'ils évoquèrent le départ puis l'installation de Guy en Afrique du Sud. Monique, plongée dans ses pensées, se mit à pleurer. Son fils lui prit la main sous le regard amusé de son père.

— Qu'est-ce que t'as dit de drôle pour qu'elle pleure comme ça ? rit-il.

— Ce n'est rien papa, tu sais qu'elle est émotive ta femme.

— Ça c'est vrai qu'elle pleure comme une madeleine, surtout quand on doit aller chez mes parents.

Vincent laissa son père à ses souvenirs morcelés et se tourna vers sa mère.

— Je vais appeler Guy, ça fait trop longtemps qu'on ne s'est vus... depuis la naissance de Rose, calcula-t-il. Faudrait vraiment qu'on puisse organiser quelque chose en famille, tu ne crois pas ?

— Tu sais, sa vie est là-bas maintenant. Je l'ai tous les mois au téléphone. Il va bien, mais appelle-le si tu veux, je pense que ça lui fera plaisir.

Monique avait dit cela sans grand enthousiasme, il ne releva pas. Il contacterait prochainement Guy, c'était décidé. Mieux, il essaierait de le voir à Johannesburg, il en avait les moyens désormais.

En les quittant, il savait que sa mère le rappellerait dès le lendemain, ou au plus tard lundi, après avoir reçu le courrier leur annonçant qu'elle et son mari récupéraient un pécule oublié de plus de 300.000 euros.

Samedi 4 janvier, château de Châtillon

À seize heures, le taxi déposa Vincent devant le perron. Il avait prévenu Arthur de son arrivée, celui-ci l'attendait, seul, dans le petit salon. Betty passait la journée chez une amie, à quelques kilomètres de Châtillon. Un feu orangé et délicieusement odorant dansait dans la cheminée.

— On s'y remet, attaqua Vincent sans transition, on a du pain sur la planche.

— Ok patron. Au fait, la chasse au loft a été bonne si j'en crois les photos que tu m'as envoyées ?

— Ah oui, c'est vrai, pardon, on n'en a pas reparlé. Tu as vu, il est top, hein ? D'ailleurs, j'ai un trousseau de clés pour toi.

En lui tendant, il ajouta, un poil provocateur :

— Ça va être ta deuxième maison dorénavant.

Arthur leva ostensiblement les yeux au ciel.

— C'est vrai, toujours ton délire que je pirate UTC de l'intérieur.

Vincent fit mine de ne pas entendre.

— J'ai eu le temps de réfléchir pendant mon escapade à Paris. J'ai un plan béton.

Ils s'assirent l'un en face de l'autre. Vincent poursuivit, sans le regarder.

— 1. Jeanne Vinon, l'assistante de Nouillaud, le directeur financier, démissionne ;

2. Tu la remplaces ;

3. Tu fais copain-copain avec Nouillaud ;

4. Tu découvres ses casseroles et celles de Burker ;

5. Tu fais tout péter de l'intérieur.

Il capta alors le regard d'Arthur, qui lui souriait béatement.

— C'est pas gagné, hein ? admit-il.

Ils éclatèrent de rire.

— Mais mon ami, faut que t'embauches *Rambo* pour ce genre de plan pourri.

Pour autant, Vincent ne voulait pas s'avouer vaincu.

— Ça peut marcher, si on trouve un moyen de faire démissionner Jeanne, je suis sûr que ça peut marcher. On a tout le week-end pour y réfléchir. Parce que lundi, ça risque d'être sportif ! Mon petit doigt me dit que nos téléphones vont chauffer.

Lundi 6 janvier, château de Châtillon

L'idée trottait dans la tête de Vincent depuis plusieurs jours. Jeanne avait le profil idéal pour son projet de fondation. Il décida de sonder Arthur, espérant qu'il approuverait son idée. Quoi qu'il en pense de toute façon, avec ou sans sa bénédiction, sa décision était prise.

— Arthur, qu'est-ce que tu dirais si je donnais plus de la moitié de ma fortune à des œuvres caritatives ? Tu serais choqué ?

— Choqué ? grand Dieu, pourquoi ? non. Tu me dirais « j'ai décidé de tout donner aux pauvres », là je me dirais, il est fou, la prison l'a rendu dingue. Mais la moitié, ça fait que 200 patates... une paille. Non, c'est très bien, il t'en restera un peu.

Vincent ne sut comment interpréter l'humour grinçant de son ami, il décida de le prendre au mot.

— J'ai décidé de créer une fondation venant en aide aux enfants malades et orphelins. Je pense à Jeanne Vinon pour le poste de secrétaire générale.

Arthur le regarda avec malice.

— Ne me dis quand même pas que tu veux créer une fondation uniquement pour débaucher Jeanne de chez UTC ?

— Mais non gros malin ! c'est une démarche tout à fait sincère. Mais si, au passage, je peux récupérer Jeanne et te faire entrer chez UTC, alors là, c'est le jackpot !

Son ami fit mine d'être désespéré.

— Ma parole, voilà que ça le reprend !

Vincent s'apprêtait à lui répondre quand son portable sonna. Il sourit en voyant « maman » s'afficher sur l'écran. Il se mit un peu à l'écart pour répondre.

— Mon chéri, tu es assis ? Tu ne devineras jamais ce que je viens de recevoir au courrier ce matin.

— Euh, non, quoi ? dit-il, l'air faussement intrigué.

— C'est une histoire de fous. L'ancienne banque de ton père vient de m'envoyer un chèque. Figure-toi qu'il avait placé de l'argent, beaucoup d'argent, peu après notre mariage. Il a dû finir par complètement oublier ces dernières années. Et, tiens-toi bien, la banque en question a soldé le compte pour je ne sais quelle raison. Elle a envoyé un chèque de plus de 30.000 euros.

Vincent se crispa.

— Ah oui, c'est une belle somme en effet... 30.000 euros ?

— Euh, mais non, qu'est-ce que je raconte ! Ce n'est pas 30.000 euros, c'est 300.000 euros, tu te rends compte ! plus de 300.000 euros. C'est absolument incroyable.

— Oui, là, c'est... inouï cette histoire, sacré papa ! Écoute, je suis ravi pour vous, mets vite ton chèque à la banque et je passerai fêter ça avec vous prochainement.

— Non mais attends Vincent, on n'a pas besoin de tout cet argent avec ton père. Qu'est-ce que tu veux qu'on en fasse ? Tu vas partager avec ton frère, vous en ferez ce que vous voulez, nous, on n'a pas besoin de tout ça.

Son fils soupira et botta en touche.

— Maman, je te propose une chose. Prends rendez-vous avec ta banque, tu dis que c'est urgent. Je t'accompagnerai et on fera pour le mieux. Après, promis, j'essaierai d'avoir Guy et j'en discuterai avec lui. On fait comme ça ?

— D'accord mon chéri, c'est tout de même une belle somme...

— Oh que oui ! et je suis sûr que tu trouveras plein d'idées pour les dépenser, rajouta-t-il dans sa barbe.

Il raccrocha et souffla, l'air désespéré.

— Tu le crois ça Arthur ! elle veut nous refiler, à Guy et à moi, l'argent que je lui ai donné, c'est dingue.

— Ah oui, c'est cocasse comme situation, si elle savait.

À son tour, le portable d'Arthur sonna. Il éjecta l'appel non identifié tout en poursuivant sa conversation. Trente secondes plus tard, un bip-bip signifia qu'il avait un message. La curiosité l'emporta, il interrogea sa messagerie.

« Bonjour monsieur Desvin, c'est Coralie de votre agence Banque régionale de Champagne... »

— C'est ma banque, lança-t-il furtivement à Vincent.

« ... Je voulais savoir si vous pouviez me rappeler concernant, euh... le virement de 5 millions d'euros sur votre compte, et pour convenir d'un rendez-vous avec le directeur pour, euh... savoir si vous aviez des projets de placements. Au revoir, à bientôt. »

Il foudroya Vincent du regard. Lui, le fixait, d'un air narquois.

— Et alors mon ami, qu'est-ce que tu croyais ! C'est que ça coûte cher les travaux, il fallait bien six zéros. Tu n'allais pas me demander une rallonge toutes les cinq minutes !

— Mais Vincent... Vincent, c'est pas raisonnable.

— Et c'est toi, Arthur, qui devrais savoir ce qui est raisonnable ou pas ! Non mais c'est une plaisanterie. Tu sais bien qu'avec moi, ce genre de trucs, c'est pas négociable.

Son meilleur ami s'avoua rapidement vaincu.

— Merci, murmura-t-il, les larmes aux yeux, en lui tombant dans les bras.

Avec cette contribution, il savait que disparaissaient à jamais les tracas matériels du quotidien, et la menace de devoir vendre Châtillon un jour.

Il n'eut pas une minute de répit pour se remettre de ses émotions. À nouveau son portable sonna. Il regarda fixement Vincent en mettant ostensiblement son doigt devant la bouche, puis prit l'appel.

— Arthur, tu es assis ? La voix chuchotait. Il sourit et fit un clin d'œil à Vincent.

— Non pourquoi ? je devrais ?

— Tu es seul ? Je peux te parler ?

— Oui je suis seul, fit-il en regardant son ami, toujours en souriant. Tu es bien mystérieuse Éloïse, j'espère qu'il n'y a pas de problème.

— Tu ne devineras jamais ce qui vient de nous arriver, à maman et à moi, demanda-t-elle avec fébrilité.

— Euh... je ne sais pas, vous avez gagné au loto ? feignit-il d'un ton désinvolte.

— Et ben c'est un peu ça. Figure-toi que nous venons de recevoir un chèque, un gros chèque... et quand je dis un gros, c'est un gros ! Tu sais, à la mort de papa, on avait touché la valeur des parts de sa société reprises par ses associés. On avait compris qu'il n'y avait que ça. Mais finalement, il semble qu'il y avait encore quelque chose de prévu en cas de revente totale de l'entreprise, en tout cas, c'est ce que je comprends avec ce chèque. Le courrier ne dit pas grand-chose, en plus, le notaire qui s'était occupé de la succession de papa est mort depuis belle lurette, je ne sais pas trop vers qui me tourner... Arthur la coupa.

— Éloïse, c'est génial ! Ne te prends pas la tête, les choses ont sûrement été faites dans les règles de l'art. Je suis ravi pour toi et pour ta mère. Mets ton argent à la banque et ne te pose pas de questions. Ça a été dur pour toi ces derniers temps, c'est un signe du destin, je suis vraiment content si ça peut t'aider.

— Justement Arthur, j'appelais aussi pour ça. Elle chuchota à nouveau. Tu sais que j'ai un peu revu Vincent depuis sa sortie de prison ?

Arthur fronça les sourcils, Vincent le regarda, interrogateur.

— Je... comment dire, je ne sais pas toi, mais je l'ai trouvé changé, à des années-lumière de son état au parloir. Mais même différent d'avant, si tu vois ce que je veux dire, plus assuré, plus... je ne sais pas... autoritaire.

— Plus autoritaire ? il leva les yeux au ciel, fixant toujours Vincent qui trépignait en silence.

— Oui, enfin non, ce n'est pas exactement le terme, mais je ne le reconnais pas. Je me demande si derrière sa façade, il ne cache pas une grande dépression. Et je me disais que je pourrais peut-être lui donner de l'argent pour qu'il euh, rebondisse, qu'il se remette à flot... enfin, je ne sais pas, toi qui le vois beaucoup, tu penses que c'est une bonne idée ?

— Mmm, comment dire... - une petite voix dans sa tête hurlait « putain, il vient de gagner près de 400 millions d'euros et toi, tu veux lui donner de l'argent, c'est juste surréaliste ! »... je ne crois pas que ce soit une bonne chose pour Vincent, répondit posément Arthur. Franchement, il est en train de remonter la pente, il a un vrai projet professionnel, il s'en sort tout seul, et l'assister ne serait pas bon pour son estime de soi.

Vincent écarquilla les yeux. Il venait de comprendre l'objet de l'appel d'Éloïse. « Décidément, se dit-il intérieurement, je suis entouré de saintes ».

À peine Arthur avait-il raccroché que ce fut à nouveau le portable de Vincent qui sonna.

— C'est encore maman, soupira-t-il, oui maman...

— Mon chéri, je ne te dérange pas longtemps. Si ça te va, j'ai pris rendez-vous après-demain avec le banquier. Il ne pouvait pas demain, il m'a proposé mercredi à quinze heures, dis-moi si tu veux que je...

— C'est parfait, l'interrompit Vincent, je passerai te prendre. Ça tombe plutôt mieux, j'ai un rendez-vous à Paris le matin.

Il expédia cette dernière conversation et s'affala sur le canapé en face d'Arthur, encore ému par les dernières séquences.

— Bon ben ça y est ! les problèmes d'argent, c'est réglé. On va pouvoir se remettre au travail, il va falloir que tu prépares ton courrier de candidature pour UTC.

Arthur ne dit rien, il soupira d'une moue amusée. Son copain ne lui laissait pas une seconde de répit. Jamais.

5. Guy

Mardi 7 janvier, château de Châtillon

Vincent s'était réveillé nerveux, il ne tenait pas en place. Les choses n'allaient pas assez vite à son goût. Il avait rendez-vous le lendemain matin, au siège de sa banque, pour organiser la création de sa fondation. Son banquier conseil ne lui avait pas caché qu'il faudrait plusieurs jours. Or, il savait qu'il ne pouvait pas faire débaucher Jeanne tant que sa fondation n'avait pas d'existence légale.

Il tourna en rond toute la matinée puis une grande partie de l'après-midi.

Arthur, aux anges, ébauchait les premiers plans de réaménagement du château et des communs. Loin des yeux de Betty qui, pour le moment, devait tout ignorer de cette manne financière providentielle.

— Mais tu me donnes mal à la tête à tournicoter comme ça ! Va te promener, fais quelque chose.

— Je ne sais pas quoi faire, répondit Vincent, je m'ennuie, tu n'as pas une idée ?

— T'as qu'à aller couper du bois dans la réserve, ça te défoulera.

Il ne se fit pas prier. Une heure plus tard, les joues rouges, il se remit à tournicoter autour d'Arthur.

— Ah mais il recommence, c'est pas possible ! Va te balader, je te dis.

Docilement, Vincent sortit s'oxygéner dans la campagne champenoise. Déjà le jour tombait. L'atmosphère était fraîche mais sans vent. Il y avait comme une odeur de neige. En fermant les yeux, il se serait cru à la montagne. À son retour, il monta directement dans sa chambre, se doucha et prit enfin la décision si longtemps repoussée.

Il composa le numéro, debout, collé à la fenêtre. À travers la vitre, on ne distinguait presque plus les formes noires des tilleuls de l'allée.

— Allo ?

— Guy... Guy, c'est toi ?

— Euh, oui.

— C'est Vincent. Il y eut un grand blanc.

— Vincent ? qu'est-ce qui se passe, y a un problème ?

— Non non, y a pas de problème, rassure-toi. Enfin si, le problème, c'est que ça doit faire presque huit ans qu'on ne s'est vus et... d'abord je voulais te souhaiter plein de belles choses pour la nouvelle année et... je me disais que ce serait bien qu'on essaie de se voir.

— Euh... oui, bien sûr, balbutia Guy, c'est que... l'Afrique du Sud, c'est pas la porte à côté.

— Ben c'est aussi pour ça que je t'appelle, je dois justement aller prochainement en Afrique du Sud pour le boulot.

— Pour UTC ? s'étonna Guy.

— Non pas pour UTC, j'ai changé de boîte, je suis associé dans... je t'expliquerai là-bas.

— Ah, mais tu comptes venir quand exactement, et où ? parce que l'Afrique du Sud, c'est grand.

Depuis le début de leur conversation, Vincent sentait son frère sur la réserve.

— Oh, c'est vraiment un voyage éclair, improvisa-t-il, j'atterris à Johannesburg mardi prochain et je repars du même endroit le surlendemain dans la soirée. Un ange passa à travers le téléphone.

— Tu es bien à Johannesburg ?

— Mardi et mercredi ? c'est dommage, ça tombe mal, je serai en déplacement vers Le Cap. C'est trop con, ça va être compliqué de se voir.

— Ou je peux passer te voir le jeudi en coup de vent avant de partir, tenta Vincent, j'aurai l'après-midi libre. Si tu es près de Johannesburg, on pourrait quand même essayer de se voir un peu.

— Jeudi... jeudi 16 ?

— Sinon Guy, insista Vincent, je décale mon retour. Au vendredi. Ça me ferait vraiment plaisir de te voir, tu comprends ?

— Oui, moi aussi répondit-il gêné. Ok, je pense que jeudi c'est bon. Je n'aurai pas beaucoup de temps, mais on peut se voir à l'aéroport de Joburg[27], prendre un café ou manger une croute avant ton décollage.

— Génial Guy, je me réjouis d'avance, à dans dix jours alors.

Vincent descendit rejoindre Arthur dans le petit salon.

— Waouh, ce n'était pas la joie mon frère dis donc, j'espère qu'il n'a pas de soucis.

— T'as appelé Guy ?

— Oui, tu comprends, c'est un peu l'occasion ou jamais.

— T'as raison. Tu l'as peut-être surpris, c'est tout. Après tant d'années, ça a dû lui faire un choc.

— Mmm, je ne sais pas, à mon avis, y a autre chose, tiqua Vincent. De toute façon, j'en aurai le cœur net la semaine prochaine.

— Ah bon, parce que maintenant tu vas en Afrique du Sud !

Il fut soucieux une grande partie de la soirée. Seule la lecture du projet de courrier de candidature d'Arthur chassa un peu ses idées noires. C'était osé, très osé même, mais connaissant Nouillaud, il fallait bien ça.

Il le savait, la poursuite de son plan reposait totalement sur l'attention que porterait son ancien collègue à cette missive, après la démission de Jeanne.

Lundi 13 janvier, siège de la Royal Union Bank, Paris

La fondation « Des pierres et des roses » vit le jour le lundi 13 janvier. Dotée d'un fonds de 200 millions d'euros, elle avait vocation à aider matériellement et moralement les enfants isolés et handicapés.

— Fondation « Des pierres et des roses », ça sonne bien, admirent son banquier conseil et l'avocat de la Royal Union Bank, chargés de régler tous les détails administratifs, juridiques et fiscaux. Et sans être indiscret, monsieur Douvre, ce nom vous est venu comment ?

---

[27] Johannesburg

— Euh... Il s'apprêtait à se lancer dans une longue argumentation faite de souvenirs, d'images poétiques, mêlant puissance, fragilité, matières, odeurs, il n'en fit rien.

— Il se trouve que ce sont les prénoms de mes deux enfants, écourta-t-il. Bien messieurs, nous sommes d'accord, vous faites contacter ma candidate dès demain par votre cabinet de recrutement partenaire. Je souhaite aller le plus vite possible. Tenez-moi informé, et je vous rappelle qu'en aucun cas mon nom ne doit apparaître officiellement.

— C'est comme si c'était fait, monsieur.

Jeudi 16 janvier, aéroport international de Johannesburg, Afrique du Sud

Vincent atterrit à 18 heures, heure locale. Il avait peu dormi mais dans des conditions agréables. « C'est terrible comme on s'habitue au confort de l'argent », songea-t-il en repensant à la cabine première classe qu'il venait de quitter et qu'il retrouverait dans moins de trois heures.

Près de 18.000 kilomètres, deux fois onze heures de vol, pour la modique somme de 12.000 euros, tout ça pour prendre un café avec son frère ! À 12.000 euros le café, c'était sans doute le café le plus cher du monde.

Le douanier sourcilla lorsqu'il répondit qu'il se rendait à Johannesburg, sans bagage, pour un rendez-vous privé et repartait le jour même. « Ces *businessmen*, quels drôles d'oiseaux », s'était-il dit intérieurement en lui rendant son passeport.

Guy était assis au fond du café. Vincent l'aperçut et vint à sa hauteur tout sourire. Ils se revoyaient physiquement au bout de près de huit ans d'éloignement, les deux frères se serrèrent dans les bras.

— T'as pas changé, toujours aussi beau mon frérot.

— Oh arrête, bon ça va, pas trop fatigué depuis trois jours ?

— Non non, ça va.

— Tu as déjà enregistré tes bagages ? s'étonna Guy en le voyant arriver les mains dans les poches.

— Euh... oui, je l'ai fait tout à l'heure.

Un ange passa.

— Bon ben, bonne année, mon frérot.

— Oui merci, bonne année aussi. Éloïse va bien, et les enfants ?

— Tout le monde va bien, mentit-il. J'ai dîné chez les parents l'autre jour, maman est en forme, papa, c'est pas top. Maman m'a dit que tu l'avais souvent au téléphone.

— Oui, j'essaie de l'appeler régulièrement. Son œil s'embua, il sembla troublé.

— Et toi... euh, tu as quelqu'un ? hasarda Vincent.

Guy rosit et se racla inconsciemment la gorge.

— Non, enfin oui, j'ai... je vis en couple depuis six ans.

Le visage de Vincent s'illumina.

— Ah bon ! c'est une super nouvelle, je savais pas, maman ne m'a rien dit. Comment elle s'appelle ? T'as pas une photo ?

— Charlie.

Son frère ne comprit pas immédiatement.

— Charlie... et alors, elle est comment ?

— *Il* est comment. C'est un homme.

Ni Vincent, encore moins Guy, ne s'étaient préparés à un *coming out* aussi soudain. Il fallait qu'ils se revoient après des années, à l'autre bout du monde, pour qu'en moins d'une minute, le petit frère dise au grand ce qu'il n'avait jamais osé lui dire depuis vingt ans.

— Mais pourquoi tu ne m'as rien dit ? souffla Vincent.

— À plusieurs reprises maman m'a conseillé de t'en parler, je n'ai pas pu. Je ne sais pas pourquoi.

— Ah, parce que maman est au courant... et depuis quand ?

Guy leva les yeux quelques secondes puis les replongea dans ceux de son frère.

— Papa n'a jamais rien su. Maman, elle, a deviné il y a cinq ans quand je suis passé les voir à Paris. Elle m'a surpris au téléphone avec Charlie, je suis devenu pivoine. En un regard, elle avait compris. J'ai raccroché, elle m'a ouvert les bras et m'a dit « viens mon fils chéri ». Je m'en souviendrai toute ma vie. J'ai fondu en larmes. En un geste, elle avait soulagé l'énorme poids que j'avais sur le cœur depuis tant d'années. Depuis ce jour, c'est resté notre secret. Et il a fallu que toi, tu insistes pour me voir, à 10.000 kilomètres de Paris, pour découvrir mon secret. Je me trouve con, si tu savais comme je me trouve con, et honteux.

— Mais non Guy, c'est moi qui ai honte. J'étais dans ma bulle, c'est moi le premier responsable.

— Eh, on va arrêter de se flageller, suggéra Guy. On s'est retrouvés, c'est le principal. Puis je suis heureux tu sais, Charlie est un type formidable.

— Je n'en doute pas, tu as toujours eu des goûts très sûrs, le chambra Vincent.

Guy poursuivit.

— Puis d'une certaine façon, cette fuite... parce qu'avec le recul on peut dire que c'était une fuite, ça m'a fait connaître plein de choses, et aussi la réussite professionnelle. Mon affaire s'est bien développée, tu savais que j'étais l'importateur exclusif des produits *Barik & Cooks* ?

— Intéressant.

— Figure-toi qu'avec Charlie, on distribue aussi les produits *Screwfix+*, tu dois connaître ?

— Euh, ça me dit vaguement quelque chose...

■

Tout en écoutant d'une oreille de moins en moins attentive son frère lui raconter avec passion son activité d'importateur, de profonds souvenirs rejaillirent d'un coup et submergèrent Vincent d'émotion.

Il revoyait à présent le gamin de dix ans avec sa bouille insolente et ses yeux rieurs, parfois craintifs. Les parties de cache-cache dans l'appartement, les canulars téléphoniques quand leur mère n'était pas là, tellement crétins mais tellement drôles pour les deux préados.

« *Allo madame Lapin ?* »
« *Oui... »*
« *Pan ! t'es morte !* »

« Allo monsieur Gros ? »

« Oui... »

« Faut arrêter de manger !... »

Ils raccrochaient d'un coup sec l'unique téléphone de l'entrée en hurlant de rire, puis se mettaient en quête d'une nouvelle victime dans l'annuaire.

La fois aussi où il accourut pour rosser un « grand » de douze ans qui cherchait des noises à son petit frère à la sortie de l'école.

■

Une larme fusa sur sa joue et explosa sur la table en formant une constellation de microgouttes. Il renifla tout en s'essuyant les yeux.

— Et ben, j'ai dit quelque chose de triste ? l'interpella Guy.

— Non, je suis ému c'est tout, rétorqua-t-il, un sourire gêné. Je repensais à certains souvenirs, j'ai l'impression d'être passé à côté de plein de choses avec toi.

Deux nouvelles larmes roulèrent sur ses joues.

— Eh Vincent, on ne va pas refaire l'histoire. J'ai simplement éprouvé le besoin de partir. Ça n'a jamais été à cause de toi, ni à cause des parents, ça devait être comme ça, c'est tout.

Il avait désormais un homme en face de lui, assumant son histoire et son parcours.

— On est une famille, Guy. J'aimerais rencontrer Charlie, qu'on essaie de se voir un peu plus.

Sa remarque étonna son frère.

— Bien sûr qu'on est une famille...

— La vie ne tient qu'à tellement peu de choses, poursuivit-il dans un soupir énigmatique.

— Qu'est-ce que tu veux dire ? Tu es bien mystérieux.

Après quelques secondes de silence durant lesquelles il sembla préparer sa réponse, Vincent inspira longuement et lâcha d'une traite.

— J'ai atterri à Johannesburg il y a à peine une heure. Je suis venu sans bagage, mon vol retour est à 21 heures. J'ai fait 20.000 kilomètres pour prendre un café avec mon petit frère qui me manque terriblement. Il y a trois mois, j'avais une femme, un job et je n'étais pas franchement riche. Il y a encore moins de trois semaines, j'étais en prison, chômeur, prêt à en finir. Aujourd'hui, Éloïse m'a quitté, je retrouve mon frère et je suis immensément riche.

Guy n'osa l'interrompre, il avait du mal à suivre les propos décousus et totalement surréalistes de Vincent. Ce dernier s'arrêta, puis, plongeant ses yeux dans ceux de Guy, rajouta :

— Ça doit te sembler bizarre mais c'est la stricte vérité.

Les deux frères s'ouvrirent leur cœur pour la première fois de leur vie, s'embrassant, s'étreignant, pleurant par intermittence. Les heures défilèrent. Vincent n'entendit pas les trois appels successifs qui résonnèrent dans tout l'aéroport, l'invitant à embarquer. Vers 22 heures, il s'écria.

— Merde, mon vol ! il feignit l'embarras puis éclata de rire. 6.000 euros paumés... putain, faut que je fasse gaffe, je vais finir sur la paille en moins de deux ! Excuse-moi un moment.

Il s'écarta pour appeler son service de conciergerie. En à peine trois minutes, un vol retour était réservé pour le lendemain matin. Guy en profita pour rassurer son compagnon. Il rentrerait tard, sans doute au petit matin. Il lui raconterait tout, il était excité et heureux, si heureux d'avoir retrouvé son frère.

Vendredi 17 janvier, à l'embarquement du vol EL 70 Johannesburg-Paris

— Donc je vous attends à Paris, toi et Charlie, et avant cet été, c'est promis, hein ?

— Oui Vincent, c'est promis. Merci de...

— Merci de quoi ?

— Merci d'avoir fait le premier pas.

— Tu parles ! merci à toi oui... de me pardonner toutes ces années perdues. Ah mon frérot, dernière chose bassement matérielle avant que je file ; seuls Arthur et toi êtes au courant pour la cagnotte, donc si tu as maman au téléphone et qu'elle te parle d'une somme d'argent à nous partager, dis-lui que tu es au courant, qu'on en a discuté, que... on s'organise tous les deux, bref que tout est sous contrôle. Disons que le hasard a fait qu'une coquette somme a atterri sur son compte en banque, si tu vois ce que je veux dire, et avec sa générosité naturelle, maman s'est immédiatement mis en tête de nous la donner.

— Ça ne m'étonne pas de maman ! Compris, tu peux compter sur moi.

À 13.000 pieds du sol, Vincent, lessivé, sombra dans un sommeil profond. En tout et pour tout, il n'avait vu de l'Afrique du Sud que les lumières d'un aéroport international grouillant de voyageurs et de nationalités. Mais les heures qu'il venait de passer avec son petit frère étaient parmi les plus importantes et émouvantes de son existence.

Il ne put s'empêcher d'être partagé entre honte et immense soulagement. Honte d'être resté toutes ces années hors de la vie de Guy, de n'avoir eu sa confiance. Mais immense soulagement d'être à l'origine de leurs retrouvailles et d'avoir retrouvé un peu du temps perdu.

Le texto d'Arthur qu'il découvrit après l'atterrissage le revigora. « *Jeanne vient de signer sa promesse d'embauche. Démission prévisible dès ce lundi. Mon heure approche...* »

6. La taupe et la fouine

Jeanne Vinon était une fille simple, carrée, très intelligente. Surdimensionnée pour son poste d'assistante, elle avait fait le choix, il y a quatre ans, de mettre un frein à sa prometteuse carrière pour se consacrer davantage à sa fille anorexique, aujourd'hui âgée de dix-huit ans.

C'est dans ce contexte qu'elle avait intégré UTC France, en quatre cinquièmes, au service de Nouillaud. Mais progressivement, son abnégation avait repris le dessus et il n'était pas rare qu'elle quitte le bureau après vingt heures, ou qu'elle travaille le mercredi et le week-end depuis chez elle. La perle pour tout patron incompétent et peu scrupuleux. Nouillaud d'ailleurs n'avait jamais manqué d'abuser de la situation en la chargeant plus que de raison.

Proche de Maude, Jeanne avait failli craquer lors de l'éviction de cette dernière. Désireuse depuis de quitter cette boîte de fous, cela ne surprit personne lorsqu'elle remit sa lettre de démission à son patron. Personne sauf lui.

Ce matin, le contraste était saisissant. Jeanne rayonnait. Nouillaud, dont le visage verdâtre tirait sur le jaune pâle selon les angles, portait sur ses épaules toute la misère du monde.

— Ça s'est fait en moins d'une semaine, expliqua-t-elle excitée à ses collègues. J'ai été appelée mardi, et vendredi je signais la promesse d'embauche, j'ai vraiment une bonne étoile. Mais désolée, je ne peux rien dire... simplement qu'il s'agit d'une fondation dont on m'a demandé expressément de respecter l'anonymat.

Elle avait du mal à cacher sa satisfaction de laisser tomber, dans quinze jours exactement, le patron qu'elle avait fini par vomir ces derniers mois.

L'urgence absolue pour Nouillaud, c'était de la remplacer. Il savait la partie serrée. Le groupe, outre un gel des salaires décrété pour l'année en cours, venait d'annoncer une période indéterminée de gel des recrutements, signifiant que les remplacements n'étaient pas assurés de façon automatique. Il devrait donc en passer par l'arbitrage d'Helmut Burker et cette perspective ne l'enchantait guère.

Jeudi 23 janvier, château de Châtillon

Arthur déposa sa lettre de candidature au bureau de poste du village. Il était calme et serein, contrairement à Vincent qui, depuis qu'il avait échafaudé son plan, imposait nerveusement à Arthur de véritables séances de coaching en vue de son hypothétique entretien avec Nouillaud. Plusieurs fois par jour, dans la cuisine ou dans le petit salon, il se plantait devant lui et l'interrogeait sur UTC, sur Nouillaud, tout y passait : le physique, les vêtements, les rumeurs...

Il remit ça après le déjeuner.
— Vas-y Arthur, je t'écoute, commanda-t-il, une tasse de café à la main.
L'autre s'exécuta de mauvaise grâce.
— Xavier Nouillaud, que l'on appellera affectueusement « la Nouille », est un directeur financier français de 49 ans, célibataire, sans enfant. Personnage verdâtre, mi-homme, mi-fouine, aux chaussettes de grand-père...
— Arrête Arthur, c'est sérieux là ! gronda Vincent.
— Mais c'est bon, je l'ai scanné ton type, c'est comme si je l'avais fait. Puis tu me bourres le crâne de détails... je préfère improviser, c'est là que je suis le meilleur, tu le sais bien.
— C'est vrai, t'as raison, je suis juste un peu stressé. Tout repose sur toi maintenant.
— Ne t'inquiète pas, je suis sûr que notre courrier va faire mouche. Avec ce qu'on a écrit, il ne peut pas ne pas me recevoir.
— Ok, mais n'oublie simplement pas : son moteur, c'est sa paranoïa, sa phobie, ce sont les enfants et sa corde sensible...
— ... les timbres, je sais, coupa Arthur. Puis entre nous, s'il y a bien une qualité qui me reste, c'est celle d'avoir une bonne mémoire.
Vincent lui sourit alors même qu'une anecdote lui revenait à

l'esprit.

Vingt-cinq ans plus tôt...

La fin de journée est chaude à Châtillon. Dans le jardin, en bas du perron, une dizaine d'amis se tiennent autour d'une table de fortune, constituée de trois tréteaux soutenant une longue porte en bois. On sert l'apéritif. Les nombreuses bouteilles apportées pour le week-end par les invités, vodka, vins blanc et rouge, coca, jus d'orange, se dressent sur la table telles des quilles. Arthur fait de la place et dépose un jeu électronique au centre.

— Concours de « super Simon » ! bêle-t-il. Tout le monde connaît ?

— Ouiii... répondent filles et garçons en chœur.

— Holà, ça va être quoi le gage ? m'enquiers-je, méfiant.

— Surprise ! ce que je peux dire, c'est que ça s'appelle... « la pelle *screwdriver* ».

— La pelle scrou...quoi ? répètent les invités avec circonspection.

— La pelle *screw-dri-ver*, articule-t-il, vous verrez bien.

Connaissant la légendaire créativité d'Arthur, le nom un tantinet exotique de sa dernière trouvaille n'est pas de nature à nous rassurer.

— Donc, d'accord avec le principe, c'est un jeu de mémoire, il faut faire le plus de coups possibles en répétant la séquence chacun son tour, individuellement. On tourne dans le sens des aiguilles d'une montre.

Il place alors le jeu devant Amélie, la naïve du groupe.

— À toi l'honneur ! attention, concentration...

On se tourne tous vers la jolie brunette aux grands yeux bleus délavés derrière des lunettes en forme papillon. Les quatre grosses touches colorées clignotent une fois puis s'éteignent. Immédiatement, la touche rouge s'éclaire, produisant un son aigu. Amélie précipite sa main et écrase la touche bleue qui fait un bruit sourd de *buzzer*.

— Oh non ! je voulais appuyer sur le rouge, j'ai ripé.

Elle essaie de se justifier au milieu des rires gras et de nos vannes sarcastiques.

— T'as peut-être ripé mais t'es mal barrée ma pauvre ! lâche Arthur avec compassion. Zéro coup, record à battre, ça tourne.

Le jeu passe de l'un à l'autre dans une espèce de chahut général. Avant-dernier à passer, je m'en sors plutôt bien : vingt et un coups, deuxième meilleure performance. C'est enfin le tour d'Arthur. Tel un automate, il enchaîne les séquences avec facilité. À partir de vingt, le boucan diminue, les premiers encouragements se font entendre.

— Vas-y Arthur, t'es pas loin du record.

Lorsqu'il égale le record de Stéphanie, le vacarme et les cris de victoire reprennent. Il continue en souriant, incroyablement calme. Il ne fixe même plus les touches du jeu, ne se fiant qu'à la mélodie à quatre tons. À partir de trente-quatre, on se regarde tous, incrédules. La tension est palpable.

— Y a un truc, c'est pas possible !

— Hallucinant... et il continue !

Je suis impressionné, mon ami a une mémoire hors normes, je ne l'avais jamais soupçonné. Le silence revient. À trente-neuf coups, Arthur semble hésiter une ou deux fois, mais reproduit avec succès la séquence. Le jeu électronique lance alors, pendant dix secondes, à raison de quatre couleurs par seconde, une suite fulgurante de quarante coups. Toujours aussi détendu malgré le silence oppressant, il pianote avec méthode sur les touches, jusqu'à la dernière. Le jeu entier se met à clignoter au rythme d'une nouvelle mélodie. Arthur a gagné, il a été au bout, sans difficulté. On le félicite, on l'embrasse, impressionnés, et encore perplexes.

— Merci, merci, mais c'est pas fini, c'est l'heure des gages. Vous allez vous mettre côte à côte, du meilleur au plus mauvais. Il rectifie en regardant Amélie.

— ... du meilleur à la plus mauvaise, je veux dire.

Elle lui tire la langue, l'air faussement boudeur.

— Bon, maintenant, faut que je vous explique ce qu'est la pelle *screwdriver*, commence-t-il doctement. Alors, *screwdriver* qui signifie tournevis en anglais, est l'autre nom de la vodka orange. Donc, si vous me suivez bien, le principe de la pelle *screwdriver*, c'est de faire passer de bouche en bouche le cocktail que j'aurai préalablement, euh... mixé avec mon voisin, ou plus exactement ma charmante voisine.

— Ah non, trop dégueulasse ! proteste une majorité de filles.

Les garçons, eux, rient bêtement.

— C'est immonde ! moi je veux pas, s'écrie Amélie, consciente que sa dernière position la condamne au pire.

— Pas de reculade, vous avez tous promis, c'est parti !

Il attend que Stéphanie se remplisse la bouche de jus d'orange, puis fait de même avec de la vodka. La bouche en feu, il grimace et se penche rapidement vers elle. Leurs bouches se collent comme deux ventouses et s'ouvrent. Le salaud se débarrasse d'un coup de l'alcool qui lui brûle le palais, elle a un haut-le-cœur et manque de s'étrangler. Des cris indignés et des rires gras accompagnent la première pelle. Stéphanie se reprend et, se tournant vers moi, les joues pleines, recrache le contenu dans ma bouche. Le mélange a déjà tiédi.

J'embrasse goulûment le suivant en mettant ostensiblement la langue. Ce dernier a un mouvement de recul, tandis que tous s'esclaffent. Pas en reste, il se gargarise bruyamment avant de se tourner vers sa timide voisine qui réprime un hoquet de dégoût lorsqu'elle siphonne le liquide presque chaud de sa bouche puis s'en débarrasse avec soulagement dans le bec d'une autre comparse.

Chaque passage est désormais accompagné d'une *ola*, destinée à encourager les derniers.

J'ai eu l'immense privilège d'être en début de chaîne. J'observe la pauvre Amélie, tremblante de peur mêlée d'excitation. Quand vient son tour, tout son corps se crispe. Son voisin plaque sa bouche sur la sienne, qu'elle maintient fermée. Les yeux plissés, les poings serrés au niveau de sa poitrine, elle se résout à entrouvrir une petite bouche pincée. L'autre en profite pour souffler de toutes ses forces dans l'étroit interstice et projette le liquide devenu gluant et fadasse au fond de sa gorge. Elle en avale une bonne partie et recrache instantanément le reste de l'infâme mixture dans un grognement rocailleux. Puis, courbée en deux, elle a plusieurs haut-le-cœur, un filet de bave pendouille jusqu'à ses genoux. On s'attend tous à ce qu'elle vomisse dans l'herbe, finalement, elle se redresse et, d'un air de vierge effarouchée, assène :

— Franchement Arthur, t'as vraiment des idées à la con !

Tandis qu'elle le tape affectueusement, retentit le traditionnel :

Elle est des nô...ô-tres,
Elle a bu son verre comme les au...au-tres,
C'est une ivro...o-gne (...)

■

Le courrier confidentiel d'Arthur fit effectivement mouche. Le mardi matin, l'assistante guillerette qu'il eut en ligne programma un rendez-vous avec Xavier Nouillaud, pour le vendredi.

Vincent encouragea son ami à s'installer dans leur pied-à-terre parisien afin d'être au plus près d'UTC et de ne pas avoir à se lever trop tôt le jour de l'entretien.

Ils quittèrent Betty, pour quelques jours, lui précisèrent-ils, devant honorer plusieurs rendez-vous parisiens importants pour leurs projets.

Vendredi 31 janvier, siège d'UTC France, Nanterre

Xavier Nouillaud n'était pas au top de sa forme. À la jubilation des premiers mois de présidence Burker, s'était substituée une période tendue, marquée par un climat de défiance dans l'entreprise. Depuis le départ incompréhensible de Vincent, des rumeurs avaient fusé sur sa descente aux enfers. Chacun y était allé de sa version plus ou moins extravagante et Helmut avait imputé la responsabilité de ce dysfonctionnement de communication à Nouillaud.

Il vivait par ailleurs comme une injustice le rapprochement de l'Américain avec le directeur marketing, Paul Mongin, à qui Burker n'avait pas l'air de reprocher l'effondrement des ventes. Et comble de l'humiliation, quand Jeanne avait démissionné, Helmut lui avait formellement interdit de recruter en CDI. Il avait consenti, grand seigneur, à ce qu'il puisse bénéficier d'une intérimaire, pendant six mois jusqu'aux congés d'été ; période finalement raccourcie unilatéralement à quatre mois.

— Bonjour madame, j'ai rendez-vous avec monsieur Nouillaud.

— Bonjour, qui dois-je annoncer ?

— Arthur Desvin, d-e-s-v-i-n, épela-t-il.

— Je le préviens tout de suite, si vous voulez vous assoir en attendant.

10h30. Arthur était parfaitement à l'heure. Son taxi venait de repartir. Il attendait dans le hall un peu terne du building de banlieue parisienne.

La porte de l'ascenseur s'ouvrit dans un léger grincement. Arthur eut un choc intérieur terrible, même s'il parvint à rester totalement impassible. Nouillaud était pire que dans les descriptions de Vincent. « Tu verras, il a une tête de Gremlin, un air vicelard... ». Il faut dire qu'Arthur avait un sens particulièrement développé en morphopsychologie, il avait toujours été capable, d'un regard, de sonder le moi le plus profond de son interlocuteur... et il avait un spécimen rare devant lui !

Il ne lui fallut toutefois pas plus d'une demi-seconde pour s'armer du sourire le plus franc et le plus aimable.

— Bonjour, monsieur Nouillaud, je présume ? lança-t-il, la main tendue.

— Lui-même, enchanté.

L'autre l'invita à le suivre dans l'escalier. Arthur ravala un petit gloussement en apercevant ses chaussettes à carreaux. « Waouh, Vincent n'avait pas exagéré ! » s'émerveilla-t-il.

À peine installés autour de la table de réunion de son bureau, au premier étage, Nouillaud attaqua sans transition :

— Monsieur Desvin, je vais être direct avec vous, je vous reçois parce que... je dois l'avouer, votre courrier m'a étonné, vous m'avez l'air d'être bien informé sur l'entreprise UTC. Mais je ne suis pas convaincu que votre profil corresponde euh... exactement au poste d'assistant à la direction financière pour lequel je recrute aujourd'hui.

« En effet, cela a le mérite d'être clair et direct », pensa Arthur. Il se dit surtout qu'il avait tapé juste avec son courrier. Il n'aurait jamais été reçu sur son simple CV. Hormis un background professionnel de publicitaire, ce n'étaient pas sa décennie de psychothérapie, une tendance à boire plus que de raison et une situation sentimentale compliquée, qui le dotaient, *a priori*, des qualités requises pour ce type de mission de confiance. Mais les quelques phrases ambigües dans la lettre envoyée une semaine plus tôt avait eu raison de la paranoïa du financier. « Chacun sait à quoi correspondent les périodes de restructuration... », « vous pourriez courir un grave danger... », « je suis d'une loyauté indéfectible même lorsque la situation impose de recourir à des actes extrêmes... »

Il répliqua :

— Monsieur Nouillaud, je vais être direct avec vous, je ne me serais jamais déplacé si je n'avais pas eu la certitude d'avoir ce poste.

Nouillaud plissa ses petits yeux brillants de fouine. Il fixa Arthur, intrigué.

— ... et simplement pour deux raisons principales ; j'en rajouterais même une troisième, subsidiaire, mais non moins essentielle à mon cœur. La première raison est évidente, je ne suis pas devin, monsieur Nouillaud, malgré mon nom, mais cela saute aux yeux en vous voyant, vous devriez légitimement être le patron de cette organisation.

Il marqua un premier temps d'arrêt, l'autre le fixait toujours, silencieux.

— Seulement, les conditions n'ont pas pu être réunies, on peut se demander pourquoi. Au lieu de vous confier la présidence d'UTC France, on vous impose un nouveau patron non francophone, ça paraît incompréhensible. Quelle logique ? aucune logique si ce n'est par calcul politique. Que se passe-t-il depuis quelques temps ? N'y a-t-il pas eu des changements récents dans les comportements des uns et des autres ?

L'image de Burker dansant collé-serré avec Mongin passa devant les yeux de Nouillaud.

— ... même la démission de votre ancienne assistante est suspecte !

Il sursauta. En effet, la transfiguration de Jeanne depuis sa démission, l'avait sidéré. Il ne comprenait pas une telle métamorphose.

Aussi incroyable que cela puisse paraître, Nouillaud ne se formalisait pas du style inquisiteur d'Arthur. Peu lui importait d'ailleurs, comment il avait eu ces informations, il rejoignait son analyse, c'était tout. L'autre poursuivait, surfant toujours plus sur la fibre paranoïaque du financier.

— Vous êtes-vous posé la question, monsieur Nouillaud, à qui profite le crime ? Il faut toujours se poser la question, à qui profite le crime ? Vous avez la légitimité, l'expérience, la connaissance, les connexions, et vous vous retrouvez à devoir recruter un assistant pour un CDD de quatre mois... c'est délirant ! Quelqu'un s'opposerait-il à vous ? Si vous n'avez pas encore la réponse, monsieur Nouillaud, je me ferai fort de vous aider à la trouver, si toutefois vous me faites l'honneur de me permettre de travailler à vos côtés.

Le directeur était subjugué par tant de clairvoyance. En quelques phrases, son candidat avait parfaitement mis au clair ses suspicions, ses tourments, ses ambitions.

— Maintenant bien sûr, reprit Arthur, vous pouvez prendre une cruche d'intérimaire qui fera peut-être un meilleur café que moi, encore que, dans ce domaine je me défende pas mal, qui fera le strict minimum, partira à cinq heures moins cinq en se plaignant d'être constamment débordée, et complotera dans votre dos en disant que vous avez un air pervers.

Nouillaud ne dit rien, il encaissa la pique en baissant les yeux. Arthur se tut. Il cherchait à raccrocher son regard. Il savait, d'instinct, que si son interlocuteur relançait, il conserverait l'avantage.

Enfin, Nouillaud redressa la tête et rapprocha sensiblement sa chaise de la table.

— Vous aviez parlé d'une deuxième raison ? Arthur jubila.

— Je vois que vous suivez, ça fait plaisir, merci.

Dans cette remarque pourtant teintée d'ironie, le financier ne retint que la référence flatteuse à sa grande sagacité, il sourit largement.

— La deuxième raison, c'est qu'en m'embauchant, vous m'empêcheriez de commettre un horrible matricide.

Nouillaud fut interloqué.

— Un matricide ? quel rapport ?

— C'est très simple, je vis chez ma mère dans un petit village de

Champagne. Elle est veuve, artiste peintre, allemande... avec tout ce que cela comporte, s'esclaffa-t-il, complice. Et vous savez quoi, sa dernière lubie, c'est que je l'aide à refaire son atelier dans le grenier de la maison.

Il se garda bien de préciser que la « maison » en question avait quarante pièces, cent fenêtres et appartenait à sa famille depuis plus de 400 ans.

— Autant dire que depuis quinze jours, poursuivit-il, c'est l'enfer sur terre. J'ai donc pris les devants et me suis exilé à Paris. À quarante-cinq ans, j'ai coupé le cordon, oui, j'ai quarante-cinq ans, glissa-t-il, je crois qu'on a le même âge.

Nouillaud ne se sentait plus d'aise, Arthur l'avait volontairement rajeuni de quelques années. Décidément, ce type lui plaisait.

— J'ai donc évité que son rejeton de fils n'étrangle sa mère. Mais j'aurais mauvaise grâce de la juger, relança-t-il sentencieusement, quoi de plus terrible qu'un enfant, créature bruyante, malodorante et parfaitement inutile, vous ne trouvez pas ?

Nouillaud était comme hypnotisé. Il ne put répondre. Il se racla la gorge et murmura, inaudible, la voix presque étouffée :

— Vous aviez parlé d'une troisième raison ? Arthur savait qu'il avait gagné.

— Ah, la troisième raison, la plus chère à mon cœur ! s'exclama-t-il. Mais là, ce n'est pas à Xavier Nouillaud, directeur financier d'UTC que je m'adresse...

Il le regarda intensément. Il avait utilisé son prénom. Nouillaud, un peu mal à l'aise, était accroché à ses lèvres, interrogatif.

— ... non, c'est à l'amateur de timbres que je m'adresse, je crois, cher Xavier, que nous partageons cette même passion...

■

Les séances de coaching avec Vincent avaient payé. Arthur avait admirablement exploité les phobies et cordes sensibles de son futur patron. Le reste de l'entretien ne fut qu'une formalité. Nouillaud repensa aux trois cruches qu'il avait rencontrées l'avant-veille et proposa à Arthur de l'embaucher sur le champ.

— Lundi, c'est ok pour vous ?

— Pourquoi pas demain ? minauda-t-il.

— Mais demain on est samedi ! s'étonna Nouillaud.

— Demain, cher Xavier, il y a le marché aux timbres, avenue Marigny, j'y serai à dix heures, on peut peut-être s'y retrouver. J'aurai une surprise à vous montrer, un timbre que vous n'avez sans doute jamais vu en vrai.

— Vraiment ? et de quel timbre s'agit-il ?

— Mystère... à demain donc.

Dans le taxi qui le raccompagnait à l'appartement, Arthur s'empressa d'appeler Vincent.

— Allo, Vincent ? j'espère que tu es au garde-à-vous. Figure-toi que tu parles en ce moment même à l'assistant-du-directeur-financier-d'UTC-France-en-CDD-de-quatre-mois !

— Super ! ça a marché, bravo Arthur ! J'étais sûr que tu réussirais, et tu commences quand ?

— Mais j'ai déjà commencé, je retrouve Nouillaud au marché aux timbres demain à dix heures, avenue Marigny.

— Excellent ! s'enthousiasma Vincent, t'es le meilleur.

— Par contre, j'ai un problème, tempéra-t-il, je me suis un peu avancé avec la Nouille. En gros, il me faut pour demain première heure un timbre rare que je puisse lui montrer. Je dois assoir ma crédibilité, tu comprends. Je serai à l'appart vers midi et demi, on peut en discuter au déjeuner.

— Euh, c'est que je ne déjeune pas à l'appart, j'ai un déjeuner à l'extérieur... je viens de partir.

— Mais on se voit ce soir ?

— Oui, enfin... je ne sais pas encore. Mais, euh, un timbre rare tu disais... bon, c'est comme si c'était fait. Arthur, je dois te laisser, je... j'arrive à mon rendez-vous.

Appartement des Douvre, rue Fénelon, Paris 10ème

Éloïse, aidée de Rose, avait préparé un repas tout simple dans la cuisine. Quand Vincent l'avait appelée pour déjeuner avec elle et les enfants, elle ne s'était pas montrée d'un grand enthousiasme mais n'avait pas osé refuser. Pierre n'était pas là, il déjeunait avec des copains à qui il n'avait pas voulu faire faux bond au dernier moment.

Un peu anxieuse, elle ouvrit la porte d'entrée. Son léger maquillage faisait ressortir le bleu marine de ses yeux, ses cheveux, lâchés sur les épaules, reflétaient une lumière soyeuse, son jean et son débardeur blanc moulaient sa haute silhouette. Il l'embrassa sur les deux joues, inspirant profondément afin de s'imprégner de son parfum fleuri.

— Papa !

Sa fille avait bondi en entendant sonner. Les yeux brillant de joie, elle voulait profiter de chaque minute avec son père. Une fois passée la déception de l'absence de Pierre, la conversation du déjeuner tourna presqu'exclusivement autour de Rose, l'école, ses copines.

— Tu vas rester à la maison maintenant ?

Gêné, Vincent préféra éluder la question.

— Mon cœur, avec mon travail, je suis obligé de beaucoup voyager. Mais j'essaierai de te voir le plus possible.

— Dépêche-toi, intervint sa mère, Sophie va bientôt arriver.

Sophie, une copine d'école d'Éloïse, était maman d'une petite fille de la classe de Rose. Elle lui avait proposé de l'accompagner après le déjeuner. Leur fille partie, ils passèrent au salon, une tasse de café à la main. Vincent aborda alors le sujet qui lui brûlait les lèvres depuis son arrivée.

— Éloïse, je voulais te dire... on a traversé pas mal d'épreuves ces derniers temps. Ça a été dur pour toi, pour les enfants, j'aimerais vraiment qu'on retrouve un peu de sérénité familiale. J'ai beaucoup réfléchi, je pense avoir pas mal changé aussi.

— Enfin Vincent ! on est sur le point de se séparer, et toi tu fais comme s'il ne s'était rien passé, c'est déstabilisant, tu comprends ?

— Bien sûr, je comprends, je suis suffisamment mortifié depuis... exactement 128 jours.

— Peut-être, mais n'inverse pas les rôles, rien ne sera plus jamais comme avant.

— Je sais Éloïse, et d'un certain côté, j'espère bien.

Il avait ajouté cette remarque avec une pointe de mystère.

— Comment ça ?

Il bouillit de tout lui dire. Elle poursuivit.

— C'est vrai que tu as changé mais j'ai besoin de temps, de prendre un peu de recul.

Plus la discussion avançait, plus il apparaissait évident pour Éloïse qu'elle avait en face d'elle l'homme qu'elle n'avait jamais cessé d'aimer. Mais son tempérament fier lui interdisait de lâcher prise.

— J'ai besoin de réfléchir...

— Vous me manquez, toi et les enfants, si tu savais comme vous me manquez.

Elle s'était levée, elle paraissait troublée.

— Toi aussi, tu nous manques.

Vincent, à son tour, se leva et, passant derrière elle, l'enserra délicatement, croisant ses mains sur son ventre.

— Si tu savais comme tu me manques, lui murmura-t-il à l'oreille.

Elle ne dit rien ni ne bougea. Son cœur s'emballa au contact du torse et des mains de son mari. Lorsqu'il les descendit sur ses hanches, un frisson la traversa entièrement. Il l'embrassa doucement dans le cou, puis, tournant sa tête avec délicatesse, approcha ses lèvres. Elle n'ouvrit d'abord qu'une bouche timide, mais rapidement leur baiser gagna en fougue et anima leurs corps. Ils se jetèrent sur le lit, leurs bouches toujours collées.

— Oh, Vincent, haleta-t-elle tandis que son plaisir si longtemps refoulé allait dans quelques instants la submerger.

■

Les deux amants enlacés somnolaient encore. D'un coup, Éloïse se redressa.

— Holà, faut pas que je tarde, je dois aller chercher Rose.

— Je t'accompagne, tu veux bien ? s'enthousiasma Vincent. Il fait beau, on pourra en profiter pour l'emmener au jardin.

Dans sa bouche, il s'agissait plus d'une affirmation que d'une question. Elle ne le contredit pas. Pourtant, leur réconciliation, avant tout charnelle, avait provoqué en elle un sentiment de malaise diffus.

Lorsqu'ils rentrèrent à l'appartement, Vincent enfonça le clou.

— Ce soir, je vous emmène tous au restaurant.

— Ouais ! cria sa fille.

— Vincent, je ne crois pas que ce soit une bonne idée, Pierre rentre tard du karaté, en plus, il a DST demain matin.

— Oh maman, supplia Rose, j'ai trop envie d'aller au restaurant.

— Allez Éloïse, je n'ai pas pu voir Pierre. Allez, ça me ferait vraiment plaisir.

— Bon, mais, on ne rentrera pas tard.

« On ne rentrera pas tard, Pierre a DST demain », les mots de sa femme tintaient agréablement dans sa tête. Il faisait à nouveau partie de la famille. Pour la première fois, Vincent ne se sentit pas oppressé par le poids de sa fortune.

Il faillit oublier qu'Arthur avait besoin de ses services pour son rendez-vous au marché aux timbres avec Nouillaud, le lendemain matin.

Samedi 1ᵉʳ février, appartement des Douvre, rue Fénelon, Paris 10ᵉᵐᵉ

Rose vint se lover entre ses parents encore endormis sous les draps, elle souriait victorieusement. Éloïse, sortant progressivement de sa léthargie, ne savait pas quoi penser. Tout cela lui semblait trop rapide, trop facile. Vincent dégageait une telle assurance. Or, c'était bien le même homme qui l'avait traumatisée quelques mois auparavant, avait purgé une peine de prison et avait fini par rebondir après avoir touché le fond.

Elle évacua ses tourments en se frottant énergiquement les yeux et, une fois n'est pas coutume, choisit de ne pas se soucier du lendemain. Elle était riche, pas à millions, mais riche quand même. Ses 300.000 euros tombés du ciel lui permettaient de faire face sereinement à cette situation conjugale inédite.

Les papiers du divorce étaient prêts, cependant elle n'avait jamais eu autant envie de ré-épouser son mari.

Appartement des Ternes, Paris 17ᵉᵐᵉ

Arthur faisait nerveusement les cents pas dans le vaste

pied-à-terre. Déjà 9h30, toujours pas de nouvelles de Vincent.

« Il charrie, aucune nouvelle depuis hier midi. Je me suis tout de même tapé l'examen d'entrée chez UTC avec succès. À croire qu'il se fout complètement de mes exploits. »

Au moment où il s'apprêtait à partir, se disant qu'il trouverait bien une excuse crédible pour justifier l'absence du mystérieux timbre rare, son portable sonna.

— Bonjour monsieur, je suis Albert, je vous attends en bas pour vous conduire au marché aux timbres. J'ai une enveloppe pour vous.

Pour le coup, Vincent avait bien fait les choses ; une berline de luxe avec chauffeur, mais surtout un pli des plus précieux. Pendant qu'Albert conduisait tout en souplesse, Arthur lut la note jointe à l'enveloppe.

« Cher Duc,

Tu tiens entre tes mains un exemplaire rare d'un timbre d'un franc vermillon, émis en 1849. Il doit au bas mot valoir aussi cher que la confortable voiture dans laquelle tu as pris place.

Ne me demande pas comment je l'ai obtenu, les facilités que procure l'argent-roi me font parfois honte. Fais-en bon usage. Tu pourras judicieusement dire à la Nouille qu'il provient d'un héritage familial : ça devrait le scotcher !

Au fait, dans ma grande magnanimité, je t'ai fait joindre une petite synthèse retraçant l'histoire des timbres à travers les siècles, et de celui que tu tiens entre les mains en particulier... Il te reste environ 18 minutes pour parfaire tes connaissances et lui en mettre plein la vue. T'es le meilleur !

Vincent (et encore pardon pour mon lapin d'hier...) »

Arthur regarda sa montre et sourit. Quelques instants plus tard, levant les yeux vers le rétroviseur, il lança :

— Saviez-vous, Albert, que le tout premier timbre, le « *one penny black* », avait été émis en Angleterre le 6 mai 1840... c'est passionnant, non ?

Les jours passèrent chez UTC. Arthur, acteur surdoué, avait réussi en un temps record à se fondre dans l'entreprise. Il passait pour un employé sérieux, voire austère, sans doute un peu cabossé par la vie. Il en allait tout autrement avec Nouillaud. Ce dernier était subjugué par la vénération que semblait lui vouer son assistant. En moins d'une semaine, il était tombé sous son charme.

Inséparables, Arthur devint vite son ballon d'oxygène, l'aidant à affronter l'hostilité supposée d'Helmut et ses collègues. Il était loin d'imaginer que, tel un chasseur embusqué, il attendait la faille. Tôt ou tard, Nouillaud baisserait la garde. Arthur le savait.

Dès qu'il le pouvait, il faisait un saut de puce à Châtillon et retrouvait sa mère, radieuse, occupée à surveiller les travaux entrepris au château et dans les communs. Grâce à lui, elle avait carte blanche et crédit illimité. L'annonce de son gain providentiel au loto lui avait donné une seconde jeunesse.

Le souvenir des jours heureux avec son mari et son fils avait d'un coup effacé son désespoir et sa cohorte d'idées noires. Elle était bien décidée à redonner à la demeure familiale son éclat d'antan.

Ce matin, pour la première fois depuis trente-cinq ans, elle s'était réveillée reposée, avec l'envie d'un grand verre d'eau fraîche.

La relation entre Vincent et Éloïse restait pour le moins originale. Il passait le week-end, parfois plus, rue Fénelon. Sa femme lui ayant fait comprendre que son purgatoire n'était pas totalement achevé, il était prié de « partir » en voyage professionnel la semaine. Lui s'en accommodait parfaitement, elle aussi, dans le fond.

Jeudi 20 février, siège d'UTC France

Tout s'accéléra en fin d'après-midi. Arthur poussa la porte entr'ouverte du bureau de son chef et le surprit pleurant silencieusement devant son écran d'ordinateur.

— Ça va Xavier ? dit-il doucement. L'autre leva la tête tout sourire.

— Impeccable !

Il essuya machinalement du revers de la main les deux traînées de larmes laissées sur chaque joue. Visiblement, il n'avait pas conscience de son état, Arthur en fut déstabilisé. Décidément ce type était encore plus frapadingue qu'il ne l'imaginait.

— Tu voulais me voir, hasarda-t-il ?

En guise de réponse, Nouillaud tourna son écran d'ordinateur vers Arthur. Le titre de l'email lui sauta aux yeux : « *confidential : Sunrise 2 project* »[28]. Il s'agissait d'un message envoyé par Helmut à toute une liste de destinataires, dont Nouillaud. Soudain, se ravisant comme par instinct, il referma prestement son ordinateur portable.

— Je... je t'en reparlerai plus tard, c'est un projet, euh, encore confidentiel.

Arthur retourna à son bureau, prit une feuille blanche et, tel un automate, retranscrit lentement, à la virgule près, l'intégralité du message ainsi que le nom de tous les destinataires. À peine cinq secondes lui avaient suffi pour photographier mentalement l'écran d'ordinateur. L'information était explosive, il le sentait. Son ventre le serrait tant il était impatient de révéler sa découverte à Vincent. Il prétexta une course à faire pour précipiter son départ.

— À demain Xavier.

— Non, pas à demain, je me tape une audience de conciliation à onze heures aux prud'hommes avec... pff, une sotte que j'ai virée il y a cinq mois.

— Ah, c'était qui ? demanda insidieusement Arthur, les sens en alerte.

— Aucune importance, du petit poisson !... l'ancienne assistante du patron des ventes, qu'on a viré lui aussi avec perte et fracas. Nouillaud eut un rictus de satisfaction.

— Mais bon, elle ne va pas tenir deux minutes la pauvre, elle nous a attaqués et elle n'a même pas pris d'avocat.

Sitôt parti, Arthur s'empressa d'appeler Vincent.

— Allo... allo Vincent, il chuchotait.

— Arthur ? j'entends rien, parle plus fort !

— Je peux pas, je suis encore devant le bureau, fallait absolument

---

[28] Confidentiel : projet Sunrise 2

que je t'appelle... *Sunrise*, ça te parle ?

— *Sunrise* ? s'étonna Vincent, oui bien sûr, ça a été l'opération de rachat d'une partie d'UTC par le fonds IFP, ça a d'ailleurs été la cause de mon éviction.

— Et ben, tiens-toi bien, maintenant y a *Sunrise 2* !

— *Sunrise 2* ?

— Parfaitement, je suis tombé par hasard sur un mail top secret de Nouillaud. UTC Europe s'apprête à racheter une boîte qui s'appelle Outils Prestige, ça te dit quelque chose ?

— Outils Prestige ? tu parles si ça me dit quelque chose !

L'image de son ancien patron, Jean-Bernard Decoins, lui sauta aux yeux.

■

Il y a deux ans chez UTC, quand le projet de se diversifier vers le circuit professionnel avait germé dans leur esprit, Jean-Bernard et lui avaient approché les frères Coulon, propriétaires d'Outils Prestige. Mais ces derniers avaient fermé la porte à toute négociation de rachat de leur entreprise.

La PME familiale, spécialisée dans l'outillage haut de gamme pour l'industrie du bâtiment et la construction était un véritable petit bijou ; 45 millions d'euros de chiffre d'affaires, en constante progression depuis sa création, une rentabilité indécente, un réseau de revendeurs particulièrement fidèles.

Vincent ignorait totalement que la société était dorénavant à vendre.

■

— Putain, c'est une superbe boîte ! On les avait rencontrés avec mon ancien patron, ils n'étaient pas vendeurs. Il a dû se passer quelque chose pour que les dirigeants changent d'avis. En tout cas, ce serait une belle opportunité pour UTC Europe et le nouvel actionnaire.

Il rumina.

— Cet enfoiré de Burker deviendrait patron de la plus grosse filiale du nouveau groupe, plus de 110 millions d'euros de chiffre d'affaires, jaugea-il. Arthur, continue à farfouiller, creuse du côté d'IFP, travaille la Nouille au corps, il doit forcément être impliqué dans le process. Je serai à l'appart ce soir, on fera le point. Allez, bonne chasse, mon Arthur.

— Ah Vincent, autre chose...

— Quoi ?

— Pour ton ancienne assistante, j'ai de l'info.

— T'as de l'info sur Maude, quelle info ? demanda-t-il fébrilement.

— Il y a une conciliation prévue demain à onze heures, conseil de prud'hommes de Nanterre. Elle est seule, et cet enfoiré de Nouillaud compte la broyer.

La mâchoire de Vincent se crispa.

— Je m'en occupe... immédiatement, rajouta-t-il d'une voix menaçante.

L'annonce de *Sunrise 2* l'obséda une partie de la nuit. Il n'arrivait pas à dessiner un plan de bataille cohérent mais, pour lui, aucun doute, la chute de Burker et Nouillaud aurait un lien avec *Sunrise 2*.

Dans la confusion de son insomnie, il vit réapparaître le visage de son ancien patron, Jean-Bernard Decoins, et celui, indistinct, du nouveau capitaine d'industrie américain, héritier d'UTC : Franck Doppur.

7. Maude

Presque cinq mois s'étaient écoulés depuis l'épisode du parking.

Maude, sans écouter les conseils de Vincent, n'avait pas pris d'avocat. Ses relations avec UTC s'étaient rapidement dégradées. Convoquée peu après sa mise à pied, elle avait complètement craqué lors de l'entretien préalable à son licenciement. Reniant sa promesse de lui faire bénéficier d'une confortable indemnité de rupture conventionnelle de contrat, Nouillaud, au contraire, l'avait accablée et accusée de tous les maux. Elle avait été licenciée pour insuffisance professionnelle et dispensée du moindre préavis, le 15 octobre ; avec pour seule indemnité, compte tenu de ses douze ans d'ancienneté, deux mois de salaire net et le droit au chômage.

Les jours suivants, elle les avait passés prostrée chez elle avec son fils. Mais les coups de fil réconfortants et répétés de Jeanne Vinon, passés en cachette de Nouillaud, l'avaient progressivement sortie de sa léthargie. Elle s'était finalement résolue à saisir le conseil de prud'hommes de Nanterre pour demander réparation.

Maude descendit du RER A, station Nanterre Préfecture. En bonne professionnelle, elle avait repéré, la veille, l'itinéraire sur internet et se dirigeait comme un robot. Méconnaissable, elle avait le grain de peau de celle qui n'a pas fermé l'œil de la nuit. Ses yeux bleu-vert au regard charmant de myope étaient creusés et cernés de violet. Son visage, d'ordinaire lisse, était constellé de boutons de stress.

Elle arriva devant l'imposant bâtiment vitré. L'endroit semblait étrangement calme et désert. Elle mit son sac à main et sa pochette dans le bac prévu à cet effet et passa le portique de sécurité.

Deux avocats en robe discutaient près de la machine à café du rez-de-chaussée. Elle appela l'ascenseur.

Telle une petite souris grise, elle arpenta le long couloir du premier étage à la recherche de la zone des bureaux de conciliation. Elle avisa un fléchage : *Bureaux de conciliation 1 à 3*. Elle longea un nouveau couloir jusqu'à arriver devant une porte fermée avec l'inscription *Conciliation 1*. À travers la paroi en verre dépoli, elle distingua les bustes de six personnes, l'affaire précédente suivait son cours.

Elle s'assit alors sur une des quatre chaises en plastique disposées le long, en face de la cloison vitrée, et attendit. Il n'était que 10h45, elle était la première arrivée.

Plus les minutes passaient, plus Maude se tétanisait à l'idée de voir Nouillaud. Elle savait que, face à lui, elle ne tiendrait pas la confrontation. Déjà, elle se résignait à n'accepter que la moitié de la somme réclamée... peut-être moins. Elle en était arrivée à culpabiliser d'avoir à demander de l'argent à son ancienne société.

Nouillaud, d'expérience, savait qu'il refuserait aujourd'hui toute conciliation, qu'il recontacterait Maude dans quelques semaines pour lui proposer le quart de la somme réclamée, et qu'elle finirait par accepter. Dans ce genre d'affaires concernant, comme il disait, « du petit poisson », il se chargeait lui-même de la mise à mort, sans avocat. Cela lui procurait à chaque fois une jubilation, un plaisir physique.

Enfin, elle l'aperçut au bout du couloir, son cœur s'emballa, ses mains se mirent à trembler. D'un coup, elle fut frigorifiée. Une goutte de sueur serpenta lentement le long de son dos et alla buter sur sa petite culotte. Elle s'apprêtait à partir en courant, au moment même où la porte du bureau 1 s'ouvrit.

Nouillaud la salua avec obséquiosité.

— Bonjour Maude, j'arrive juste à l'heure, dit-il d'une voix sifflante, je crois qu'on peut y aller.

Ils croisèrent les trois personnes de l'affaire précédente. Dans la pièce, le président du bureau de conciliation, assisté d'une conseillère et d'un greffier, attaqua sans détour.

— Bonjour madame, bonjour monsieur, installez-vous, nous allons commencer. Vous n'avez pas d'avocat n'est-ce pas ?

En premier, Nouillaud répondit que non, il représentait seul UTC France, la partie défenderesse. Maude allait répondre d'une petite voix étouffée lorsque la porte s'ouvrit dans un tourbillon.

— Monsieur le président, madame le conseiller, monsieur le greffier, mademoiselle Dordel, bonjour ! veuillez pardonner mon retard, même les motos taxis ont du mal avec un trafic pareil.

Tous ouvrirent de grands yeux, Maude était bouche bée. L'homme qui venait d'entrer avec fracas, c'était maître Soissan, la star pénaliste française. Nouillaud et les membres du bureau de conciliation l'avaient immédiatement reconnu. Maude, elle, ignorait complètement à qui elle avait à faire. L'avocat vedette des plus grandes affaires criminelles, plus habitué aux plateaux télévisés, n'avait logiquement pas sa place dans le bureau de conciliation d'un tribunal des prud'hommes de banlieue parisienne.

L'homme était petit, vraiment petit ; pas plus d'un mètre soixante. Cette particularité physique lui avait d'ailleurs valu, au début de sa carrière, d'être rebaptisé « maître Soixante » par certains confrères jaloux de son éloquence. Depuis, il avait toujours compensé sa petite taille par un charisme, une présence et une voix de stentor incroyables. Faisant comme s'il remarquait Nouillaud, enfoncé dans sa chaise, pour la première fois, il l'apostropha du ton le plus méprisant qui soit.

— Vous devez être monsieur Nouillaud, je suis maître Soissan, l'avocat de mademoiselle Dordel, et j'étais curieux, cher monsieur, de mettre un visage sur un nom, on ne parle que de vous dans les couloirs du tribunal.

En temps normal, jamais le cadre dirigeant n'aurait accepté qu'on l'interpelle ainsi. Mais là, il était littéralement scotché. Le président sourit imperceptiblement, le déroulé de l'entretien commençait à lui plaire.

Maude, d'ordinaire jolie et inspirée, avait l'air hébété, la bouche humide encore ouverte. Nouillaud n'arrivait pas à comprendre par quel prodige le célébrissime maître Soissan, le dominant de toute sa superbe, avait pris fait et cause pour une petite employée. Il ne contrôlait pas la situation et se savait intuitivement pas de taille à apporter la contradiction au célèbre avocat.

Sans qu'on l'ait invité à poursuivre, ni même à prendre la parole, l'avocat débita sa tirade sur un ton monocorde, avec une rapidité excessive, faisant exprès d'avaler un mot sur trois.

— Bien, vous avez reçu le formulaire de demande de saisine du conseil de prud'hommes... Mademoiselle Dordel, la requérante, au titre du chef principal lié à la rupture du contrat de travail, demande une indemnité pour licenciement sans cause réelle et sérieuse, conformément à l'article L122 tiret 14 tiret 4 du Code du travail, indemnité disais-je... à hauteur de 16.664 euros, correspondant à huit mois de salaires bruts.

Le silence se fit. Maude, toujours étrangère à la scène, regardait fixement Soissan. Sa bouche s'était refermée. Nouillaud reprenait peu à peu confiance. Finalement, après l'entrée fracassante du ténor du barreau, l'entretien allait se recentrer sur une négociation classique. Quant au président du bureau, il avait presque l'air déçu que la scène s'arrête. Il n'avait que peu d'occasions d'assister à une plaidoirie de qualité, qui plus est, assurée par une tête d'affiche. Il se raisonna néanmoins, conscient qu'un avocat de ce calibre avait certainement un emploi du temps de ministre et passerait dans quelques minutes à autre chose. Dans le fond, un hasard du calendrier comme il en arrivait parfois depuis la mise en place de l'aide juridictionnelle, avait dû faire qu'un célèbre pénaliste défende un dossier social mineur. Il était tout de même intrigué par la surprise de Maude. Il l'avait bien observée, elle avait été stupéfiée par l'intervention de Soissan. Vraisemblablement, il y a encore quelques minutes, elle ignorait jusqu'à l'existence même de son avocat.

Puis Soissan reprit. À présent, il avait envahi tout l'espace. Avec grande solennité, il s'adressa au président du bureau de sa voix sonore.

— Monsieur le président, j'ai euh, malheureusement pour monsieur Nouillaud... des éléments probants, pour ne pas dire accablants, qui démontrent le harcèlement dont a été victime ma cliente.

Le cœur de Nouillaud cogna douloureusement dans sa poitrine avant de s'arrêter quelques secondes. Il verdit instantanément, avant d'exploser.

— Quoi ! mais qu'est-ce que vous racontez !

Lentement, Soissan sortit une pochette rouge de sa mallette. En son centre, la mention : Affaire Dordel c/ Nouillaud avait été ostensiblement écrite au marqueur noir. Un filet de bile acide brûla la gorge de Nouillaud. Il ne s'agissait plus de l'affaire Dordel contre UTC, mais de sa propre affaire. Maude avait définitivement décroché, elle avait l'impression de rêver éveillée cette scène surréaliste. L'avocat poursuivit.

— Dans sa grande clémence, monsieur le président, ma cliente, qui souhaite tourner la page, accepterait de ne pas poursuivre *ad hominem* et se contenterait de cette démarche prud'homale. Elle accepterait, outre le dédommagement de 16.664 euros, une indemnité pour préjudice moral de... 20.000 euros.

— Mais c'est délirant ! je n'ai jamais harcelé mademoiselle Dordel, Maude, dites-lui... supplia Nouillaud.

— Ce n'est pas à vous mais au juge d'en décider, le coupa Soissan. Et je ne saurais que trop vous conseiller de prendre rapidement un avocat au vu de la gravité des faits et des témoignages recueillis au sein même de l'entreprise. Je peux vous recommander auprès d'un confrère, rajouta-t-il, perfide.

Maude, perdue, comptait dans sa tête : deux ans de salaires nets ! L'instinct de Nouillaud lui criait de ne pas renoncer, de ne pas se laisser impressionner par ce nabot, de se battre. Soissan bluffait, c'est sûr, il bluffait. Il n'y avait rien dans cette pochette, tout au plus le témoignage aigri et sans valeur d'un ou deux délégués du personnel, rendus furieux par les réductions d'effectifs.

Quoi d'autre ? qui d'autre ? quelque chose lui avait-il échappé ces dernières semaines ? « Quelqu'un s'opposerait-il à vous ? », « À qui profite le crime ? », les mots d'Arthur, lors de son entretien d'embauche, lui revinrent à l'esprit. Ce dernier l'avait bien mis en garde de la probabilité d'un complot contre lui. Avec effroi, Nouillaud vit se dessiner le visage de Mongin. Soissan ressentit son désarroi, il enfonça le clou.

— Monsieur Nouillaud, votre silence est édifiant. Dois-je l'interpréter comme un refus de toute conciliation de votre part ? Il conviendra donc de croiser le fer sur un autre terrain judiciaire... Il fit mine de ranger sa pochette.

— Attendez ! maître, attendez.

Nouillaud se saisit du formulaire de conciliation sur lequel était inscrite la somme de 16.664 euros, et en-dessous de laquelle avait été rajoutée la mention « ainsi que 20.000 euros nets pour préjudice moral ». Il le signa et releva la tête vers l'avocat.

— Vous pouvez me le dire maintenant, dans la pochette, le témoignage, c'est Mongin, n'est-ce pas ? Soissan masqua sa surprise.

— Je n'ai pas à vous le dire. Vous comprendrez, cher monsieur, que si cette transaction dédommage mademoiselle Dordel de tous ses griefs à votre encontre, elle n'efface pas pour autant ce que les uns ou les autres peuvent penser de vous. Et comme on dit familièrement, avec des amis comme ça, on n'a pas besoin d'ennemis, rajouta l'avocat dans un sourire condescendant.

Le président de séance récupéra le formulaire en étouffant un rire. Nouillaud, l'œil vitreux, déglutit difficilement tant sa gorge était sèche et serrée. Puis, sans un mot, il se leva et quitta la pièce. Maude, incrédule, regarda son avocat mystérieux, ne sachant comment réagir. Elle tenta un vague « merci » du bout des lèvres.

— Oh, ma chère, considérez que c'est le hasard, un pur hasard... même si parfois il fait bien les choses. Dans le cadre de l'aide juridictionnelle, je suis engagé à plaider comme commis d'office. On m'a fait parvenir certains dossiers, dont le vôtre.

L'avocat mentait superbement. Elle goba tout.

— J'aurais dû vous prévenir au préalable, je n'en ai hélas pas eu le temps.

— Mais, pour le harcèlement... je ne comprends pas, bredouilla-t-elle.

— Oh, stratégie d'avocat, minimisa Soissan, attaquez, diffamez, mentez, il en restera toujours quelque chose. Je connais les malfaisants comme Nouillaud, ils ont tous leurs vices cachés, inavouables.

Elle fut stupéfaite, c'est peu dire que sa chance avait tourné. À peine sorti du tribunal, l'avocat appela son ami, banquier à la Royal Union Bank.

— Salut Charles, tout s'est passé pour le mieux, la petite a eu gain de cause. Sa société a signé la transaction, elle s'en sort plutôt bien.

— Merci Maurice, bien joué, j'annonce tout de suite la nouvelle à mon client, ça va le soulager.

— Ah... la prochaine fois, Charles, essaie de me prévenir un peu avant. J'ai dû, comment dire, euh, légèrement improviser.

■

Charles Labaume avait envoyé sur le portable de l'avocat la photo du formulaire de saisine du conseil de prud'hommes de Maude, seulement quelques minutes avant que celui-ci ne fasse son entrée dans le tribunal. Lui-même l'avait reçu de Vincent quelques secondes auparavant. À l'origine de cette course gagnée contre la montre : Arthur. Prétextant devoir consulter certains dossiers comptables, il avait mis la main sur la copie du document après une fouille en règle du bureau de son patron. Il l'avait aussitôt photographié et transmis à Vincent.

Nouillaud ne déjeuna ni ne repassa au bureau, il était incapable de réfléchir. Un sentiment d'humiliation lui tordait le ventre. Maurice Soissan, fidèle à sa réputation de crack du barreau, avait, une fois encore, remporté son match du jour.

Beaucoup plus tard, enfoncé dans le canapé luxueux de son vaste appartement parisien, du bon côté de l'avenue Foch, il s'alluma un *Montecristo n°2* et se versa un grand whisky single malt *Springbank* de dix-huit ans d'âge. Puis il attrapa sa pochette rouge, l'ouvrit et en sortit le journal *l'Équipe*, acheté le matin même. Elle ne contenait rien d'autre, hormis le marqueur noir qu'il avait oublié de rendre à l'accueil du tribunal. Il sourit en parcourant la une, titrant : « Football amateur : les affaires de harcèlement prises très au sérieux par la FFF ».

À moins de cinq kilomètres du tribunal, dans son trois-pièces austère de Colombes, Nouillaud dormait d'un sommeil agité, traversé de scènes macabres d'exécution et de supplices. Il passa le week-end reclus chez lui.

Lundi, il n'aurait d'autre choix que d'avouer son échec à Burker. Dans ce petit bureau triste du tribunal, il avait signé, il le savait, le début d'un épisode professionnel difficile à vivre.

Arthur tomba sur un Nouillaud abattu, méconnaissable. L'avocat dépêché à la hâte par le réseau de Vincent pour défendre Maude, avait dû lui en mettre plein la figure. Arrivé tard, la démarche traînante, on aurait dit un épouvantail affublé d'un costume deux fois trop large. Il s'était assis à son bureau et fixait la cloison opposée sans un mot.

Un voile d'inquiétude assombrit l'œil d'Arthur. Si son patron ne se ressaisissait pas, sa mission risquait d'être compromise. Faisant mine d'aller lui chercher un café, il appela discrètement Vincent.

— Je crains qu'on ait été trop loin avec la Nouille. Déjà, il n'était pas bien, mais là, je pense que les prud'hommes n'ont rien arrangé. Et je peux te dire qu'il n'a pas encore annoncé la mauvaise nouvelle à Burker.

Ils n'avaient pas eu le détail de l'audience de conciliation, ils savaient simplement que Maude avait gagné une coquette somme, mais ignoraient tout de la déculottée infligée à Nouillaud.

— Tu dois le rebooster Arthur, c'est indispensable, il faut absolument qu'il soit à la manœuvre pour *Sunrise 2*.

— Je vais voir ce que je peux faire, mais... franchement il me fait peur.

Levant les yeux, il l'aperçut déplacer sa sombre silhouette en direction du bureau d'Helmut.

— Oh, c'est pas gagné Vincent, s'affola-t-il en coupant l'appel.

Nouillaud écopa d'un avertissement. Son échec devant le bureau de conciliation au conseil de prud'hommes n'en fut même pas la cause. Burker ne l'apprit qu'en écoutant d'une oreille impatiente le récit torturé de son directeur financier, qui plus est, dans un anglais incompréhensible. Selon toute vraisemblance, le courrier était déjà prêt et bien argumenté.

Il retourna piteusement à son bureau. Arthur, s'assurant que personne ne le voyait, lui emboîta prestement le pas.

Vers 20 heures, à l'appartement, il retrouva Vincent qui sirotait une coupe de Champagne.

— Salut Arthur, tu m'as l'air soucieux.

— Y a carrément de l'eau dans le gaz entre Burker et Nouillaud.

— Comment ça ?

— La Nouille s'est pris un avertissement, il m'a fait lire son courrier tout en me faisant l'explication de texte en direct, c'est gratiné.

— Non, pas possible ! un DAF[29] qui se prend un avertissement, on aura tout vu.

— Faut croire que le projet *Sunrise 2* les rend tous dingues ! Tu sais, ça faisait un moment que je trouvais que Burker avait pris ses distances avec la Nouille. *A priori*, les mauvais résultats depuis quelques mois ne sont plus du goût d'Helmut et il en impute la responsabilité à Nouillaud plutôt qu'à Mongin.

— Ce fayot de Mongin, soupira Vincent en tendant une coupe à son ami.

— Burker aussi a l'air sous pression, il grossit à vue d'œil, il commence même à avoir des boutons sur le pif. À mon avis, son nouveau boss, Markus Maas, ne le ménage pas.

— Ben, je vais te dire, c'est bien fait pour sa gueule, c'est pas moi qui vais le plaindre.

— Jeudi dernier, reprit Arthur, il n'avait pas l'air bien, il était livide. On ne l'a plus vu l'après-midi, ni le lendemain.

— Tiens, tiens, intéressant, songea Vincent.

— D'où l'offensive de Mongin, poursuivit Arthur, pour lui, c'est le moment ou jamais d'enfoncer le clou auprès de Burker. Et d'après ce que je comprends, il a réussi à convaincre l'autre faf que la Nouille avait manqué à ses devoirs quand tu étais patron des ventes... qu'il t'avait laissé faire n'importe quoi avec les clients en matière de rentabilité, et que, récupérant une situation merdique, il avait été obligé de tailler à la hache chez certains clients. D'où la baisse des ventes, mais nécessaire pour la survie de l'activité, tu vois le topo ?

— Ben voyons ! c'est vraiment du foutage de gueule ! Effectivement ça doit faire tout drôle à ce blaireau de Mongin qui n'a jamais vu un client de sa vie. Bon, donc si on se résume, on a un Nouillaud mortifié, un Burker à la limite du *burn out*[30] et un

---

[29] Directeur administratif et financier
[30] Syndrome d'épuisement professionnel

Mongin qui se verrait bien calife à la place du calife... Pff, quel merdier !

— ... sachant que pour Burker, il y a quand même le rachat d'Outils Prestige à boucler.

— Très juste. Pour le moment, Helmut a encore besoin de Nouillaud mais... il le sacrifiera à la première occasion. Or, on a besoin d'un Nouillaud fort pour affaiblir Burker. Arthur, sans Nouillaud, ta mission n'a plus de sens.

Vincent réfléchissait à voix haute.

— ... et le grain de sable, celui qu'on n'a pas vu venir, celui qui est maintenant devenu l'homme à abattre pour redorer le blason de la Nouille...

Les deux amis lâchèrent à l'unisson : « Mongin ! »

— Voilà exactement ce qu'on va faire. Le plan « *Total eclipse* » est lancé !

Ils se resservirent une coupe et trinquèrent yeux dans les yeux.

8. « Total eclipse »

Le lendemain, même heure, même Champagne, Arthur, radieux, rendit compte de sa discussion du jour avec son patron.

— Tu sais que... sans me vanter, j'exerce une sorte de... d'influence sur la Nouille, me demande pas pourquoi, mais c'est comme ça !

— Et ? acquiesça Vincent interrogatif.

— Et je lui ai fait comprendre que la situation actuelle me désolait, que je souffrais autant que lui.

— Qu'est-ce qu'il ne faut pas entendre !

— Non mais attends... j'avais les larmes aux yeux, j'te jure ! Je lui ai dit que, contrairement à lui, je n'avais pas de carrière à accomplir chez UTC, qu'il était sans aucun doute le plus capable de diriger la filiale, qu'à mon petit niveau, j'étais prêt à l'aider.

— Et alors ?

— Il a d'abord été intrigué. Je crois que parfois, il a du mal à me cerner, et pour cause ! Il a fermé la porte de son bureau et m'a demandé ce que j'entendais par « l'aider ». Je lui ai expliqué le plan, il n'a pas bronché. J'ai pris ça pour une approbation. Donc Vincent, dès demain, ton invité mystère peut appeler Burker.

— C'est parfait.

— Ah Vincent, autre chose... Nouillaud m'a lâché qu'un conseil d'administration super important avait lieu avec IFP le 15 avril, dans un hôtel, à Paris. Il devait normalement y aller avec Burker et Mongin, mais aujourd'hui, vu le contexte, rien n'est moins sûr. C'est important, tu crois ?

— Tu parles que c'est important ! s'écria-t-il. À tous les coups, c'est le conseil d'administration qui doit valider le rachat d'Outils Prestige par UTC. Pour ce type d'opérations, ils gardent le secret jusqu'au bout et font ça dans un lieu anonyme pour ne surtout pas éveiller les soupçons. Il nous reste moins de cinquante jours. De mon côté, je crois que je vais rappeler une vieille relation et aller faire un peu de tourisme aux États-Unis...

Mercredi 26 février, siège d'UTC France

Le lendemain matin, à son bureau, Arthur était un peu frustré. Vincent était resté bien évasif sur ses intentions. Il repensait à la phrase mystérieuse de son ami, « Je vais appeler une vieille relation et aller faire du tourisme aux États-Unis... ».

Il se fit néanmoins une raison. Sa vie depuis deux mois s'était pimentée bien au-delà de ses espérances. Lui qui avait tendance à se laisser aller à la mélancolie n'avait pas été traversé par des idées noires depuis des semaines. Vincent lui avait juste dit de continuer à laisser traîner ses oreilles et se concentrer sur la mise sous influence de Nouillaud, conformément au plan établi. Après le coup de fil que recevrait Burker, les cartes devraient être complètement rebattues.

Bureau d'Helmut Burker, 16h40

La scène fut violente et brève. Nouillaud, l'oreille collée à la fine cloison séparant les deux bureaux, en aurait pissé de joie. Paul Mongin, mal à l'aise, était assis en face de son patron. Burker attaqua en anglais, sans ambages.

— Je viens d'avoir un certain Michael Dupy au téléphone, de la société MDCP, ça vous dit quelque chose ?

Le directeur marketing ouvrit des yeux ronds.

— Non, ça ne me dit rien.

— Ah bon, parce que visiblement ce monsieur vous connaît très bien... Figurez-vous, c'est amusant, il m'a demandé ce que je pensais de vous pour le poste de directeur général chez Shob. Ça ne vous dit toujours rien ?

— Non, absolument rien, s'étonna sincèrement Mongin, raidi sur sa chaise, la bouche pincée. C'est quoi ces conneries ! Je sais que Shob cherche quelqu'un, mais je n'ai pas postulé, ça ne m'intéresse pas.

Helmut haussa le ton.

— Écoutez Paul, je préfère vous parler franchement. Le type m'a dit des choses sur UTC que seul vous pouviez connaître. Je sais qu'il n'était pas prévu qu'il m'appelle mais... pour ce genre de job de haut niveau, il a préféré prendre toutes les garanties nécessaires. J'avoue que j'ai été abasourdi par ce que j'ai entendu. Alors comme ça, mon cher Paul, vous auriez œuvré tout seul à la préparation de la fusion avec Outils Prestige ? Et votre mission quasi achevée, vous seriez disponible pour prendre de nouvelles responsabilités, cette fois-ci comme directeur général, avec ma bénédiction en plus !

Mongin était dans un tel état de sidération qu'aucun mot ne sortit de sa gorge. Helmut poursuivit son instruction à charge.

— Autant vous dire que j'ai démenti vos révélations sur Outils Prestige avec la plus grande force, la reléguant au rang de rumeur de comptoir. Vu ma réaction, je doute que votre ami n'entérine votre candidature chez Shob. Ah, sinon, comment dire... pendant le laps de temps qu'il vous faudra pour trouver un... nouveau *challenge* dans une autre entreprise, vous avez l'interdiction formelle de communiquer sur *Sunrise 2*, désormais sous ma seule responsabilité et celle de Xavier.

Mongin fut sonné. Il savait d'expérience que dans ce type de coups tordus, démentir l'engluerait dans un débat perdu d'avance. N'était-ce pas lui qui s'était fait une spécialité de poursuivre ses collaboratrices les plus faibles en serinant « qui s'excuse s'accuse ! »

Lorsqu'enfin, les mots coincés dans sa gorge remontèrent, il opta pour une sortie théâtrale. À ce stade, il n'avait rien d'autre à proposer.

— Helmut, je me ferai fort de sortir du piège qui m'a été tendu et... de mettre en pièce l'enfoiré qui m'a fait ça.

Puis il quitta précipitamment le siège de l'entreprise.

Nouillaud, à travers la cloison, eut un rictus nerveux. Il devrait maintenant surveiller ses arrières mais le plan d'Arthur avait parfaitement fonctionné. Mongin était cramé. Des Michael Dupy, il y en avait aux États-Unis, en Europe, en Chine, en Australie. Son rival s'était bien fait baiser. Il tenait à nouveau la corde dans la course au sommet d'UTC. Pour rien au monde il ne la lâcherait.

Un quart d'heure plus tard, lorsqu'il parcourut le mail de Burker le convoquant, lui, sans Mongin, au dernier « meeting préparatoire

Sunrise 2 » avant le conseil d'administration du 15 avril, une larme coula sur sa joue et il ne s'aperçut pas qu'il bandait.

■

Conscient qu'il fallait battre le fer quand il était chaud, Arthur inspira profondément, expira longuement et entra dans le bureau de Nouillaud sans frapper. Celui-ci, en pleurs, rayonnait. Son visage était presque d'un joli jaune cireux. Il tourna fièrement son écran vers lui, affichant le mail de Burker.

— ... Arthur, comment te remercier ? C'est fantastique ce qui m'arrive.

— Xavier, c'est tellement mérité, tu as vraiment l'étoffe d'un chef.

Ce qui était extraordinaire avec les grands paranoïaques comme Nouillaud, c'est que, bien conditionnés, ils perdaient tout sens commun. Arthur resserra un peu plus son collet.

— Il faut maintenant se concentrer sur la prochaine étape, Xavier.

— La prochaine étape ? s'inquiéta-t-il.

— Oui... ton accession au pouvoir.

Il avait dit ça le plus sérieusement du monde. Nouillaud resta interdit.

— Mon... accession au pouvoir ?

— Oui Xavier, Helmut est fini, *dead, kaput* ! C'est une question de semaines.

— Helmut est... mais pourquoi est-ce que tu dis ça ?

— Ah bon, je pensais que tu avais remarqué, toi qui es tellement observateur d'habitude.

— Remarqué quoi ? qu'est-ce que j'aurais dû remarquer, demanda-t-il fébrilement.

Il était ferré.

— Mais je comprends que ça t'ait échappé, continua de le torturer Arthur, avec ton emploi du temps de dingue, tes responsabilités écrasantes...

— Mais quoi ?... qu'est-ce qui m'a échappé ! explosa Nouillaud, les lèvres tremblantes.

Arthur se délecta un instant du regard implorant de sa victime.

— Helmut est au plus mal, tant physiquement que mentalement.

214

Il ne va pas tenir. Regarde comme il a grossi... et ses boutons horribles sur le pif, il ne ressemble plus à rien. Il ne tient pas la pression.

La charge fut violente. Arthur sentait que c'était le moment ou jamais pour réveiller l'instinct guerrier de Nouillaud.

— Il va faire foirer le *deal*[31] avec Outils Prestige. J'ai un mauvais pressentiment Xavier, il va tout faire foirer. Aujourd'hui il a à nouveau besoin de toi, mais dès qu'il le pourra, il essaiera de te liquider pour récolter tous les fruits de la transaction. Pire, quand il aura tout fait foirer, il te fera porter le chapeau... à titre posthume, salissant ta mémoire.

Nouillaud le regarda avec effroi.

— Honnêtement Xavier, à voir le comportement qu'il a eu avec toi ces dernières semaines, et avec ce traître de Mongin, tu trouves que ça traduit les manières d'un mec sain d'esprit ?

— Tu as raison, admit-il docilement.

— Heureusement que tu as fait éclater la vérité sur cette vermine de Mongin ! Je n'exagère pas, sans toi, les deux plantaient définitivement la boîte. Mais il reste Burker. Xavier, on ne peut pas continuer comme ça, il faut l'arrêter, il faut... l'éliminer.

À présent, Nouillaud avait des yeux de fou.

— Tu as raison, il faut l'éliminer.

— Je vais t'aider, tu le mérites tellement. La boîte a besoin de toi. Tout le monde sera fier de toi. Tu vas réussir, je te le promets. Mais pour ça, il va falloir que j'en sache plus sur *Sunrise 2*.

Le soir, à l'appartement, Arthur s'affala sur le canapé du séjour, en face de Vincent.

— Je suis vanné, j'ai besoin d'un verre... et du costaud ! J'y ai été fort avec la Nouille, tu sais.

— Je sais Arthur, je sais ce que je te dois. Mais, rassure-moi, tu vas tenir, hein ? Tu vas aller jusqu'au bout ?

— Mais oui Vincent, à la vie à la mort, comme toujours.

Rasséréné par son deuxième Whisky, Arthur embraya.

— La Nouille est à bloc. Il est chaud bouillant. Il est maintenant convaincu qu'il a un destin à accomplir. À la première occasion, il

---

[31] accord

poignardera Burker dans le dos. Au fait, ajouta-t-il, j'ai confirmation du nom des participants au conseil d'administration du 15 avril. Tiens, j'ai tout recopié.

— Ah... bien, fit Vincent en s'emparant de la feuille que lui tendait Arthur.

Il lut à haute voix : « alors... côté IFP, on a : Tom Britman, le PDG ; Chris Show, le secrétaire général ; Axel Hunter, l'un des associés, en charge des participations stratégiques ; Joan Garett, leur avocate ; Manuel Passenne, avocat assistant, collaborateur de maître Garett. »

Tous étaient d'illustres inconnus pour Vincent. Côté UTC, outre Burker et désormais Nouillaud, sans Mongin, la liste contenait les noms de : Marcus Maas, le nouveau président ; Andreas Tisch, le directeur financier Europe. Vincent l'avait croisé à quelques reprises quand il n'était que contrôleur de gestion. Fidèle parmi les fidèles de Markus Maas, il lui avait toujours fait l'effet d'une anguille.

— Personne de chez Outils Prestige ? s'étonna-t-il.

— Si, j'ai appris que leur avocat participait comme invité. Dès la décision de rachat validée, ils doivent signer le contrat de vente dans la foulée.

— Tu as son nom ?

— Un certain maître Ruquié, r-u-q-u-i-é, épela Arthur. J'ai également confirmation qu'UTC Europe et Outils Prestige ne sont en négociations exclusives que jusqu'au 15 avril, d'où la volonté d'UTC de conclure l'achat tout de suite après leur conseil d'administration. Ils ne veulent pas prendre le risque d'une surenchère à partir du 15. Ah, autre élément important, Nouillaud m'a fait comprendre que la dimension humaine était essentielle pour les propriétaires d'Outils Prestige. Les frères Coulon n'auraient accepté de vendre qu'avec la garantie d'UTC de maintenir tous les emplois pendant au moins trois ans.

— Ben voyons, ironisa Vincent, ils se sont bien fait pigeonner. Ça se saurait si des mecs comme Maas ou Burker en avaient quelque chose à foutre des gens. Ils ne voient qu'une chose avec le rachat d'Outils Prestige, c'est que le groupe UTC Europe passera la barre des 300 millions d'euros de chiffre d'affaires et s'offrira en plus une magnifique porte d'entrée pour le développement de la marque hors de France. Dernière ligne droite pour faire capoter l'affaire, dit gravement Vincent, la partie de billard entre dans sa phase la plus délicate...

— Tu as un plan pour empêcher la vente ?

— C'est encore un peu tôt pour le dire, Arthur. En tout cas, ce que je constate, c'est que Burker est toujours en première ligne, et malgré ses petits coups de mou, il a le cuir épais. C'est bien que tu aies commencé à chauffer la Nouille à blanc pour le flinguer à la première occasion. Il faut l'y aider, il faut tout concentrer sur Burker. On doit trouver son talon d'Achille. Plus on le discréditera vis-à-vis du groupe, plus Nouillaud gagnera en importance et fera notre affaire.

Jeudi 27 février, siège d'UTC France

Arthur inspira profondément. « Bon allez, faut que j'y retourne ». Il ouvrit doucement la porte du bureau de Nouillaud.

— Xavier, tu as l'air mieux, ça me fait plaisir. Tu as réfléchi à ce que je t'ai dit hier ?

— Qu'est-ce que tu veux dire ? feignit de s'étonner Nouillaud.

— Au fait que... tu peux me faire une totale confiance.

— Je sais Arthur, je te dois déjà beaucoup. Grâce à toi, je n'ai plus cette ordure de Mongin dans les pattes, mais pour Helmut, tu comprends... je ne sais pas si je peux m'attaquer à un si gros morceau.

— Xavier ! tu y es presque ! Tu ne vas pas craquer dans la dernière ligne droite. Je ne te demande pas de te compromettre ou prendre le moindre risque vis-à-vis d'Helmut... Non, laisse-moi avancer masqué. Simplement, aide-moi à trouver la faille et comme avec Mongin, on tapera vite et fort.

— Mais y a pas de faille ! éructa Nouillaud, il vit pour son job, il est drogué au travail. Il tuerait père et mère pour se hisser en haut de la pyramide.

— Arrête, toi-même tu m'as dit qu'il avait été furibard de la nomination de Markus Maas, qu'il n'avait jamais accepté qu'il devienne son patron.

— Oui mais ça a duré quinze jours. Il s'est vite fait une raison. Maintenant, ils s'entendent comme larrons en foire. Et quand on connaît la haine qu'il voue aux Allemands, ça me fait doucement rigoler.

— Y a forcément quelque chose, relança Arthur, dans son entourage... sa santé ? Tu ne trouves pas qu'il grossit à vue d'œil ? Et ses boutons sur la gueule, je suis sûr qu'il a un problème de thyroïde ou quelque chose comme ça.

— Arthur ! il est stressé c'est tout, et c'est bien normal. Il s'apprête à faire racheter à ses actionnaires une entreprise stratégique pour le développement d'UTC en Europe. Je le serais tout autant à sa place.

— Mouais, je suis quand même sûr qu'il a quelque chose.

— Ça n'a pas grand rapport, mais d'après les rumeurs, il y aurait de l'eau dans le gaz avec sa femme. J'ai moi-même entendu une conversation, moitié en anglais, moitié... je suppose que c'était en russe, et c'était carrément violent. Il lui hurlait dessus. D'après Bouet, il a passé plusieurs coups de fil à sa femme, près de l'atelier, c'était à chaque fois super violent.

— Bon, c'est une info comme une autre, releva Arthur un peu déçu.

— Franchement je la plains la pauvre, ça doit pas être rose tous les jours, malgré leur fric. Et ce qui est dingue, c'est qu'elle fait tout pour essayer de s'intégrer, elle prend six heures de cours de français par semaine à domicile. Je le sais, c'est moi qui signe les factures. Lui, aucun effort, toujours pas un mot de français ! Tu vois Arthur, désolé, hormis un petit abus de biens sociaux, rien de bien exploitable comme info.

— Mmm... c'est toujours intéressant ce type d'info.

Vendredi 28 février, Rueil-Malmaison, maison des Decoins, côté jardin

Le téléphone sans fil gisait au pied d'un vaste rosier encore au repos végétatif, à côté d'un sécateur et d'une paire de gants de jardinier. Il sonnait depuis au moins vingt secondes. Une main vive s'en saisit et répondit juste avant que le répondeur ne s'enclenche.

218

Son *allo* était un peu essoufflé, mais Vincent reconnut immédiatement sa voix posée.

— Bonjour Jean-Bernard, c'est Vincent, Vincent Douvre.

Il lui fallut bien trois secondes pour réaliser qui était son correspondant.

— Vincent, ça alors ! que me vaut ce plaisir ? C'était spontané et sincère.

Decoins n'avait eu que très peu d'échos de la descente aux enfers de Vincent. D'ailleurs, il n'avait pas vraiment cherché à garder le contact avec UTC après son départ. Une fois, il avait dîné avec Jean-Claude Bouet, son ancien directeur logistique. Devant un Jean-Bernard médusé, celui-ci lui avait raconté l'épisode du parking et l'ambiance délétère dans l'entreprise depuis cette affaire. Lui-même avait très mal vécu sa mise à la retraite anticipée, dix mois auparavant. À tout juste soixante et un ans, il se sentait encore capable et désireux de travailler. Ce n'était pas une question d'argent, il était parti dans de bonnes conditions, mais d'amour-propre. Il avait vaguement créé une structure de coaching pour dirigeants d'entreprises, mais hormis quelques heures d'activité par mois, il s'ennuyait prodigieusement le plus clair de son temps.

— Plaisir partagé, cher Jean-Bernard, j'espère que je ne te dérange pas.

— Oh non, tu ne me déranges pas !

« Quel cri du cœur » se dit Vincent intérieurement.

— J'ai appris que toi aussi, tu... tu étais parti d'UTC et que... il y avait eu des complications.

— Oui, mais tout ça c'est du passé maintenant. Jean-Bernard, tu dois te demander pourquoi j'appelle. En fait, j'aimerais te voir, j'ai une proposition malhonnête à te faire.

— Ah bon, venant de toi, ce serait bien la première fois que je te vois tremper dans des affaires louches, plaisanta-t-il.

— Un CDD bénévole d'un mois et demi pouvant, si tout se passe bien, déboucher sur un CDI, mais attention, tous frais payés.

— Ouaou ! CDD bénévole, un mois et demi... Vincent, même dans mes rêves les plus fous, je n'aurais pas imaginé une telle reconversion !

— JB, je suis sérieux ! Vu comme ça, ça peut paraître bizarre, mais je suis on ne peut plus sérieux... Outils Prestige, tu te rappelles ?

— Tu parles si je me rappelle ! répondit-il du tac au tac, soudain en alerte.

— Et ben c'est lié à Outils Prestige, il faut absolument que je te voie.

Decoins jeta un regard circulaire sur son jardin, apercevant, le long du muret en pierre, sa chère Michèle, sa moitié depuis trente-deux ans, occupée à tailler un majestueux rosier. Et dire que depuis presqu'un an, c'était tous les jours comme ça ; les rosiers à tailler, les haies à couper, les déchets végétaux à emmener à la déchetterie, le linge à étendre, les déjeuners avec sa belle-mère sourde... Depuis que leur dernière fille avait quitté le nid parental, il se sentait encore plus inutile. Il se dit qu'il ne prendrait pas grand risque à en savoir plus.

— Bon, ce CDD, en quoi il consiste ?

Vincent, fixant son téléphone, eut un large sourire.

— Je peux être là dans une heure. À tout de suite.

Rueil-Malmaison, maison des Decoins, côté salon, 55 minutes plus tard

Hormis les détails sur son incarcération et son gain fabuleux à la loterie, Vincent raconta toute l'histoire à son ancien patron : son licenciement, celui de Maude, le départ de Jeanne Vinon, l'ambiance devenue irrespirable dans l'entreprise. Il dramatisa à l'extrême la lutte au couteau entre Burker, Nouillaud et Mongin, jusqu'à son élimination récente. Enfin, il justifia l'embauche d'Arthur, ami d'enfance soi-disant richissime, chez UTC, comme une espèce de délire d'aristocrate, soucieux de venger l'honneur de son ami. Jean-Bernard goba tout.

— Incroyable ton histoire ! c'est vraiment *Dallas*. Et ton Arthur, il est fiable ?

— Plus que fiable, c'est comme ma moitié. Il est intelligent, intuitif... et riche, ce qui ne gâche rien. Grâce à lui, j'ai déjà obtenu beaucoup d'informations. Je sais qu'UTC Europe et son nouveau propriétaire, le fonds IFP, ont planifié le 15 avril prochain un conseil d'administration durant lequel ils devraient entériner le rachat d'Outils Prestige. D'après mes sources, UTC aurait garanti aux frères Coulon de conserver tous les emplois pendant trois ans.

Decoins eut une moue dubitative.

— Moi aussi, ça m'a surpris, renchérit Vincent, ce n'est pas le style d'UTC, on est bien placés pour le savoir.

— Et tu dis qu'il y a encore un moyen de faire capoter la vente d'Outils Prestige à IFP au profit d'un tiers ? Mais je ne te suis pas, à qui tu penses ?

— À UTC justement.

— C'est une blague !

— Attends JB, je ne parle pas de l'UTC Europe de Markus Maas et Burker, non, je pense à la nouvelle entité UTC Worldwide, je pense à Franck Doppur.

Decoins le fixa, mi-étonné, mi-amusé. Arthur reprit.

— Une petite visite s'impose, non ? Qu'est-ce que tu dirais d'un peu de tourisme dans le Massachusetts ?

— Je ne sais pas trop. C'est quand même un peu fou ton histoire. Tu veux souffler Outils Prestige à UTC Europe, rien que ça ! Puis un truc me chiffonne, si Franck Doppur a vendu UTC Europe à IFP, ce n'est certainement pas pour revenir dans le jeu à travers une nouvelle acquisition. Surtout si, comme tu le prétends, il a réussi à vendre 25% au-dessus de sa vraie valeur, autant qu'il se concentre sur son marché domestique et qu'il compte les billets. Puis tu sais Vincent, Doppur, je ne le connais pas bien, j'ai dû le croiser deux ou trois fois quand son père Arnold était encore aux commandes. J'ai le souvenir d'un gentil garçon, très affecté par la mort de sa femme, un accident de ski je crois, mais bon, il ne doit pas se souvenir de moi et je ne suis pas sûr que...

— Je suis sûr qu'il acceptera de nous recevoir, le coupa Vincent.

En effet, la réputation de Jean-Bernard l'ayant précédé, ils n'eurent aucun mal à négocier un rendez-vous, fixé au 10 mars, dix heures du matin, heure de Boston.

Lundi 3 mars, proximité de la place des Ternes, Paris 17ème arrondissement

Éloïse longeait l'avenue des Ternes, une chemise rouge à la main. Lorsqu'elle avait appelé Arthur pour lui faire part de l'oubli par Vincent d'un document sans doute important, et devant son insistance, il lui avait suggéré de le laisser à la gardienne.

Découvrir le pied-à-terre de son mari, situé à moins de cinq kilomètres du domicile conjugal, la taraudait depuis plusieurs semaines. L'occasion se présentait enfin.

Elle arriva devant un immeuble de grand standing. Le hall d'entrée était tout en marbre et glaces. Cela attisa sa curiosité.

— Bonjour madame, je suis Éloïse Veillard, l'assistante de monsieur Douvre. Je dois lui déposer cette pochette, c'est très important.

Elle avait judicieusement décliné son nom de jeune fille, excellant dans ce rôle improvisé.

— Laissez-la moi madame, je lui monterai tout à l'heure.

— Euh, c'est que je dois m'assurer qu'elle a bien été déposée sur sa table de salon... C'est ce qu'il m'a dit.

— Bon ben très bien, je vais vous accompagner, j'en profiterai pour monter le courrier.

La gardienne fit pénétrer Éloïse dans l'appartement de ses rêves. Des grandes pièces lumineuses, un décor moderne, une terrasse, non, deux terrasses ! Dans le prolongement, elle pouvait apercevoir une vaste cuisine américaine. Elle cacha sa stupéfaction, adoptant une attitude sobre.

— Bon je vais mettre la pochette sur la table du salon.

— Oui oui, fit la gardienne dans sa barbe en déposant le courrier dans le vide-poches de l'entrée.

— C'est joli ces tableaux, dit Éloïse en s'approchant des dessins de Rose, soigneusement encadrés sur un des murs du salon, c'est sa fille ?

— Oui. Il est divorcé je crois. Je ne le vois pas beaucoup, il est souvent en voyage. Je vois plus son ami, un monsieur très sympathique. D'ailleurs, au début j'ai cru que... qu'ils étaient...

enfin vous voyez ce que je veux dire, deux hommes, plus tout jeunes vivant ensemble... Votre patron, il est gentil aussi. Il a de l'argent, ça se voit, mais il reste simple.

La gardienne poursuivait son flot de paroles devant une Éloïse allant d'étonnement en surprise. Tournant la tête, elle plissa soudain les yeux. Un autre cadre, à l'écart des autres, attira son attention.

Elle connaissait ce message : « *Come and see me when you are back. Helmut* ». C'était la note manuscrite que Burker avait déposée sur la chaise de bureau de Vincent, juste avant son licenciement. Pourquoi son mari l'avait-il conservée et encadrée, alors qu'il semblait avoir totalement tourné la page ?

Déjà la gardienne l'attendait sur le pas de la porte. Elle tourna les talons.

9. Elena

La façade de l'immeuble haussmannien du haut de la rue Lauriston avait été récemment ravalée, lui donnant une jolie couleur de craie ambre. Du sixième et dernier étage, les Burker bénéficiaient depuis leur large balcon d'une vue plongeante imprenable sur le réservoir d'eau faisant l'angle avec la rue Paul Valery. Même le riverain était loin de se douter que les pelouses bordant le réservoir, invisibles depuis la rue, accueillaient à partir de l'automne une colonie de canards plongeurs. Cette atmosphère de campagne, à un coup d'aile de l'Arc de Triomphe, faisait le bonheur de leur petite Anna.

— *I'm coming...* j'arrive, cria-t-elle en entendant la sonnette de la porte d'entrée.

— Bonjour...

— Ah, bonjour, euh, vous êtes qui ? interrogea-t-elle, directe, avec un léger accent slave.

— Vous êtes Elena, n'est-ce pas ? Je suis Arthur, votre professeur de français remplaçant.

Au premier regard, il perçut qu'Elena était sensible à son physique charmeur. Il sentait ces choses-là. Il dut reconnaître que c'était réciproque. Sa silhouette fine et musclée, ses yeux bleus clairs, ses lèvres ciselées, ses dents blanches et parfaitement alignées, faisaient d'elle une très jolie jeune femme.

■

Ça avait été un jeu d'enfant pour lui de découvrir, durant une absence de Nouillaud, les coordonnées de l'organisme qui dispensait ses cours à Elena. Dans le dossier marqué « *Cours de français Burker – Institut Langadom'* », il avait mis la main sur le calendrier prévisionnel des cours joint aux factures.

Un coup de fil « de la part d'Elena » au secrétariat de l'institut pour annuler les deux prochains cours et le tour avait été joué. Après, il avait suffi à Arthur de prendre l'air le plus mélodramatique possible devant Nouillaud, pour l'informer qu'il devrait s'absenter les après-midi du mardi et du jeudi, invoquant une raison familiale impérieuse. Son patron, compatissant, lui avait gracieusement accordé ce congé.

■

L'appartement était clinquant mais impersonnel, sans âme. Il s'installa dans un des fauteuils en cuir rouge du salon et sortit une pochette de sa sacoche pour se donner de la contenance. Elena, tout sourire, lui proposa un café qu'il accepta avec plaisir.

— Vous remplacez Alain, donc ?

— Oui, il ne pouvait pas venir aujourd'hui, ni jeudi d'ailleurs. Je crois que vous avez un niveau avancé, je vous propose de commencer par une demi-heure de conversation.

La discussion, d'abord anodine, fut subtilement orientée vers sa relation de couple avec Helmut. D'abord sur la réserve, Elena ne tarda pas à aborder des souvenirs personnels.

— ... La première fois que je l'ai rencontré, c'était lors d'une réception donnée par la Chambre de commerce de Moscou, il y a quatre ans déjà, soupira-t-elle. J'étais en charge de la communication, je me souviens, il parlait à peine le russe. J'ai d'abord cru qu'il était allemand ! Je l'ai aidé à se repérer, on a sympathisé et voilà... Tout a été très vite. Il était beau, il avait un bon job...

Le regard fixe, elle sembla un moment absorbée par la résurgence de ces images.

— Ça devait être mon rêve américain... *Bullshit*[32] ! grinça-t-elle entre ses dents. Il m'a raconté son enfance en Géorgie avec sa mère et sa sœur dans leur maison à Waynesboro. Vous savez, Helmut a été abandonné par son père quand il avait quatre ans.

— Ah ? fit Arthur faussement compréhensif.

---

[32] Conneries !

225

— Je pense que c'est pour ça qu'il est dur avec les autres et jamais satisfait, mais bon, *that's life*[33], se reprit-elle, réalisant que la conversation devenait trop intime. Et vous, vous êtes prof de français depuis longtemps ?

— Euh... depuis trente minutes environ, fit Arthur en regardant sa montre, tout sourire, vous êtes ma première élève. Et votre mari, relança-t-il, il prend des cours de français lui aussi ?

Elena se tendit, c'était à peine perceptible.

— Non, il devait, mais finalement, il trouve ça inutile. Depuis sa nomination à UTC France, je ne le vois plus du tout. Jamais on sort... pourtant Paris est si beau ! Quand il n'est pas au bureau, il passe son temps en Allemagne avec son nouveau boss, alors qu'il le déteste. Il déteste les Allemands, son père était allemand, tu sais...

Elena se raconta avec de moins en moins de pudeur, alternant tutoiement et vouvoiement. Le fait de s'adresser à un inconnu dans une langue étrangère lui avait ôté toute inhibition. Elle ne s'arrêta plus. Les deux heures de cours filèrent comme une flèche.

— Vous parlez très bien français, Elena, vraiment. Si vous voulez, nous pourrons poursuivre cette conversation jeudi.

Jeudi 6 mars, appartement des Burker

Arthur sirotait le café que venait de lui apporter Elena. Sa jupe noire courte en stretch moulait harmonieusement ses hanches, ses jambes nues étaient délicieusement dorées. Arthur estima que c'était son grain naturel de peau. Il dissimula son trouble comme il put.

— C'est original ce coffre de... diligence, c'est d'époque ?

— Je déteste la décoration de cet appartement, tacla Elena. Helmut a tout fait faire par un de ses copains américains, architecte d'intérieur installé à Paris. Il a des goûts de... comment on dit, de cabinet ?

— de chiottes ? suggéra Arthur.

— Oui c'est ça, de chiottes, répéta-t-elle sans sourire.

---

[33] C'est la vie

Arthur était prévenu, elle était visiblement remontée. Il en profita pour la titiller.

— Heureusement qu'il n'était pas allemand.

— Quoi ?

— L'architecte d'Helmut, heureusement qu'il n'était pas allemand...

Elle sourit, puis s'esclaffa.

— Tu crois que ça aurait pu être pire ?

— Franchement je ne sais pas, mais en tout cas la vue est superbe, dit-il en soutenant son regard, qu'elle détourna la première.

Il embraya aussitôt, complice.

— Bon, ce n'est pas tout madame Burker, mais nous avons une conversation à poursuivre.

Elle se crispa, blême.

— S'il te plait Arthur, ne m'appelle pas madame Burker, je ne suis pas madame Burker.

— Pardon ?

— Je ne suis pas madame Burker. Helmut, il n'a jamais voulu se marier.

— Quoi !... ah, je croyais que vous étiez mariés, mais c'est pareil non ?

— Pas pour une Russe ! pas pour mes parents, trancha-t-elle, on ne les voit presque plus à cause de ça. Anna n'a pas vu sa *babouchka* depuis deux ans.

— Je suis désolé, je ne voulais pas vous faire de peine, ça va Elena ?

Ses yeux s'embuèrent mais elle parvint à retenir ses larmes. Son visage portait maintenant le masque d'une colère contenue.

— Mon nom c'est Delinski, Elena Delinski, et ma fille, mon trésor, c'est Anna Delinski. Il ne l'a jamais reconnue. Pour lui, ça ne change rien... *bullshit* !

Finalement, deux larmes roulèrent précipitamment sur ses joues. « Ben dis donc » se dit Arthur intérieurement, « quel tableau ! ». Il lui prit la main et lui serra gentiment.

— Tant qu'on était à Moscou, je me sentais chez moi, j'avais un travail, ça allait. Mais ici, je ne suis pas chez moi. J'ai vite, euh, désappointé ?

— Déchanté.

— Oui, déchanté. Plusieurs fois, j'ai failli rentrer à Moscou avec Anna. Parfois je me demande si ce n'est pas ce que veut Helmut. De toute façon, j'ai un visa de séjour valable jusqu'en juin, je ne ferai rien pour le renouveler, tant pis pour lui.

Elle se remit à sangloter.

— Calmez-vous Elena, dit doucement Arthur, votre mari est certainement sous pression.

— Non ! coupa-t-elle. Helmut, il apparaît premièrement sympathique, mais, en fait, il est menteur. Tu ne peux pas imaginer le nombre de fois où il m'a promis qu'on irait faire du bateau sur *Savannah river*, près de sa maison d'enfance... *bullshit* ! Toujours il a eu une bonne raison pour ne pas bouger. Et encore, ça c'est rien, si tu savais comment il parle des travailleurs d'UTC... il ne respecte pas les gens.

— Ah bon ? s'intéressa Arthur.

— Tu vois, je peux le dire à toi, en ce moment, il travaille pour racheter une... *company*, et j'ai entendu, il va virer une grande partie des salariés.

— La vie des entreprises c'est souvent compliqué, soupira Arthur, tâchant d'atténuer son trouble, mais en France, on ne peut pas faire n'importe quoi, il y a des lois qui protègent les salariés.

— Mmm, peut-être, mais tu sais, quand il dit quelque chose, il le fait. Il n'est pas du tout... *scrupulous*.

— Scrupuleux corrigea-t-il, l'air préoccupé.

— Oui, il n'aime personne.

Après un long silence durant lequel il la laissa se calmer, il reprit avec douceur.

— Allez Elena, je suis sûr que ça va s'arranger. C'est un mauvais moment à passer, ça va s'arranger, répéta-t-il, plongeant dans ses yeux bleu triste un regard vert translucide brûlant, digne de *l'Actor Studio*.

— Je suis désolée Arthur, je ne devrais pas t'embêter avec mes histoires.

— Mais non Elena, vous ne m'embêtez pas. Je suis là. Vous êtes une femme courageuse, votre histoire m'a vraiment touché. Je ne devrais pas vous le dire mais votre... Helmut ne vous mérite pas, pardon, je sais que je n'ai pas le droit de dire ça.

— Non, ne t'excuse pas. Tu vois, je me sens en confiance avec toi, je n'ai pas l'impression d'être avec un prof de français, susurra-t-elle malicieusement.

— En tout cas, je suis ravi des progrès accomplis. Tu es une... excellente élève.

Il la tutoya pour la première fois. Au même moment, il passa la main sur son flanc, approcha la tête et posa ses lèvres sur sa bouche qu'elle garda fermée, les paupières grandes ouvertes. Il remonta ses mains jusqu'à l'arrière de son crâne qu'il massa délicatement à travers la soie de ses cheveux. Il fit glisser sa langue le long de l'interstice de ses lèvres comme pour commander à sa bouche de s'ouvrir. Enfin, dans un bruyant soupir, elle ferma les yeux et s'abandonna à un baiser profond.

■

Plus tard, dans l'après-midi, Arthur entra dans la salle de bain et contourna la paroi de la douche à l'italienne carrelée aux couleurs or et argent. Son sexe était encore à moitié raide.

Les bras ballants, légèrement inclinée vers l'avant, Elena se laissait gagner par la sensation de bien-être provoquée par le jet chaud sur tout son corps. Ses muscles se détendaient l'un après l'autre sous la cascade. Elle lui tournait le dos. Sans un mot, il l'enlaça.

Les amants furent rapidement bercés par le bruissement régulier de l'eau. Il ferma les yeux, fit jouer sa bouche sur son épaule et sa nuque tout en remontant ses mains sur ses seins. Elle jeta sa tête en arrière, se plaquant contre son torse. Il lui couvrit alors le cou de baisers. Elle sentit l'excitation d'Arthur croître. Il descendit ses mains et d'un mouvement de tenaille, exerça une pression sur son dos et son bas-ventre pour l'inviter à se pencher en avant, mais, se libérant de son étreinte, elle pivota et se colla à lui vigoureusement, écrasant son sexe. Elle lui attrapa fermement les tempes et l'embrassa à pleine bouche, nerveusement.

— Arthur, Anna va bientôt rentrer avec la nounou, je ne veux pas que... tu comprends, je suis désolée.

— Je comprends Elena. Ne sois pas désolée, il n'y a pas de problème.

En deux phrases, ils surent, l'un et l'autre, que leur étreinte d'un jour n'appellerait pas de lendemain. Elle, la moscovite bourgeoise, d'éducation stricte, mère-louve aux goûts de luxe. Lui, le petit prof de français débutant, au charme un peu dégingandé, sans statut social.

— Tu as été une très belle rencontre, et tu sais Elena, je suis sûr que tu l'auras, ton rêve américain.

Appartement des Ternes

Vincent était affairé à son bureau, une tasse de thé à ses côtés. Il consultait un dossier rempli de graphiques et de courbes, l'air satisfait.

En rentrant, Arthur était partagé entre fierté d'avoir conquis si rapidement le corps et l'âme d'Elena, et effroi d'avoir été le réceptacle du monceau d'atrocités déversées sur Helmut par sa désormais ancienne élève. L'image voluptueuse de sa silhouette ambrée ondulant de plaisir sur son ventre, l'écho saccadé de ses cris d'abandon, le firent frissonner, au moment même où Vincent l'apostropha.

— Salut prof', ça s'est bien passé ? T'as appris des choses ?

Avant qu'Arthur ne réponde, il enchaîna sur le même ton guilleret.

— Il est assez génial Jean-Bernard, le dossier qu'il a préparé pour Doppur, c'est top ! Tu veux que je te montre le *business plan*[34], il y a tout. À la place de Doppur, lundi, je n'hésiterais pas une seconde, je foncerais.

Arthur était ailleurs, toujours absorbé par ses pensées. À l'instant où leurs regards se croisèrent, Vincent comprit.

— Oh, toi tu as la tête de quelqu'un qui vient de baiser ! Je te connais comme si je t'avais fait. J'y crois pas, il s'est tapé la femme

---

[34] plan d'affaires

de Burker !

— Arrête Vincent, c'est pas si simple… c'est vraiment quelqu'un de bien, d'ailleurs c'est même pas sa femme. Puis, vu leurs relations, je ne les vois pas rester encore longtemps ensemble ces deux-là.

Il raconta toute l'histoire à son ami, éludant pudiquement les séquences torrides.

— Et tu dis que, d'après elle, Burker s'apprêterait à virer une partie des salariés d'Outils Prestige ? Ça semble étonnant. D'après ce qu'on sait, l'accord ne pourrait se faire sans la garantie du maintien de tous les postes, c'est bien l'info que tu avais eue, non ?

— Absolument, répondit Arthur, formel.

— Y a un truc qui cloche. Ou bien Elena a interprété les propos de son mec, ou alors, chambra-t-il, c'est une grosse mythomane, et nympho en plus !

— Arrête Vincent, c'est une fille bien, je ne crois pas une seconde qu'elle ait pu inventer ce genre d'histoire. Elle le connaît, elle sait de quoi il est capable.

— Il faut en avoir le cœur net, trancha Vincent. Ton copain la Nouille ne t'a pas tout dit.

Vendredi 7 mars, siège d'UTC France

Pénétrant dans le bureau de Nouillaud, et sans précaution oratoire, Arthur lança :

— Dis-moi Xavier, quelque chose m'étonne, UTC a vraiment garanti aux propriétaires d'Outils Prestige qu'elle préserverait tous les emplois pendant trois ans ?

Nouillaud marqua un temps de silence, fixa son assistant d'un œil rusé et décala son fauteuil pour lui faire face.

— Oui, absolument. Ça a été du plus bel effet lors des négociations. Une convention en bonne et due forme signée conjointement par Maas et Burker, qui rassurera les médias et les élus locaux lorsque le rachat sera annoncé. Un magnifique exemple d'enfumage comme UTC sait si bien faire !

— Comment ça ?

— Ben, tout ça n'a aucune valeur juridique, tout juste une petite valeur morale. Mais ça, UTC s'en cogne. Dès qu'ils le pourront, Burker et Maas tailleront dans les effectifs à la hache.

Il s'était exprimé avec un détachement qui sidéra Arthur.

— Aucune valeur juridique ? je ne te suis pas bien.

— Ah, faut tout leur apprendre aux novices ! Faut dire que l'embrouille est chiadée. Le fonds IFP s'est débrouillé pour mettre sur pied avec la complicité de Maas, un montage juridique enlevant aux dirigeants d'UTC toute capacité à signer un document stratégique, sans la contre-signature d'un mandataire d'IFP. Ça permet à l'entreprise, très officiellement, de promettre tout et n'importe quoi sans être engagée légalement. En gros, la convention signée par Burker et Maas ne vaut pas tripette... mais je ne sais même pas pourquoi je te dis tout ça.

— Une forme de remord ? tenta Arthur soudain compréhensif.

— Certainement pas, j'ai des défauts mais pas celui d'avoir des scrupules, ça c'est bon pour les faibles !

Arthur eut l'air déçu par cette dernière saillie. Il crut, l'espace d'un instant, mais définitivement à tort, que l'autre fendrait l'armure.

Il retrouva Vincent à l'appartement, avant que ce dernier ne file rejoindre Éloïse pour le week-end.

— J'allais partir, je comptais t'appeler, j'ai un taxi qui me récupère à 19h30 en bas.

Son ami le regarda, l'air victorieux.

— Ton taxi, je crois qu'il va attendre un peu, je connais la faille de *Sunrise 2*.

Il lui expliqua dans le détail le subterfuge utilisé par l'actionnaire d'UTC.

— Tu veux dire que le protocole qu'ils ont signé, c'est du flanc ?

— Absolument, aucune valeur juridique, la signature de Maas seule ne vaut rien. Et ça, Outils Prestige l'ignore.

— Incroyable ! c'est simple comme tout, mais fallait y penser, dit Vincent, admiratif. Faut dire que ça m'étonnait de ces pourris d'UTC qu'ils s'engagent, par écrit, à conserver l'ensemble du personnel. C'est ta copine Elena qui avait raison, finalement.

— Et toi qui voyais d'un sale œil que j'aille gratter dans la vie privée d'Helmut, railla Arthur, j'ai bien fait d'insister. Bon ben maintenant y a plus qu'à prévenir Outils Prestige de la supercherie, on va signer la fin de Burker et de toute sa clique.

— Houlà Arthur, pas si simple ! on n'a aucune légitimité à contacter les frères Coulon, ce serait pire que tout. Non, faut pas réagir à chaud. On a une carte maîtresse dans notre jeu, on l'abattra en temps voulu. Pour le moment, on s'en tient à notre plan : affaiblir Burker, renforcer Nouillaud et séduire Franck Doppur. Bon, faut que je me sauve, mon taxi va finir par s'impatienter.

Vincent attrapa sa parka et son sac, et embrassa son ami.

— Merci encore, tu as fait une super découverte, on se revoit la semaine prochaine. Croise les doigts pour moi, je t'appelle.

Déjà il s'était engouffré sur le palier. Il fit soudain volte-face et rouvrit la porte de l'appartement.

— Au fait Arthur, Paul Mongin, il est toujours dans l'entreprise ?

— Oui pourquoi ?... enfin il est là sans être là, pourquoi tu me demandes ça ?

— Non, pour rien, je viens de penser à un truc. Je t'appelle, allez, *ciao*.

L'idée venait de lui traverser l'esprit. Bien orchestré, le stratagème pourrait terriblement embarrasser IFP et UTC Europe, mais surtout discréditer définitivement un manager comme Helmut.

10. Franck Doppur

Les enfants étaient couchés depuis longtemps. La pâle et unique lumière de l'appartement provenait de la lampe de chevet d'Éloïse. Elle tournait le dos à Vincent, plongée dans la lecture du seizième roman de Margie Moly. Le froissement des pages brisait par intermittence le silence de minuit. Elle posa d'un coup son livre, éteignit et se tourna vers son mari.

— Vincent, tu fais quoi au juste ?

— ... Quoi ? pardon ? répondit-il dans un demi-sommeil.

— Ton métier, c'est quoi ?

— Je ne comprends pas bien ta question... mon métier ?

— Je suis passée à ton appartement, Vincent. Elle marqua un temps d'arrêt. C'est... comment dire, ce n'est pas un appartement normal, quoi.

— Tu es passée à mon appartement, enfin ce n'est pas vraiment mon appartement, mais... je peux savoir pourquoi ?

— Lundi, tu avais oublié un dossier à la maison, j'ai cru que c'était important. Je n'aurais pas dû ?

— Si si, tu as bien fait, assura Vincent, songeur.

— Tu as une gardienne bien sympathique, un peu crédule, mais sympathique. Je me suis fait passer pour ton assistante.

— Elle a dû se dire que j'avais bon goût, plaisanta-t-il pour faire diversion.

— Vincent, cet appartement, c'est quoi au juste ?

— Ben, c'est un appartement, feignit-il de s'étonner, qu'est-ce que tu veux que je te dise ?

— Enfin, tu vois très bien ce que je veux dire. Ce n'est pas un appartement normal pour quelqu'un comme nous, ça doit valoir une fortune.

— Ah, je comprends, mais ce n'est pas moi qui paie si ça peut te rassurer, j'en ai pas les moyens ! C'est... comment dire, un arrangement avec ma boîte, c'est comme un appart de fonction.

— Justement Vincent, c'est quoi ton métier ?

— Mais je te l'ai déjà dit, je suis consultant, je travaille pour un groupe américain qui propose des entreprises à racheter à de gros clients désireux d'investir en France. Et tu vois, en ce moment, je suis sur un coup avec un concurrent d'UTC.

— Un concurrent d'UTC ?

— Je ne peux pas t'en dire plus ma chérie, c'est confidentiel. Je pars aux États-Unis lundi avec Jean-Bernard pour peaufiner le *deal*. Je t'en dirai plus dès que je pourrai.

— Mouais, n'empêche que cet appart il me plait bien, dit-elle malicieusement. Si je pouvais, je changerais un peu le mobilier et le coin salle à manger, mais il me plait bien. Il a combien de chambres ?

— Trois grandes chambres, tu ne perds pas le nord toi ! Promis, je te ferai une visite guidée, et promis, on en reparlera, mais je suis content qu'il te plaise.

■

Vincent passa une partie du samedi au téléphone avec Jean-Bernard à vérifier scrupuleusement les derniers détails de sa présentation à Franck Doppur. Il s'entretint également un long moment avec Arthur, arrivé le matin même au château. Betty avait tellement insisté pour qu'il vienne voir l'avancement des travaux. La grange était réhabilitée, toutes les pièces d'eau avaient été refaites, son atelier également était presque terminé. Elle rayonnait. « Dans un mois, avait-elle dit, on fait une grande fête avec qui tu veux, pour célébrer la beauté retrouvée de Châtillon ». Vincent se coucha tôt le dimanche. Le lendemain, les deux anciens collègues décollaient de Paris-Charles de Gaulle à l'aube.

Lundi 10 mars, greater Boston[35], États-Unis, 7h50 (heure locale)

L'avion était en approche, encore au-dessus de l'Atlantique.

Le soleil matinal se reflétait dans le hublot au travers duquel Vincent scrutait les contours de la côte est de Boston. Rapidement, il commença à distinguer le relief des gratte-ciels du quartier

---

[35] Région de Boston

d'affaires, puis les méandres du fleuve Charles, séparant les rives de Boston et de Cambridge.

L'hôtesse dédiée aux premières classes vint s'assurer qu'il n'avait besoin de rien à son arrivée, à présent imminente. Il déclina poliment l'offre. Son service de conciergerie s'était occupé de tout. Il était prévu qu'un taxi les emmène à leur hôtel, puis les dépose à leur lieu de rendez-vous, au siège d'UTC Worldwide.

Vincent et Jean-Bernard atterrirent sur la piste du Boston-Logan international airport, Massachusetts, à 7h58. Ils frissonnèrent en longeant le terminal glacé toute l'année, jusqu'à la zone de douane.

— Ça caille, dit Jean-Bernard en baillant, avant d'éternuer aussitôt, 'sont malades de mettre la clim aussi fort en plein mois de mars !

Les formalités d'entrée sur le territoire américain accomplies, ils aperçurent la haute silhouette de leur chauffeur, un Afro-Américain tiré à quatre épingles, qui les attendait, une pancarte nominative à la main. Quelques minutes plus tard, ils s'engouffrèrent dans une limousine noire aux vitres teintées.

— La *first*, c'est quand même quelque chose, reconnut Jean-Bernard, je n'ai pas vraiment dormi, mais je me sens reposé. Tu avais déjà pris la *first* auparavant ?

— Non, première fois pour moi aussi, mentit Vincent, je te l'avais dit, j'ai un sponsor qui a les moyens. En tout cas on est parfaitement dans les temps, il paraît que notre hôtel est à dix minutes du siège. On a largement le temps d'y passer pour se refaire une beauté avant notre rendez-vous.

Ils traversèrent une partie de la ville, d'Est en Ouest, admirant ses vestiges d'architecture néocoloniale. Le taxi franchit avec souplesse Longfellow bridge, puis vira à gauche en direction de Belmont. « *On your right, you can see the MIT*[36]» les apostropha le chauffeur, d'un ton jovial. « Ah », firent-ils machinalement en jetant un œil à l'entrée du campus, sans vouloir engager la conversation pour autant.

À peine trente minutes s'étaient écoulées lorsque le véhicule

---

[36] À votre droite, vous pouvez voir le MIT (Massachusetts Institute of Technology)

stoppa au pied de l'hôtel. Trente nouvelles minutes plus tard et les compères réapparurent, mallette à la main, les traits du visage rafraîchis, d'attaque pour leur rendez-vous à Cambridge street, siège d'UTC Worldwide.

Siège d'UTC Worldwide, angle de Cambridge street et Massachusetts avenue

Le site avait bien changé depuis la dernière visite de Vincent, sept ans plus tôt. L'accès aux bureaux se faisait désormais par une route boisée contournant l'immense usine.

— C'est encore plus gros que dans mes souvenirs, siffla Vincent d'admiration.

— C'est vrai que ça faisait un bail que tu n'étais pas venu, renchérit Jean-Bernard.

Arrivés dans le hall lumineux chargé de l'histoire de la famille Doppur, l'œil de Vincent fut immédiatement attiré par un cadre représentant George Doppur, fondateur d'UTC, posant dans les années 50 devant son usine. Il poussa Jean-Bernard du coude.

— Regarde JB, c'est la photo de ton bureau, tu sais qu'Helmut l'a gardée.

D'autres portraits des descendants Doppur agrémentaient le mur, telle une frise historique. En face, se dressait triomphalement une gigantesque vitrine derrière laquelle étaient exposées une partie des gammes de l'entreprise : visseuses, pinces, tournevis de toutes les couleurs. Ils arpentèrent le hall, passant d'un portrait à l'autre, en attendant de rejoindre leur hôte.

George Doppur (1903-2001)

— Waouh ! il est mort à presque cent ans, s'exclama Vincent, c'était le grand-père de Franck. ... *mormon, élu sénateur du Massachusetts à soixante-quinze ans...* il lisait sa biographie, *... marié à une anglaise, Elisabeth (1907-1995), trois filles et un fils sur le tard...* Tiens, ils ont créé la fondation Doppur à la fin des années 60 quand ils sont devenus millionnaires.

Il sourit intérieurement.

237

Arnold Doppur (1949 -)

— Donc le père a passé la main à son fils Arnold en 1983... à quatre-vingts ans ! enchaîna Jean-Bernard, posté devant le portrait de celui qu'il avait bien connu lorsqu'il dirigeait la filiale française. Il est marié à une Michelle, comme moi, ajouta-t-il avec malice.

Vincent aussi l'avait croisé, furtivement, lors d'une visite d'usine organisée pour un de ses clients. Il y a trois ans, tous les salariés du groupe avaient été informés de ses problèmes de santé l'ayant conduit à confier la présidence du groupe à son fils unique, Franck.

Franck Doppur (1977 -)

— Il a pris les commandes d'UTC en 2011... à trente-quatre ans, calcula Vincent... ah oui, tu as raison, il est veuf.

La notice, sous son portrait, indiquait qu'il avait été marié à une certaine Kate, une suissesse, décédée accidentellement en 2009.

— C'est vraiment triste, murmura-t-il. C'est une tronche, dis-donc, il a fait *l'Insead*[37].

— Ah mais tu vas voir, il parle français comme toi et moi. Par correction, j'ai fait tout le dossier de présentation en anglais, mais j'aurais très bien pu tout faire en français... ou en allemand, il le parle couramment aussi. C'est un bourreau de travail. Depuis la mort de sa femme, il s'est réfugié dans le boulot. La rumeur dit qu'il ne s'accorde qu'une semaine de vacances par an, à Verbier, en Suisse, là où sa femme s'est tuée... comme une espèce de pèlerinage morbide, rajouta Jean-Bernard en frissonnant.

Une voix féminine les interpella en français.

— Bonjour messieurs, je suis Barbara, l'assistante de monsieur Doppur. Il va vous recevoir, si vous voulez bien me suivre.

Bureau de Franck Doppur, CEO[38] d'UTC Worldwide

Ils arrivèrent au quatrième et dernier étage du building vitré. Doppur les attendait sur le seuil de son bureau, tout sourire. Au premier regard, Vincent fut sous son charme. Derrière un visage

---

[37]Anciennement appelé Institut européen d'administration des affaires
[38] Chief Executive Officer (équivalent de PDG)

poupin se devinait une autorité naturelle mêlée à une profonde humanité.

Le vaste bureau d'angle était inondé de lumière et meublé avec goût. Il offrait une jolie vue sur le parc boisé du site. Ce qui les frappa immédiatement, c'est l'écran vidéo démesuré, encastré dans l'une des parois. Il devait bien mesurer deux mètres sur un mètre cinquante.

Doppur les invita à s'assoir autour de la table de réunion en verre, en face de l'écran. Des viennoiseries ainsi que des boissons de toutes sortes étaient disposées devant chaque plan de travail. Le ton fut immédiatement chaleureux et direct entre Jean-Bernard et Franck, comme s'ils s'étaient quittés la veille. Les deux hommes ne s'étaient croisés qu'à trois ou quatre reprises, mais l'ancien dirigeant français avait toujours eu bonne presse auprès d'Arnold, le père de Franck.

— Cher Jean-Bernard, heureux de vous revoir.

— Cher Franck, le plaisir est pour moi, laissez-moi vous présenter Vincent Douvre...

L'entretien se fit en français, de façon naturelle. Doppur le parlait avec fluidité, presque sans accent. Dès les premières minutes, Jean-Bernard prit soin de demander des nouvelles de son père. Le fils fut rassurant, Arnold Doppur s'était plutôt bien remis de l'AVC qui l'avait foudroyé, en pleine réunion, trois ans auparavant. Rapidement, la conversation se concentra sur les raisons de leur présence devant le jeune patron.

Ce qui était bien avec l'Américain, c'était son pragmatisme. Là où n'importe quel patron français aurait trouvé suspect qu'un ancien dirigeant de filiale se pointe avec son ancien collaborateur pour proposer une affaire, le *businessman* n'en avait cure. Il écouta Jean-Bernard dérouler le contenu de son exposé.

— Outils Prestige, vous dites ? Je connais un peu cette entreprise... très bonne réputation dans mes souvenirs.

— Une pépite, Franck ! j'étais sur le dossier avec Vincent il y a deux ans, mais l'actionnaire n'était pas vendeur.

Doppur balaya son regard sur Vincent.

— ... et maintenant IFP est sur le coup, susurra-t-il, comprenant que le rachat récent d'UTC Europe par le fonds d'investissement anglais ne constituait que la première étape d'une politique d'acquisition plus large.

Jean-Bernard relança.

— Je reconnais que c'est une superbe opportunité pour UTC Europe, qui du coup, prendrait des positions importantes en France, sans oublier les formidables possibilités de développement d'Outils Prestige partout en Europe, fermant par la même occasion toute nouvelle porte d'entrée à votre groupe.

Doppur serra la mâchoire. Il sembla songeur.

— Franck, nous suivons le dossier de près avec Vincent et nous pensons que la décision d'Outils Prestige n'est pas totalement arrêtée. Certes, les parties sont entrées en négociations exclusives, mais, comment dire... certains éléments euh, officieux, nous laissent à penser que l'actionnariat familial d'Outils Prestige vit très mal le probable démantèlement de leur entreprise, et ce malgré toutes les promesses d'IFP. Mais vous savez bien comment ça se passe, sans meilleure option, ils restent vendeurs.

Doppur ne contredit pas.

— Je vais être direct, Franck, nous savons ce qu'IFP a mis sur la table pour le rachat.

L'Américain ne parut pas une seconde choqué par les propos de Jean-Bernard. C'était un pur produit du « *business is business*[39] ». Peu lui importait que cette démarche procède ou pas de la vengeance de deux cadres remerciés. Il ne se formalisa pas plus en apprenant qu'une taupe, à la solde de ses visiteurs, œuvrait en sous-main à la direction financière d'UTC France.

— ... la fenêtre de tir est étroite, poursuivit Jean-Bernard, mais si les frères Coulon ont connaissance d'une contreproposition crédible, assortie qui plus est de la garantie de préserver leurs équipes, je pense qu'Outils Prestige pourrait devenir la tête de pont d'un nouvel ensemble européen pour UTC Worldwide. Sans compter la capacité à co-développer votre outil industriel dans le cadre de ce redéploiement. Au cas où la négociation avec IFP

---

[39] Les affaires sont les affaires

n'aboutissait pas, bien entendu, rajouta-t-il avec un petit sourire convenu.

Doppur marqua un temps de silence.

— Hmm, et... votre taupe, elle est fiable ?

— Plus que ça ! lâcha Vincent, comme un cri du cœur.

Il marqua une nouvelle pause.

— Hmm, donc si on se résume, d'après vous, OP[40] pourrait s'implanter partout en Europe où UTC est présent et prendre à moyen terme, selon les pays, jusqu'à 20% du marché ?

Ils acquiescèrent, l'œil brillant.

— ... Ce qui voudrait dire, bredouilla t-il en reprenant le dossier de Jean-Bernard, approximativement, euh... un potentiel de 60 millions de dollars pour l'Allemagne, 30 pour UK[41], 20 pour l'Italie, 20 pour le Benelux...

Il continua à compter dans sa tête. Les deux Français étaient suspendus à son regard.

— Si je marche avec vous, vous voudrez que je vous confie la direction d'OP, naturellement ?

Jean-Bernard, scié par la question brutale, fut incapable de sortir un mot. C'est Vincent qui, quasiment muet jusqu'à lors, répondit à Doppur d'un ton calme, presque caverneux.

— Au risque de vous surprendre Franck, je n'ai ni l'envie ni sans doute la compétence pour codiriger une entreprise comme Outils Prestige. Quand j'ai été viré de chez UTC, tout s'est écroulé. Pour moi, ce genre de choses arrivaient aux autres mais ne pouvaient pas m'arriver... tant j'étais pétri de certitudes. Puis j'ai perdu ma femme...

Le regard de l'Américain, en un éclair, se remplit de tristesse et de compassion. Vincent le remarqua, il se reprit aussitôt.

— ... Je veux dire, nous nous sommes séparés. Je suis devenu faible, incapable de réagir, de me défendre, ça a été la descente aux enfers. Je me suis retrouvé en prison.

Jean-Bernard essaya de masquer comme il le put sa surprise.

— J'avais perdu tout espoir. Puis une rencontre - l'image de

---

[40] Outils Prestige, prononcé à l'américaine : « OPI »
[41] Royaume-Uni (United Kingdom)

l'abbé Feria lui souriant avec bonté illumina son visage-, puis un incroyable coup du sort, et je me suis retrouvé, sans transition, dans la position du puissant, du donneur d'ordres. Avec l'assurance et le charisme facile de l'homme riche qui n'a pas à s'inquiéter des contingences matérielles.

Doppur baissa les yeux, il voyait très bien ce à quoi Vincent faisait allusion.

— Bref, il m'a fallu un moment pour intégrer tous ces changements et me retrouver, retrouver ma vraie nature. D'ailleurs je ne sais pas si j'y suis encore parvenu, rajouta-t-il plus bas. Mais aujourd'hui des gens souffrent chez UTC France, et demain ce sera au tour d'Outils Prestige. Ils continueront de détruire d'autres familles, en toute impunité. Alors, si je peux contribuer, à mon niveau, à les arrêter, je le ferai sans la moindre hésitation. En tout cas, je n'ai aucune envie de reprendre du service au sein d'UTC Worldwide. Jean-Bernard est l'homme de la situation, pas moi. C'est le patron que je souhaite à tout salarié d'avoir. Non, moi j'ai d'autres préoccupations... j'ai surtout une famille à reconquérir.

Doppur lui sourit. Jean-Bernard lui serra amicalement le bras. Ils savaient qu'ils avaient gagné.

— Vous avez encore du travail, moi je vais rentrer en France, dès demain. Il y a encore des détails à régler avec Arthur, il va avoir besoin de moi.

— Tu rentres déjà, mais on vient à peine d'arriver.

— Tu sais, je suis un habitué des voyages éclair. Tu me croirais si je te disais que l'autre jour, j'ai fait une escapade en Afrique du Sud, rien que pour prendre un café avec mon frère ? Vraiment, vous n'avez pas besoin de moi ici, je serai plus utile à poursuivre notre plan depuis Paris. Avec Arthur, on a même trouvé un nom de code : « *Total eclipse* », ça fait référence au projet d'UT...

Il fut coupé au milieu de sa phrase par la vibration de son portable. Il consulta discrètement le texto reçu et ne put s'empêcher d'afficher un large sourire. Franck et Jean-Bernard le toisèrent, interrogatifs.

« *Le CP*[42] *a mis le feu aux poudres. Burker bientôt out. La*

---

[42] Communiqué de presse

*Nouille futur héros providentiel ? Et toi, ça va comme tu veux ?
Arthur »*
— Je crois bien, messieurs, que les cartes pourraient être prochainement rebattues dans la course au rachat d'Outils Prestige, annonça-t-il victorieusement. On a un peu plus d'un mois pour prendre définitivement l'avantage.

Au même moment, à 6.000 kilomètres, siège d'UTC France, 18h15 (heure locale)

« La société UTC France annonce par la voix de son actionnaire, le fonds d'investissement IFP (Industrial & Financial Partners) qu'elle est entrée en négociations exclusives pour le rachat de la société Outils Prestige.

Après avoir acquis en septembre dernier la branche européenne du leader mondial de l'outillage UTC Worldwide, l'investisseur anglais confirme ses ambitions d'élargir son portefeuille de marques et de développer les produits haut de gamme de la PME familiale française au-delà des frontières.

Les nombreuses synergies attendues ne devraient toutefois pas se traduire par des réductions d'effectifs. Toutes les mesures de sauvegarde de l'emploi comme préalable aux discussions avec les propriétaires d'Outils Prestige, auraient été garanties par la présidence d'UTC France. L'acquisition définitive pourrait intervenir courant avril. »

FEBA – Fédération des Entreprises de Bricolage et d'Aménagement

■

Helmut Burker écumait de rage. Il n'avait pas eu besoin de traducteur pour comprendre l'étendue du désastre provoqué par le communiqué de presse, déposé sur son bureau par un Nouillaud empruntant une mine de circonstance.
— C'est incompréhensible Helmut, jubilait-il intérieurement, on ne sait pas d'où ça vient. C'est soit un acte de malveillance, soit quelqu'un... à qui vous auriez pu parler et qui aurait mal interprété vos propos...

— *Bullshit* ! *Fuckin' hell* ![43] c'est sûrement cet enfoiré de Mongin, son cadeau de départ ! Jamais je n'aurais dû accepter qu'il reste dans nos murs si longtemps, quel enfoiré... puis on ne peut rien prouver. Faites un erratum ! glapit-il, les larmes aux yeux, pourtant conscient que le mal était fait.

— Le mieux, Helmut, c'est de laisser glisser. Avec un peu de chance les choses vont se tasser.

Nouillaud ne croyait pas une seconde à cette version. D'ailleurs, si nécessaire, il ferait tout pour que l'affaire prenne une ampleur incontrôlable. Il n'en eut pas besoin.

Depuis le début de l'après-midi, le soi-disant communiqué de presse de Burker s'était répandu comme une traînée de poudre, passant de centaines d'ordinateurs en centaines d'ordinateurs. La plupart des salariés des 270 sociétés adhérant à la Fédération des Entreprises de Bricolage et d'Aménagement (FEBA) avaient déjà connaissance de l'annonce du rachat. Dont ceux d'Outils Prestige. En moins de temps qu'il ne fallut pour le dire, une délégation de représentants du personnel demanda à voir la direction. La tonalité fut sans équivoque. Les salariés ne pouvaient comprendre qu'ils apprennent par voie de presse spécialisée leur futur rachat. Les frères Coulon n'eurent d'autre choix, pour calmer la grogne sociale, que de monter fort au créneau de la présidence d'UTC Europe.

L'entretien téléphonique entre Marcus Maas et Gilbert Coulon, tous deux assistés par leur avocat, fut d'une grande clarté. Ni UTC, ni Outils Prestige ne démentirait l'information, mais il était hors de question pour les dirigeants d'Outils Prestige de continuer à traiter avec Burker. Question de principe, ils traiteraient directement avec Maas ou son représentant désigné.

Afin de ne pas hypothéquer la future acquisition, ce dernier accepta de sacrifier, provisoirement pensa-t-il, son patron pour la France. Nouillaud, fidèle exécutant et collaborateur ayant su tenir sa langue sur les petits arrangements entre cadres dirigeants d'UTC toutes ces années, ferait à ses yeux l'intérimaire idéal.

---

[43] Conneries ! Putain de merde !

Le plan de Vincent avait parfaitement fonctionné. Comme il l'avait anticipé, le communiqué de presse, faxé l'après-midi par Arthur à la FEBA, avait été relayé *in extenso*, sans la moindre vérification.

∎

À 19h15, Xavier Nouillaud pleurait de joie dans son bureau. Il venait de raccrocher. Marcus Maas, le président d'UTC Europe l'avait personnellement appelé pour le charger de boucler au plus vite le projet *Sunrise 2* et lui redire toute sa confiance. Désormais, l'Allemand avait été formel, il n'en référerait qu'à lui seul.

Arthur lui avait promis qu'il le conduirait au sommet, il ne lui avait pas menti. Il le chercha dans les bureaux quasi déserts, sans succès.

À 19h30, Helmut Burker montra les premiers signes d'épuisement. Son patron venait de lui annoncer son intention de le tenir, « provisoirement », à l'écart de *Sunrise 2*. Comble de l'humiliation, c'est son collaborateur qui porterait dorénavant la voix d'UTC France lors du futur conseil d'administration scellant le rachat d'Outils Prestige. Le teint farineux, le regard fixe et bas, il quitta le siège. Il ne revint pas le lendemain, ni les jours suivants.

Mardi 11 mars, aéroport international Boston-Logan, 7h20 (heure locale)

Vincent prit le premier vol pour Paris, sans Jean-Bernard, resté à Boston pour peaufiner l'offre d'UTC Worldwide à Outils Prestige, avec son probable futur patron et l'avocat de celui-ci. En embarquant, il relut le texto d'Arthur avec satisfaction. Son ami lui donnerait tous les détails à son arrivée, mais déjà, un petit goût de victoire lui titillait les papilles. Comme quoi les plans les plus simples étaient souvent les plus efficaces.

À peine installé dans sa luxueuse cabine, et sans avoir touché à sa collation, il sombra dans un sommeil agité.

Appartement des Ternes, 20h30

Vincent fut réveillé par le bruit de la clé dans la serrure. Bien calé dans le canapé du salon, il n'avait pu lutter contre la fatigue provoquée par le décalage horaire.

— Arthur !

— Vincent ! tu es rentré ! déjà. Les deux amis se tombèrent dans les bras.

— Alors raconte, tout s'est bien passé ? Ça a été rapide, dis donc, bon, et Franck Doppur, il est comment ?

— Oh ben, c'est simple, il a tout pour lui. Il est beau, riche, intelligent et profondément sympathique, ce qui ne gâche rien, sans doute un des meilleurs partis du Massachusetts...

— C'est un cœur à prendre en plus, dit Arthur en songeant à Elena.

— Alors là, je ne suis pas sûr qu'il soit prêt à rouvrir son cœur... En tout cas, ça a bien accroché avec Jean-Bernard. On refait un point par téléphone en fin de semaine. Mais c'est quasiment certain qu'il marche avec nous. Je suis ravi pour JB, il ne demandait qu'à reprendre du service. Bon, et toi ? ça se présente pas mal on dirait, j'ai bien aimé ton texto.

— Ah oui, on peut dire que le communiqué de presse a fait son petit effet. Moralité : Burker est arrêté, officiellement pour une mauvaise grippe, mais ici, personne n'est dupe. La Nouille est parti ce matin pour trois jours en Allemagne. Donc avec en plus le départ de Mongin, c'est vraiment très calme au siège, rajouta Arthur en riant.

Pour la première fois depuis plus d'un mois d'un rythme acharné, la taupe d'UTC sembla décompresser. Les nouvelles prometteuses d'UTC Worldwide, rapportées par Vincent, le réjouirent. Les deux amis s'autorisèrent une bonne bouteille de Champagne, tandis qu'ils récapitulaient la suite de leur plan « *Total eclipse* ».

— ... On est d'accord, on s'assure que Ruquié, l'avocat d'Outils Prestige, récupère, la veille du conseil d'administration, les nouveaux statuts de la holding coiffant UTC Europe. On y joindra un document l'alertant sur l'incapacité des dirigeants à prendre la moindre décision sans l'accord express d'IFP. Logiquement, en bon professionnel, Ruquié devrait mettre fin à la procédure de vente et en référer aux frères Coulon...

— ... qui l'auront très mauvaise de s'être fait berner par Maas et sa clique et qui verront donc d'un très bon œil la contreproposition d'UTC Worldwide, leur apportant toutes les garanties requises.

— Ils retrouveront par ailleurs une vieille connaissance, renchérit Vincent, ils ont toujours eu beaucoup d'estime pour Jean-Bernard.

— Mais Vincent, ce n'est pas plus simple que j'essaie de récupérer les statuts de l'entreprise directement auprès de la Nouille ?

— Non, surtout pas. Imagine qu'ils s'en aperçoivent et remontent jusqu'à toi, c'est beaucoup trop risqué, ça ferait tout capoter. Je vais appeler mon banquier pour qu'il fasse une demande officielle auprès de l'équivalent anglais du registre du commerce et des sociétés. En plus, c'est tout à fait légal... On les tient Arthur, on les tient !

Jeudi 13 mars, siège d'UTC Worldwide, bureau de Franck Doppur

Jean-Bernard était lessivé, mais exalté. Il avait su se montrer extrêmement persuasif avec son futur patron et l'avocat de celui-ci. Les trois hommes avaient travaillé d'arrache-pied pour boucler la proposition de rachat. Ils avaient fait en quatre jours ce qu'une « équipe projet » normalement constituée aurait fait en quatre semaines.

Doppur n'avait pas fait les choses à moitié. Outre un alignement sur la proposition financière d'UTC Europe, son groupe s'engageait, non seulement à maintenir l'intégralité des postes d'Outils Prestige, mais également à confier un siège d'administrateur à l'ancien actionnaire. Ce qu'UTC Europe avait toujours refusé dans la négociation.

Avant de rentrer en France, il fit part de sa satisfaction à Vincent avec qui il s'entretint longuement par téléphone. Ils convinrent de s'accorder un *break* de quelques jours et lorsqu'ils raccrochèrent, jamais les anciens collègues ne s'étaient sentis si près du but.

11. Effervescences

« Éloïse, il faut que je te dise... je suis riche, enfin... on est riche. J'ai gagné la grosse cagnotte du loto. Je... je ne t'en ai pas parlé avant parce que c'était compliqué de... »
— Tu fais quoi Vincent ? Tu marmonnes tout seul ? Dépêche-toi, on va être en retard.

Il sursauta, toussota et prit précipitamment sa parka. Déjà prêtes, Rose, boutonnée jusqu'au col et Éloïse, sobrement maquillée, l'attendaient sur le pas de la porte. Le professeur de karaté de Pierre avait organisé pour ses élèves des démonstrations de *katas*[44] et les familles étaient attendues à partir de 18 heures. Vincent avait prévu de tous les emmener dîner après le spectacle.

Ce serait une soirée comme il les aimait. Être avec sa femme, prendre sa fille sur les genoux, titiller son fils, parler de tout et de rien. Il prendrait un dernier verre avec Éloïse, une fois les enfants couchés et lui avouerait alors son fantastique secret. Il lui parlerait de sa fondation, de ses projets, de l'appartement des Ternes qui serait le sien dès qu'elle le voudrait.

Dans l'obscurité du petit théâtre de quartier, les yeux rivés sur la souple chorégraphie exécutée par son fils, il savourait sa victoire. Il avait retrouvé sa liberté, conquis la richesse et reconquis sa famille.

À dix heures et demi pile, on sonna. Éloïse releva la tête, une expression inquiète sur le visage. S'extirpant du canapé, Vincent regarda sa montre et sourit, « parfaitement à l'heure ».

Son service de conciergerie, appelé discrètement depuis le restaurant, avait bien fait les choses. Un maître d'hôtel, en livrée, apparut avec tout un attirail. Il posa une bouteille de Champagne millésimé avec son seau à glace et deux coupes sur une espèce de potence. D'un geste, Vincent lui fit comprendre qu'il se chargerait

---

[44] enchaînement de mouvements techniques réalisés dans le vide simulant un combat

248

de servir et le raccompagna jusqu'à la porte, s'assurant qu'Éloïse ne pouvait voir le billet de cent euros qu'il lui glissa dans la main.

— Vincent, encore une bouteille ! c'est pas raisonnable, je suis déjà un peu pompette, j'ai trop bu au restaurant.

— Oh, je te connais, c'est pas ça qui va t'arrêter !

— En tout cas, c'est très romantique, susurra-t-elle avec des yeux de biche, tu as quelque chose à annoncer mon chéri ?

Il fut scié par le ton employé. Certes sa femme était un peu éméchée, mais elle l'avait appelé « mon chéri », pour la première fois depuis des mois. Il commença à bredouiller maladroitement quand Éloïse le coupa.

— Et ben moi, j'ai quelque chose à t'annoncer !

Vincent pâlit.

— Je ne te l'avais pas dit, mais je suis riche !... pleine aux as, s'esclaffa-t-elle grassement.

— Comment ça, tu es riche ? s'étonna-t-il tout en remplissant sa coupe.

— C'est une histoire de fou, fit-elle, reprenant un peu ses esprits. Tu te souviens de Pilabex, la boîte de papa ? Eh ben, elle a été revendue et il nous restait des parts avec maman. Tu imagines, j'ai touché 300.000 euros, et maman aussi.

— 300.000 euros ? ah oui, effectivement, c'est pas banal comme histoire, mais c'est formidable, et tu comptes, euh, faire quoi ?

— Ah ah, je t'intéresse tout à coup ! le chambra Éloïse. Je me disais, si ton nouveau boulot se passe bien, avec un tel apport, on pourrait peut-être regarder pour un nouvel appart.

— Excellente idée ma chérie, j'en discute avec ma banque très vite.

— Au fait Vincent, tu voulais me dire quelque chose ?

— Euh... non rien, je voulais te dire que je t'aime, que tu es la femme de ma vie... surtout depuis que tu es pleine aux as, rajouta-t-il, moqueur, en l'enlaçant.

À ce moment précis, il ne se sentit pas le courage d'expliquer à sa femme qu'il avait gagné plus de mille fois le montant de son soi-disant héritage posthume.

Arthur arriva tard au siège d'UTC. Une fois n'est pas coutume, il n'était pas rentré la veille au soir à l'appartement mais avait quitté Châtillon directement le matin. Il avait passé le week-end à écouter religieusement sa mère lui raconter chaque étape des travaux jusqu'à leur achèvement. Elle l'avait également relancé afin qu'il organise un grand dîner pour fêter le faste retrouvé du château.

Vincent, euphorique, avait appelé son ami le dimanche. Il était amoureux d'Éloïse comme jamais. La contreproposition d'UTC Worldwide était prête. Jean-Bernard avait mené les débats d'une main de maître. La Royal Union Bank ferait une demande officielle pour récupérer les statuts d'IFP et de toutes ses filiales dès le lendemain. L'avocat d'Outils Prestige ne tarderait pas à découvrir le pot aux roses.

Un doux sentiment de sérénité envahit Arthur lorsqu'il entra dans le bureau de son patron pour le saluer. Il ne s'étonna même plus de le voir, les yeux humides, devant son ordinateur.
— Ça va Xavier, alors ce périple en Allemagne ?... Ce sont des larmes de joie, j'espère ?
— Ah Arthur, content que tu sois là. J'ai un petit coup de mou, c'est tout. Toute cette pression ces derniers jours... faut que ça sorte.
— Tu as bien raison, renchérit-il, tu dois être au top le 15, tu vas tous les épater pendant le conseil d'admi...
— Eh ! mais c'est plus le 15 avril. Je pensais que tu étais au courant, toi qui sais tout d'habitude. Maas et Britman, en accord avec les propriétaires d'Outils Prestige, ont décidé d'avancer la vente au 21 mars. Et c'est moi qui serai à la manœuvre, Maas ne pouvant être présent vendredi. Tu comprends pourquoi je suis sous pression.
— Vendredi, vendredi prochain ? tu veux dire que le fameux conseil d'administration à l'hôtel de France avec IFP, c'est ce vendredi ?
— Oui, très exactement à dix heures, mais... qu'est-ce qu'il y a Arthur ? tu as l'air terrifié, tu es blanc comme un linge. Qu'est-ce

que ça peut te faire, à toi ?

— Excuse-moi...

Arthur sortit précipitamment du bureau, l'air perdu. Il parvint juste à temps aux toilettes pour vomir le filet de bile qui était remonté dans sa gorge. Accroupi au-dessus de la cuvette, il haletait, le ventre secoué de spasmes. Tant d'efforts, tant de risques entrepris, tout s'était écroulé en un instant. Comment lui, d'habitude si prompt à recueillir les confidences des uns et des autres, avait-il pu passer au travers d'une telle information ?

Ses larmes de tristesse se transformèrent en sanglots de honte puis de rage. Il n'eut pas le courage d'appeler immédiatement Vincent et végéta toute la journée au bureau, une boule douloureuse et coupable dans le ventre, à attendre un miracle qui ne vint point.

Appartement des Ternes, 19h50

— C'est pas vrai Arthur, dis-moi que c'est une blague !

Vincent venait d'être douché froid par la nouvelle piteusement révélée par son meilleur ami. Eux qui pensaient avoir tout prévu, ignoraient que dans le plus grand secret, Maas avait convaincu les frères Coulon d'accélérer le calendrier initial, plutôt que de le subir.

— Putain, mais c'est pas vrai ! c'est mort !... si prêt du but.

— Tu ne crois pas qu'il faut prévenir Outils Prestige de la supercherie, on n'a plus le choix ?

— Mais non, ça ne sert à rien, fit Vincent, dépité. Ils ont déjà mis Burker à l'amende et si on arrive derrière avec nos gros sabots, c'est nous qui allons passer pour suspects. Pire, on serait immédiatement attaqués pour dénigrement, et crois-moi, on obtiendrait exactement l'effet inverse de celui souhaité.

— Et la demande des statuts par ta banque, on ne peut pas accélérer ? lança naïvement Arthur.

— Pff, tu rêves ! Même en allant les chercher sur place, y en a au moins pour quinze jours de délai. Puis tout ça, depuis le début, c'est des conneries ! Qui te dit que le soi-disant protocole est réellement bidon ? Nouillaud, l'autre sociopathe dépressif ? Merde, fait chier, on s'est planté sur toute la ligne.

— Vincent, arrête, on n'a pas fait tout ça pour rien. Doppur marche avec nous, tu l'as dit, on va bien trouver une solution... tu as toujours trouvé une solution.

— Mais on n'est pas prêts, putain ! J'ai besoin de réfléchir... j'arrive pas à réfléchir... si près du but, merde ! hurla-t-il.

Ils passèrent la soirée à se morfondre, buvant plus que de raison.

— On ne peut quand même pas laisser la Nouille récolter tous les fruits de *Sunrise 2*, relança Arthur. Depuis le début, on a toujours trouvé la faille, je suis sûr qu'il y a une faille. Il réfléchit intérieurement tandis que Vincent, les yeux rouges, se servait son cinquième whisky en tremblant.

— En tout cas, faut que j'appelle Jean-Bernard, il doit être informé. Je lui dirai demain de prévenir Doppur... Il va vraiment être déçu. Pff, quel gâchis !

— Appelle-le si tu veux, mais s'il te plait Vincent, implora Arthur, ne lui dis pas qu'on abandonne... pas encore. Laisse-moi jusqu'à demain soir. « Il doit bien y avoir un moyen d'être en contact avec l'avocat d'Outils Prestige d'ici vendredi », marmonna-t-il dans sa barbe.

Mardi 18 mars, siège d'UTC France

Arthur prit des chouquettes à la boulangerie. C'était le péché mignon de Nouillaud. Arrivé au siège, il se servit deux cafés à la machine de l'étage, les disposa sur un petit plateau avec le sachet de viennoiseries, inspira, expira profondément et toqua à la porte de son patron.

— Ah Arthur... oh merci, j'allais justement me chercher un café. Sympa, t'as pris des chouquettes. Bon comment ça va ce matin ?

— Ça va mieux. Excuse-moi encore pour hier, j'ai... je me suis senti mal d'un coup.

— C'est rien, ça arrive, en tout cas tu as une meilleure tête qu'hier.

— Merci Xavier. Tu sais, je crois que toute cette histoire, dans le fond, ça me stresse un peu. Avec toi, je suis à cent à l'heure, je vis des choses incroyables, j'ai plus appris en deux mois qu'en dix ans !

Nouillaud plissa ses petits yeux brillants et esquissa un sourire entendu.

— Non c'est vrai, j'ai vu la façon dont tu as géré l'élimination de Mongin, puis de Burker... du grand art ! Maintenant, Maas te confie la responsabilité du rachat d'Outils Prestige, il va te nommer président, c'est sûr. Après le conseil d'administration, tu vas remplacer Burker, j'en mets ma main à couper.

Nouillaud le regarda, subjugué. Son assistant lui ouvrait les yeux, encore une fois. Arthur poursuivit, baissant notablement de deux tons.

— Et moi, je n'aurai plus d'utilité, mon contrat va s'arrêter, on n'aura plus l'occasion de parler timbres ensemble.

Deux grosses larmes débordèrent de ses paupières et fusèrent simultanément le long de ses joues.

— Écoute Arthur, je ne peux encore rien te promettre, mais si comme tu dis, tout se passe bien et que je récupère la présidence d'UTC France, j'aurai le pouvoir de te garder, voire même de te nommer conseiller spécial, à mes côtés.

Arthur, feignant l'incrédulité, le fixa avec reconnaissance. « Il est encore plus barré que je pensais », songea-t-il, alors qu'une idée terrible venait de lui traverser l'esprit.

— Merci Xavier, je suis ton allié indéfectible. Ce conseil d'administration va changer ta vie, je te le promets.

Appartement des Ternes

Arthur arriva excité à l'appartement. Vide. Vincent était parti se ressourcer auprès d'Éloïse et des enfants. Il n'avait pas eu à beaucoup surjouer lorsque, d'une voix d'outre-tombe, il lui avait fait part, officiellement, d'une déconvenue avec un gros client.

Elle lui avait spontanément proposé de venir dormir « à la maison ». Pour lui, c'était décidé, dans trois jours, une fois l'épisode UTC-Outils Prestige définitivement passé, il lui dirait tout et ils s'installeraient avenue des Ternes. Il se faisait tendrement masser la nuque et les tempes quand son portable vibra.

— Vincent, c'est moi. Tu as déjà appelé Jean-Bernard ?

Il se redressa, sortant d'un coup de sa léthargie.

— Non, pas encore, je t'ai obéi, j'attendais avant de le faire... au cas où tu m'annonces un miracle.

— Un miracle peut-être pas, mais j'ai un plan. Ça ne va certainement pas te plaire. Il faut que je te voie tout de suite, rajouta-t-il gravement.

Trente minutes plus tard, des éclats de voix jaillirent du salon.

— C'est du délire, Arthur ! Ne fais surtout pas ça, tu pourrais avoir de gros ennuis.

— Mais non, c'est pas bien méchant... et puis merde, c'est une ordure ! Il aura qu'à me faire un procès, je prendrai maître Soissan, ricana t-il.

— Arthur, tu es fou, tu es complètement dingue. Je ne sais pas si je dois t'encourager ou te faire interner.

— Écoute Vincent, je n'ai rien trouvé d'autre pour empêcher la Nouille de participer au conseil d'administration. J'ai dû improviser. Il m'attend jeudi soir chez lui et je compte bien y aller avec une bonne bouteille.

Mercredi 19 mars, appartement des Ternes, 19h30

Vincent n'avait pas hésité longtemps avant de soutenir à fond le plan de son complice. Il était visiblement satisfait de sa journée. Le paquet cadeau trônait sur la table basse du salon. Désormais, peu lui importait les risques ; avec son argent, il pourrait toujours se payer mille maîtres Soissan si nécessaire.

Le coup de fil passé à Jean-Bernard en début d'après-midi l'avait totalement rasséréné. Lorsqu'il lui avait annoncé que le conseil d'administration validant le rachat d'Outils Prestige par UTC était avancé au vendredi et qu'il souhaitait qu'ils rejoignent dès le lendemain Franck Doppur à Boston, l'autre, sans le moindre émoi, avait laconiquement répondu :

— C'est ok, de mon côté, je suis prêt. Au top départ, l'offre parvient à Outils Prestige dans la minute.

Il entendit la porte d'entrée se refermer, il héla :
— J'ai une surprise pour toi. Arthur, tu m'avais bien dit au début qu'il fallait que j'embauche *James Bond* pour ce genre de boulot ?
— Oui... ou *Rambo,* répondit-il étonné, en jetant son manteau sur un fauteuil.
— On y est, regarde, c'est pour toi.
Arthur, un peu circonspect, déballa avec précaution le paquet cadeau.
— Il est superbe, mais quel rapport avec *James Bond* ?
Vincent le regarda malicieusement.
— Ah ah, t'as vu ! en apparence on dirait un ordinateur normal. En apparence seulement ! tu vois la bande noire au dos de l'écran, là sur tout l'arrière, c'est truffé de caméras et de micros.
— Des caméras ? demanda Arthur intrigué.
— Oui, caméras miniatures permettant de filmer à 180°... summum de la technologie, images reliées en direct par web depuis n'importe quel écran. Imagine, tu es n'importe où dans le monde, tu rentres le code confidentiel, tu fais *enter*[45] et tu es directement connecté à ce que filme l'ordinateur.
— Je ne comprends pas bien où tu veux en venir...
Vincent poursuivait sans l'écouter, complètement inspiré par son joujou.
— C'est pas tout, regarde ! mini oreillette couleur chair, micro intégré, connexion wifi...
— Eh oh ! mais tu peux m'expliquer à quoi rime tout ça ?
— On sera tes yeux et tes oreilles Arthur ! Pendant le conseil d'administration, même à 6.000 kilomètres, on sera dans la pièce avec toi.
— C'est pas croyable ! Tu n'arrêtes jamais, je me demande bien qui est le plus fou des deux.

---

[45] touche Entrée de l'ordinateur

Décalage horaire oblige, Vincent et Jean-Bernard convinrent de ne pas arriver trop tard à Boston pour pouvoir faire les tests de connexion avec l'ordinateur d'Arthur. Au siège d'UTC Worldwide, l'atmosphère était tendue. Il régnait comme une ambiance de conseil de guerre dans le bureau de Franck Doppur, transformé en véritable *war room*[46]. Autour de la table en verre, les trois hommes fixaient le grand écran encastré, encore vierge de toute image.

Arthur répondit à la première vibration de son portable. Il chuchota :

— Pour le moment, tout va bien. Je lui ai donné ses petites gouttes un peu avant 23 heures, il roupille comme un bienheureux.

— Fais gaffe, le tue pas quand même ! l'avertit Vincent, tandis que Franck et Jean-Bernard gloussaient nerveusement à côté du haut-parleur.

— T'inquiète, c'est ce que prend maman quand elle veut planer douze heures. Et crois-moi, ça marche ! Il suffit de cinq, six gouttes, pas plus, c'est un produit très efficace, en plus d'être parfaitement inodore et indétectable.

— Bien, reprit Vincent, on va pouvoir commencer les tests de connexion. Tu fais la même manipulation qu'hier et moi j'entre le code, n'oublie pas aussi de brancher ton oreillette.

À l'instant où il valida le code confidentiel sur son ordinateur, une image brune apparut sur l'écran. Le trio écarquilla les yeux, peinant à en distinguer les contours.

— On ne voit pas grand-chose, se plaignit Vincent, c'est sombre.

— Normal, je suis dans le noir... attends, je vais me déplacer.

Ils devinèrent un bout de l'intérieur austère de l'appartement de Nouillaud. Arthur alluma dans la cuisine et se posta devant les caméras de l'ordinateur. Franck et Jean-Bernard découvrirent son visage pour la première fois. L'image était d'une netteté incroyable.

— C'est mieux comme ça ?

— Oui, là on te voit bien. Dis donc, c'est moche chez la Nouille.

Jean-Bernard pouffa.

---

[46] quartier général de combat

— Bon, tu peux être sérieux deux minutes, gronda Arthur, j'ai quelques infos. Avant de trinquer une dernière fois collé-serré avec Nouillaud, il m'a dit qui participait, en définitive, au CA[47] de demain. Il n'y aura ni Maas ni Britman, du coup, bonne nouvelle, tous les échanges se feront en français. Seul Britman ne le parlait pas. C'est donc Chris Show qui sera son mandataire au nom d'IFP. Pas de changement pour les autres invités... de toute façon, celui qui nous intéresse, c'est Ruquié.

— Excellent, maintenant essaie de dormir un peu, la matinée va être stressante.

— Ça, c'est une autre histoire, je dormirai quand je serai mort. Bon je me déconnecte, reconnexion dans environ neuf heures, à demain les amis... ah, au fait Vincent ?

— Quoi ?

— J'ai mis ton mot.

Une moue de satisfaction se dessina sur la bouche de Vincent.

---

[47] conseil d'administration

12. Le conseil

Le building d'UTC Worldwide était à présent totalement désert. Seule la pâle lumière du bureau d'angle de Doppur était visible de l'extérieur, depuis les grilles de Cambridge street.

Les deux Français somnolaient dans leur fauteuil. L'Américain s'était endormi sur l'unique canapé du bureau. À trois heures quinze du matin, l'alarme stridente programmée sur le portable de Vincent le fit sursauter. Elle tira également Jean-Bernard d'un sommeil haché et moite. Dans une chorégraphie molle et étonnamment synchronisée, les deux hommes s'étirèrent et baillèrent, tandis que Franck montrait les premiers signes de réveil.

Dix minutes plus tard, tous les trois fixaient l'écran noir, un mug de café à la main. Vincent tapa le code de connexion, et ils attendirent.

Vendredi 21 mars, salon d'affaire de l'hôtel de France, Paris, 9h30

Quand Arthur pénétra, seul, dans le salon d'affaire, une agréable odeur de bois et de cuir l'envahit. Il longea jusqu'au bout la grande table oblongue en merisier massif, elle devait bien peser une tonne. Il brancha et centra son ordinateur le mieux qu'il put, afin de couvrir le plus large champ de vision. Puis, laissant ostensiblement à sa place une pochette rouge titrant « Conseil d'administration IFP/UTC - confidentiel », il s'éclipsa.

À Belmont, dans le bureau de Franck, l'image apparut enfin.

— Ça y est ! il est connecté, lâcha fébrilement Vincent, regardez, c'est la salle de réunion, elle est encore vide. Arthur, Arthur ? tu m'entends ?

L'image de la longue table, ceinte d'une dizaine de larges fauteuils en cuir couleur crème, resta désespérément inerte.

— Il n'a pas dû encore brancher son oreillette, se rassura Vincent.

Peut-être qu'il les accueille à la réception.

À 9 heures 50, la porte s'ouvrit, quatre personnes entrèrent. Le cœur des trois téléspectateurs s'accéléra.

— Alors eux, c'est qui ? lança Vincent tout en attrapant le dossier avec photos qu'ils avaient préparé.

— La femme, c'est l'avocate d'IFP, elle s'appelle Joan Garett, répondit Jean-Bernard.

— Le plus vieux, avec les cheveux gris, c'est Andreas Tisch, le financier d'UTC Europe. Je le reconnais, c'est une vraie lavette, tacla Vincent. Eh !... mais le blond dégarni, ça doit être Ruquié. Il ne ressemble pas trop à la photo récupérée sur internet, mais pas de doute, c'est Ruquié.

— Le jeune, c'est l'assistant de Garett, un certain Manuel Passenne, renchérit Jean-Bernard.

— Toujours pas de nouvelles d'Arthur ? mais qu'est-ce qu'il peut bien foutre, jura Vincent. Arthur, Arthur ? tu m'entends ?

Les quatre participants avaient pris place et discutaient à voix basse. Malgré la qualité des micros, même en tendant l'oreille, c'était inaudible pour les trois espions.

À dix heures pile, la porte se rouvrit, tous se levèrent d'un coup pour saluer les nouveaux arrivants.

— Voilà les deux derniers... c'est facile, dit Vincent, le petit gros rougeaud à lunettes, c'est Chris Show, le bras droit de Britman, big boss d'IFP. L'autre, c'est Axel Hunter, un des consultants qui a bossé sur l'audit financier d'Outils Prestige... putain, mais où est Arthur ? ça devient inquiétant.

Au bout de quelques minutes, les conversations croisées s'atténuèrent et un calme relatif s'installa. Il ne dura pas longtemps. Chris Show montra rapidement des signes de nervosité. Il s'était levé et dirigé vers la place vide d'Arthur.

— Pas de nouvelles de Nouillaud ? Andreas, pouvez-vous l'appeler s'il vous plait ?

Tisch se saisit prestement de son téléphone et fit défiler les noms de son répertoire.

« Je crois qu'ils sont à température, c'est le moment d'entrer en scène », la voix résonna fortement dans les haut-parleurs de l'écran géant. Vincent et ses deux complices sursautèrent.

— Arthur ! enfin... tu es là, mais qu'est-ce que tu foutais ? Ils t'attendent.

— C'est en les énervant un peu qu'ils montreront leur vrai visage, glissa-t-il avec malice.

La porte s'ouvrit une nouvelle fois. Il entra et les toisa. Un silence total se fit. Tous les yeux se braquèrent vers ce personnage inattendu. Le soulagement marquant la fin de l'attente laissa place à un sentiment de surprise. Ils s'attendaient à voir Nouillaud. Tisch rengaina son téléphone.

Arthur longea la table jusqu'à sa place. Il resta debout, silencieux. Son intuition lui disait de ne pas parler immédiatement, d'attendre encore. Les participants le regardaient maintenant comme une bête curieuse, de plus en plus agacés. Il attendit encore quelques secondes, laissant monter la pression à son maximum.

■

Dans le bureau de Doppur, la tension était palpable. Les trois hommes avaient dans leur champ de vision les bustes des six participants. Sans voir Arthur à l'écran, ils savaient que douze yeux le scrutaient depuis plus d'une minute.

— Mais qu'est-ce qu'il fout ce con ! Il va tout faire rater, ne put s'empêcher de jurer Jean-Bernard.

— Calme, calme, il sait parfaitement ce qu'il fait, rassura Vincent, peinant à masquer son trouble. Franck, debout, à un mètre du grand écran, balayait du regard chacun des visages des participants.

Enfin, Arthur, brisant le silence, attaqua sans transition.

— Madame, messieurs, comme vous l'avez appris, Helmut Burker est souffrant, il ne pouvait donc pas assister à ce conseil d'administration. Il faut dire que les derniers événements ne l'ont pas ménagé... ses problèmes personnels, les fuites malveillantes sur internet concernant le rachat d'Outils Prestige... et en *business*, vous êtes bien placés pour le savoir, messieurs, la meilleure stratégie en cas de difficulté, c'est la fuite.

Une rumeur de désapprobation parcourut l'immense table.

— Mais qui est ce type !

À six mille kilomètres de là, l'ambiance était explosive.

— Mais il est fou, il va tout faire foirer, glapit Decoins.

Doppur n'était pas loin de partager ce sentiment.

— Il sait ce qu'il fait, il maîtrise la situation, dit Vincent en se mordillant la lèvre inférieure.

Arthur poursuivit sur le même ton.

— Normalement, c'est Xavier Nouillaud qui aurait dû être ici devant vous, mais, comment dire... Xavier m'a demandé de le représenter. Il avait besoin de se poser, de prendre un peu de recul par rapport à UTC, à Outils Prestige, il traverse en ce moment une période de doute.

Nouveaux grognements diffus parmi l'auditoire.

— Mais qui est ce singe ? grommela Chris Show, le secrétaire général d'IFP.

— Regardez Ruquié, lança Vincent, il a changé de position, il a l'air de plus en plus gêné par la situation.

— Mais je me rends compte, madame, messieurs, que j'ai complètement oublié de me présenter, je vous prie d'accepter mes sincères excuses...

La phrase fit de l'effet, les six visages se détendirent un peu.

— ... je suis Arthur Desvin, rattaché à la direction financière d'UTC France, sous la responsabilité de Xavier. J'ai personnellement travaillé avec lui sur *Sunrise 2* et l'évaluation du montant des synergies possibles, localement. Les chiffres sont édifiants. Il est évident que l'acquisition d'Outils Prestige sera une formidable opportunité pour UTC Europe. Saviez-vous qu'en ne licenciant que 30% des salariés, nous pourrions tripler le résultat net d'UTC France en deux ans.

— Mais ce type est fou ! Monsieur, taisez-vous, vous racontez n'importe quoi.

Chris Show avait explosé. Il savait qu'avec un tel discours, Arthur compromettait gravement la validité du rachat d'Outils Prestige. Jusqu'au bout, les dirigeants de l'entreprise familiale voulaient s'assurer que le plan d'UTC, voté en conseil d'administration, était conforme à leurs attentes. Leur avocat n'était pas là par hasard. Ruquié ouvrit des yeux ronds.

— Regardez Ruquié ! s'enflamma Jean-Bernard, il est de plus en plus mal à l'aise. Vincent, dis à Arthur d'enfoncer le clou auprès de Show.

— J'ai vu JB, Arthur aussi l'a remarqué. T'inquiète pas, il va réagir.

— Calmez-vous monsieur Show, je vous rappelle que je suis mandaté par monsieur Nouillaud, lui-même mandaté par monsieur Burker pour présenter nos conclusions concernant cette offre de rachat, et je n'ai pas l'habitude de faire de la langue de bois.

— Ça c'est envoyé ! clama Decoins.

— « langue de bois... ? » ânonna Doppur sans comprendre.

— ... *tell bullshit*[48], précisa Vincent du tac au tac, l'œil toujours rivé sur l'écran.

— Monsieur, j'ignore totalement qui vous êtes et je me fous de savoir qui vous a mandaté. Je suis le *General Counsel*[49] de cette organisation, directement rattaché à Tom Britman, PDG d'IFP. J'ai sa délégation pour toutes les décisions stratégiques et je vous prie de cesser immédiatement cette mascarade. La plaisanterie a assez duré, j'ajourne *sine die* ce conseil d'administration et croyez-moi, Britman va entendre parler de cette affaire.

Déjà Show commençait à rassembler les feuilles étalées devant lui, rapidement imité par ses voisins de table.

— C'est mort ! c'est fichu, soupira Jean-Bernard, il a été trop fort. Vincent resta incrédule devant l'écran.

— Fais quelque chose Arthur, souffla-t-il dans le micro, dans dix secondes, c'est mort.

Arthur opina de la tête afin de rassurer ses trois spectateurs outre-Atlantique qui pourtant ne le voyaient pas.

— Monsieur Show, maître Ruquié est ici pour avaliser la vente d'Outils Prestige à notre magnifique groupe. Avec mes propos... certes un peu provocateurs, je m'en excuse, j'ai voulu montrer que l'intention d'UTC n'était justement pas de procéder à des coupes sombres pour maximiser le profit, bien au contraire. Comme vous

---

[48] Dire des conneries
[49] Secrétaire général

savez, maître, messieurs Maas et Burker s'engagent à maintenir l'emploi de tous les salariés pendant trois ans minimum... c'était une condition préalable à la vente d'Outils Prestige par ses dirigeants...

Chris Show amorça un sourire carnassier de satisfaction.

— ... seulement, Maas et Burker ne sont que des pions dans l'organisation, la preuve, ils ne sont même pas ici aujourd'hui.

Le sourire de Show se crispa et s'effaça.

— ... l'homme fort, le vrai décisionnaire, c'est monsieur Britman. Le seul qui pourra vous apporter toutes les garanties liées à la sauvegarde de l'emploi et à la pérennité de la marque, c'est monsieur Britman. Monsieur Show, pouvez-vous nous dire pourquoi Tom Britman n'assiste pas à ce conseil d'administration ? demanda Arthur, perfide.

— Euh, je ne sais pas, je... mais enfin ! à quoi cette question rime-t-elle ? Je ne suis pas l'assistant de Britman. Je suppose qu'il avait d'autres engagements et je vous rappelle que je siège justement aujourd'hui en son nom.

— Bien, alors ce vote ne sera qu'une simple formalité, se radoucit Arthur.

— Comment cela ?

— Je gage que l'ensemble des administrateurs d'IFP sont favorables au rachat d'Outils Prestige au prix négocié, et de votre côté, maître, j'imagine que vos clients sont disposés à vendre s'ils ont les garanties demandées ?

L'avocat acquiesça.

— Parfait alors.

« Mais où il veut en venir ? je ne le suis pas », la voix de Vincent résonna dans l'oreillette, il avait oublié de couper son micro.

— Où je veux en venir ? tu vas voir, c'est très simple, répondit Arthur en écho.

— Qu'est-ce qui est simple, monsieur Desvin ? s'étonna Show.

— Euh... oui pardon... c'est très simple, monsieur Show. Xavier m'a précisé que le protocole signé par Maas et Burker n'avait aucune valeur juridique. Il suffit donc que vous le signiez à votre tour pour le rendre... exécutoire.

Une rumeur d'indignation monta de la table. Ruquié leva un sourcil, intrigué.

— Mais qu'est-ce que vous racontez ! rugit Show, ce protocole est parfaitement valable, il a été agréé entre les deux parties...

— ... Certes, il a été signé, le coupa Arthur, mais la signature des représentants d'UTC n'a aucune valeur. Seuls les administrateurs d'IFP peuvent engager la société pour des décisions stratégiques. Vous le savez bien monsieur Show, puisque c'est vous-même qui avez modifié les statuts de la holding lors du rachat d'UTC Europe, afin d'en contrôler toutes les décisions stratégiques !

— Ah bon, je n'ai jamais eu connaissance de statuts modifiés, intervint Ruquié, monsieur Show, confirmez-vous le point avancé par monsieur Desvin ?

— Je ne confirme rien du tout, ce type est fou, c'est un imposteur !

Son visage passa du rouge au violet en un éclair. Andreas Tisch était blanc comme un linge. Seule sa tête inquiète dépassait de la table tellement il était ratatiné dans son fauteuil.

— Quelle bande de salopards, maugréa Franck dans sa barbe, concentré sur l'écran.

— Vas-y Arthur ! crièrent Vincent et Jean-Bernard en cœur.

Galvanisé par les cris dans l'oreillette, il hurla.

— C'est vous l'imposteur ! C'est à cause de gens comme vous que Burker et Nouillaud ne sont plus capables de rien. Vous les avez tués.

L'auditoire, terrifié, le fixa dans un silence de mort. Sa dernière phrase sonnait le glas des carrières de Burker et Nouillaud. Show se mit à suffoquer et fut pris d'une quinte de toux interminable. D'un trait de pinceau, il passa de pivoine à jaune verdâtre. Il cracha, la main cramponnée sur son sein gauche. Il releva enfin la tête, les yeux inondés de larmes.

— Je... je préfère qu'on remette à plus tard ce conseil d'administration, veuillez m'excuser.

Il sortit du salon, les épaules basses, la démarche lourde, suivi aussitôt par Axel Hunter et Andreas Tisch qui le rattrapèrent en trottinant.

Arthur, s'adressant à Ruquié, donna alors le coup de grâce.

— Désolé maître que vous ayez eu à assister à ce spectacle pitoyable. Jamais je n'aurais pu imaginer que la démarche d'IFP concernant l'invalidité du protocole était délibérée, jamais je n'aurais cru un type comme Show capable d'une telle duplicité.

Les deux avocats d'IFP encore présents n'osèrent le contredire. Ils rassemblèrent leurs affaires, se levèrent et se dirigèrent vers la porte. Joan Garett adressa à son confrère un regard désabusé voulant signifier sa totale ignorance de la combine fomentée par IFP. Arthur et Ruquié se postèrent face-à-face. Franck, Vincent et Jean-Bernard retenaient leur souffle. Aucun bruit dans l'oreillette.

— Je ne sais toujours pas qui vous êtes et je ne sais pas si je dois vous remercier, mais je crois que vous avez empêché mes clients de faire une belle connerie.

— Disons que vos clients méritent mieux que cette bande d'imposteurs et que... le hasard a bien fait les choses. Je suis sûr qu'Outils Prestige retrouvera vite des repreneurs dignes de confiance.

« Tu m'étonnes ! » s'écria Vincent à six mille kilomètres de là. Reconnaissant le cri du cœur de son ami, Arthur eut un large sourire.

— Au revoir maître.

■

Resté seul, il contourna sa place pour se planter face à l'ordinateur.

— Alors *guys*[50], on dirait que ça n'a pas trop mal marché !

Franck Doppur intervint, s'adressant à lui pour la première fois.

— Bravo Arthur, vous avez été formidable, je ne sais pas comment vous remercier.

— Oh, en bouclant ce *deal*, tout simplement, répondit-il du tac au tac, comme ça je n'aurai plus mon ami Vincent sur le dos jour et nuit. Les vraies vacances vont enfin commencer !

Il entendit ricaner dans l'oreillette.

— Ah si, Franck, si je peux me permettre... quand vous viendrez à Paris, j'aimerais que vous rencontriez une amie russe. Elle rêve de retravailler et je suis sûr qu'elle adorerait s'installer aux États-Unis

---

[50] les gars

avec sa petite fille.

Vincent se dit intérieurement que son compère ne perdait pas le nord. Franck Doppur, avec Elena, l'image avait de quoi être cocasse, mais, dans le fond, il avait raison, ces deux-là étaient faits l'un pour l'autre.

— C'est d'accord, promit Doppur.

La tension nerveuse des dernières heures retomba d'un coup. Les quatre hommes étaient aux anges.

— Bravo Arthur, on a gagné... on a gagné, ajouta Vincent tout bas, les larmes aux yeux.

— Attention, il faut maintenant que la contreproposition d'UTC Worldwide soit acceptée, corrigea Arthur.

Jean-Bernard réagit au quart de tour.

— Ça, c'est ma partie avec Franck ! Ruquié et les frères Coulon auront tous les éléments d'ici ce soir, heure de Paris.

Pendant ce temps, appartement de Xavier Nouillaud, Colombes

La Nouille dormait encore d'un sommeil comateux, la bouche entrouverte, de la bave à la commissure des lèvres. Le décalage était impressionnant entre la pesanteur de son sommeil et le climat quasi insurrectionnel du conseil d'administration avorté, et dont il portait sans le savoir la responsabilité.

Depuis vingt minutes, son smartphone vibrait et brillait de mille feux. Textos, icones, alertes et autres messages clignotaient dans une totale indifférence.

Peu après onze heures, émergeant difficilement de sa torpeur, il perçut comme un bourdonnement à côté de sa tête. Il se redressa au prix d'un effort douloureux. Son dos lui faisait mal, ses tempes battaient, sa vision était trouble. Il parvint enfin à saisir son portable et tressaillit lorsqu'il vit le nom affiché sur l'écran : « Chris Show ». Il prit l'appel et ânonna un « *Xavier speaking*[51] » encore anesthésié.

---

[51] Oui allo...

Le numéro deux tout puissant d'IFP parla moins de dix secondes et raccrocha. Nouillaud fut sonné. Tout paraissait irréel. Il allait se réveiller... et les choses allaient rentrer dans l'ordre. Il aperçut alors le bref message de la carte posée sur sa table de chevet. Son visage se vida de son sang, le téléphone tomba sourdement sur la moquette.

« On va s'arrêter là. Vincent ».

En fixant, hébété, les quelques mots, il comprit qu'il était mort professionnellement.

Lundi 24 mars

À la première heure, les dirigeants d'Outils Prestige repoussèrent officiellement l'offre d'UTC Europe et entamèrent des négociations exclusives avec UTC Worldwide, sous l'égide de Franck Doppur et Jean-Bernard Decoins.

Le rendez-vous fut pris au cabinet Ruquié & Associés, à Paris, deux jours plus tard. Le patron américain ferait le déplacement. Il était prévu qu'ils rejoignent Arthur et Vincent à Châtillon, pour un dîner destiné à fêter la victoire de l'opération « *Total eclipse* ».

13. La dernière heure

Mercredi 27 mars, commissariat de police de Colombes, fin d'après-midi

— Putain, il fait vraiment chier *Navarro* !

La lieutenante Farida Kheffou fulminait intérieurement. Son chef de groupe venait de lui coller une nuit d'astreinte au commissariat, samedi. Elle qui avait prévu une escapade avec son chéri à Lille chez des amis, c'était râpé. La journée finissait mal.

Au même moment,

... Hôtel Boissieu, Paris

— La prochaine fois, on te tape, t'as compris ?

Monsieur Muscles, tee-shirt blanc immaculé, flanqué de son petit associé grisonnant, avait coincé derrière le comptoir de réception l'énergumène à fort accent de l'Est, arrivé la veille. On ne proférait pas impunément des menaces de mort contre une « permanente » de l'hôtel, entre deux passes, quand bien même ses cris rauques, démesurés, auraient réveillé les pensionnaires du Père-Lachaise tout proche. Le Bulgare passait un sale quart d'heure.

... Studio Pierre Sabbagh, France Télévision, Paris

L'avocat Maurice Soissan, en vieil habitué, laissait le pinceau de la maquilleuse aller et venir sous ses paupières. Dans moins de dix minutes, ses poches auraient miraculeusement disparu et il aurait retrouvé le teint de ses trente ans. En vieil habitué, il pénétrerait sur le plateau avec les autres invités sous les vivats d'un public complaisant et chauffé à blanc. En vieil habitué, il assurerait le spectacle en répondant aux polémistes de la chaîne lors d'un nième débat sur les relations police-justice, sans omettre de faire la promotion de son dernier ouvrage sur le sujet.

Après l'enregistrement, satisfait de sa journée, un *Montecristo* n°2 au bec, il dégusterait un whisky single malt *Springbank* de dix-huit ans d'âge en parcourant *l'Équipe*.

... Café le Barillet, Colombes

Xavier Nouillaud fixait son verre vide. Depuis sa mise à pied, il déplaçait lentement sa maigre carcasse de son appartement jusqu'au café, plusieurs fois par jour. Le soir, dans la noirceur de ses insomnies, parfois Arthur lui manquait.

... Appartement de Maude Dordel, Gennevilliers

— Mademoiselle Dordel ?
— Oui ? hésita Maude.
— Je suis Michael Dupy, société MDCP, je suis consultant en recrutement, j'aimerais vous faire part d'une opportunité professionnelle en cours.
Maude écouta religieusement le consultant lui exposer le contexte de sa mission. Après quelques instants, elle interrogea.
— Et de quelle société s'agit-il ?
— Il s'agit d'Outils Prestige, répondit Dupy.
Cela lui disait vaguement quelque chose, elle avait déjà entendu ce nom-là du temps d'UTC.
— ... Une société qui vient d'être rachetée par un groupe que vous connaissez je crois... UTC.
— UTC ? oui je connais... « même un peu trop bien », ajouta-t-elle pour elle-même.
— Attention, je ne parle pas d'UTC France, mais d'UTC Worldwide, qui vient de racheter Outils Prestige en France.
Elle ne comprit pas spontanément la subtilité. Le consultant poursuivit.
— Le nouveau PDG d'Outils Prestige m'a demandé de vous contacter, il aimerait vous rencontrer. Il cherche une assistante de direction. Je crois que vous le connaissez... Jean-Bernard Decoins ?
— Jean-Bernard ? s'anima Maude, oh oui je le connais.

Le visage rond et sympathique de l'ancien patron d'UTC lui revint en mémoire. Jean-Bernard... quelle coïncidence ! par quel prodige l'avait-il retrouvée ? Décidément, la chance lui souriait à nouveau.

... Château de Châtillon, Châtillon-en-Champagne

Le plafond en bois de mélèze peint du grand salon avait retrouvé ses couleurs originelles. Betty ne se lassait pas de l'admirer. La restauration avait été faite dans les règles de l'art et contribuait au faste retrouvé du château. Il ferait, à coup sûr, l'admiration des convives.

Vincent avait exigé de prendre à sa charge l'intégralité de la réception et, avec l'aide de son assistance privée, avait réquisitionné un bataillon de maîtres d'hôtel, cuisiniers, chauffeurs, ménagères.

Éloïse, soucieuse de mettre la main à la pâte, débarqua tôt avec sa mère et les enfants. La joie des retrouvailles laissa rapidement place aux préparatifs.

Les parents de Vincent suivirent peu après. Quand le chauffeur ouvrit la porte pour faire descendre le père de son ami, Arthur eut un choc. Sans se départir d'un large sourire enfantin illuminant sa petite tête blanche, il tâchait de suivre Monique à la trace, l'air totalement ailleurs.

Jean-Bernard et sa femme Michèle leur emboîtèrent le pas et firent avec ravissement le tour du propriétaire.

Finalement, Franck Doppur appela Arthur et lui demanda de se confondre en excuses auprès de Betty. Il avait une obligation de dernière minute. Mis dans la confidence, l'ancien prof de français savait que l'obligation en question était russe, trilingue, avait une trentaine d'années, et surtout des yeux d'un bleu à s'y noyer.

— Coucou maman, Vincent n'est pas là ? La voix si reconnaissable avec son léger accent fit sursauter Monique.

— Guy ! pas possible, tu es là mon chéri, quelle heureuse surprise ! Chéri, regarde qui est là... ton fils Guy, avec son ami, Charlie.

Arthur, témoin complice et ému de la scène, jubilait. Vincent avait fait porter à son frère deux jours plus tôt deux billets aller-retour Johannesburg-Paris, en première classe, lui rappelant sa promesse de venir avec son compagnon.

— Bon, où est Vincent ? relança Guy, c'est quand même grâce à lui si on est là.

— Il ne devrait pas tarder, répondit Arthur. Il m'a dit qu'il avait une dernière affaire à régler à Paris, il a promis d'être là avant huit heures.

... Chambre 2411, hôpital américain, Paris

L'Américain se remettait difficilement d'un sévère *burn-out*. L'annonce du rejet de l'offre d'UTC Europe par Outils Prestige était arrivée jusqu'à ses oreilles. Il savait que cela signifiait la mort de sa carrière dans le groupe.

« Bonsoir Helmut », la voix sembla sortir de nulle part, donnant un côté funeste à la scène.

Les yeux mi-clos du colosse amaigri s'ouvrirent lentement. L'image, d'abord brumeuse, se fit plus nette. Il aperçut, debout en face de lui, une silhouette qui s'approcha jusqu'au bord du lit. Il reconnut Vincent.

La voix reprit en anglais : « Vous avez sans doute appris qu'Outils Prestige avait rejeté l'offre d'UTC Europe... mais ce que vous ne savez pas encore, c'est que le rachat d'Outils Prestige vient d'être officialisé par UTC Worldwide. L'annonce a été faite par Franck Doppur, il y a à peine trente minutes. C'est bien pour Jean-Bernard Decoins, il fera un excellent président, et un concurrent redoutable pour votre successeur. On va s'arrêter là. Je suis vraiment désolé pour vous. »

Aucun son ne sortit de la bouche d'Helmut. Il le regardait, interdit. Vincent fut lui-même saisi par l'effroi qu'il lisait dans ses yeux.

Enfin, dans un souffle, Helmut ânonna : « Vinessènt ... ».

Déjà, il avait tourné les talons. Avant de franchir la porte, il s'arrêta une seconde, puis sans se retourner, dit en français :
— On dit Vincent, Helmut, Vincent !

Ses pas s'éloignèrent. Le visage d'Helmut s'était effacé.

FIN

REMERCIEMENTS

Mon premier merci va à ma femme et mes enfants qui ont supporté que je « squatte » l'ordinateur familial tard le soir et les week-ends, pendant des mois, sans leur consentir la moindre explication à cette ingérence.

Merci à ma femme – encore ! – qui, à la lecture de la toute première version du manuscrit *Des pierres et des roses*, a eu un peu la réaction de *Thérèse* devant le tableau de *Pierre Mortez* dans le film *Le père Noël est une ordure...*
Je dois reconnaître que ça m'a ouvert les yeux sur la nécessité de revoir largement le texte.

Merci à mes lectrices (teurs) cobayes, Emmanuelle, Catherine, Marie-Hortense, Adélaïde, Sophie, Luc, Édouard, Géraud, Thibault, François. Leurs avis bienveillants n'ont pas occulté les nombreuses recommandations de corrections et d'améliorations à apporter au récit.

Merci à Johanna de Beaumont et Stéphane Dauge qui ont accepté de me prodiguer leurs conseils avisés.

Enfin, mes pensées vont à ma sœur Béatrice.

ÉCHANGES AVEC L'AUTEUR

Chère lectrice, cher lecteur,

Si vous survolez ces lignes, c'est plutôt bon signe, signe que vous avez été jusqu'au bout de ce premier roman.

J'espère avant tout que vous avez passé un agréable moment de lecture.

Si vous souhaitez me faire part de commentaires, critiques constructives, surtout n'hésitez pas. J'essaierai de vous répondre dans un délai raisonnable.

Pour vos ami(e)s disposant d'un support de lecture numérique, une version *e-book* du roman *Des pierres et des roses* est également disponible à la vente.

Bien à vous,

François-Régis de Vaublanc
frdevaublanc@gmail.com

TABLE

Première partie : Au cœur des pierres

Deuxième partie : Le temps des roses